DROEMER

ALEXANDER OETKER

DIE TOCHTER DES PATEN

ZARA & ZOË

THRILLER

Besuchen Sie uns im Internet:
www.droemer.de

Aus Verantwortung für die Umwelt hat sich die Verlagsgruppe Droemer Knaur zu einer nachhaltigen Buchproduktion verpflichtet. Der bewusste Umgang mit unseren Ressourcen, der Schutz unseres Klimas und der Natur gehören zu unseren obersten Unternehmenszielen. Gemeinsam mit unseren Partnern und Lieferanten setzen wir uns für eine klimaneutrale Buchproduktion ein, die den Erwerb von Klimazertifikaten zur Kompensation des CO_2-Ausstoßes einschließt. Weitere Informationen finden Sie unter: www.klimaneutralerverlag.de

Originalausgabe April 2021
Droemer Taschenbuch
© 2021 Droemer Verlag
Ein Imprint der Verlagsgruppe
Droemer Knaur GmbH & Co. KG, München
Alle Rechte vorbehalten. Das Werk darf – auch teilweise – nur
mit Genehmigung des Verlags wiedergegeben werden.
Redaktion: Antje Steinhäuser
Covergestaltung: ZERO Werbeagentur, München
Coverabbildung: Collage unter Verwendung
von Motiven von shutterstock.com
Satz: Adobe InDesign im Verlag
Druck und Bindung: CPI books GmbH, Leck
ISBN 978-3-426-30769-4

2 4 5 3 1

PROLOG
SHOKRAN AL-HAMSI

ALTSTADT VON CAGNES-SUR-MER,
WESTLICH VON NIZZA, FRANKREICH

Er hasste diesen Geruch. Das altehrwürdige Schloss mitten auf dem Marktplatz an den Bergen von Cagnes-sur-Mer, das er gekauft hatte, um den Franzosen ein Schnippchen zu schlagen. Früher hatte es hier nach altem Wein gerochen oder nach dem, was sein Koch für ihn gekocht und sein Butler ihm anschließend serviert hatte. Kaviar, Hummer, Gänsestopfleber.

Nun roch es hier nach Krankenhaus. Er ekelte sich davor, er ekelte sich vor diesem Geruch, er ekelte sich davor, diese Räume nur zu betreten.

Und er hätte schwören können, dass es dem Butler genauso ging. Borniertes Arschloch in seiner livrierten Uniform. Er hätte ihn am liebsten gefeuert, doch nach französischem Recht hatte der alte Sack Kündigungsschutz. Was für ein Land.

Er stand auf dem Balkon des Schlosses, unter ihm ging es steil hinab, die Steine des Baus waren direkt mit den Felsen verbunden, die dem Ort seinen Halt gaben. Vor ihm, tief unten, breitete sich ein Abhang aus, alte Olivenbäume wechselten sich mit Palmen ab, erst weiter hinten waren wieder Häuser zu sehen, die Häuser des neu gebauten Ortsteils von Cagnes-sur-Mer, dem Teil, der direkt am Strand lag, dahinter das endlose Blau des Mittelmeers.

Vorgestern war er aus Doha kommend in Nizza gelandet. Früher hatte er es kaum abwarten können, aus der Wüste wieder ins gelobte Land zu fliegen, wo ihn alles erwartete, was er unter seinesgleichen nicht haben konnte: Koks in Hülle und Fülle, guten alten Wein, für dessen Konsum sie ihn in Katar einsperren würden – natürlich nur offiziell, inoffiziell soffen sie alle –, und die schönen Ärsche der Nordafrikaner.

Seit dem Vorfall aber zögerte er seine Reisen nach Frankreich so lange hinaus, wie es eben ging. Lieber noch ein Geschäftsmeeting in Doha, lieber noch ein verlängertes Abendessen. Doch irgendwann hatte er es nicht mehr hinauszögern können – die Geschäfte warteten –, viel mehr noch: der entscheidende Schlag gegen alles, was ihn in diese Lage versetzt hatte.

Er löste sich von diesem Anblick des Abhangs und hörte seine eigenen lauten Schritte auf dem alten Steinboden. Er ging die Treppe hinauf in die zweite Etage. Sie hatten ihn dorthin gebracht, dann musste Shokran ihn nicht so oft sehen. Leise öffnete er die gewaltige Holztür, die in ihren Angeln knarrte. Das Licht in dem Raum war schummrig. Hier roch es wie auf einer Intensivstation. Die junge schwarze Krankenschwester senkte den Kopf, als sie ihn kommen hörte. Sie suchte ihre Utensilien zusammen und ging leise aus dem Raum, ohne ihn anzusehen. So hielt sie es stets.

Er trat näher heran und kniff die Augen zusammen. Der andere, der ihm so ähnlich sah, saß in dem Bett mit den weißen Streben, eines, wie es auf allen Intensivstationen der Welt gab, ein riesiges Gestell, das mehr den Maschinen diente als dem Häufchen Mensch, das darin lag. Links neben dem Mann standen die großen weißen Apparate, die ihn am Leben erhielten. Die Bildschirme spuckten sekündlich neue Daten aus. Daten, die das Leben in kalte Zahlen pressten. Atmung, Herzschlag, Sauerstoffsättigung. Die Zahlen zeigten an, dass er funktionierte – theoretisch jedenfalls. Praktisch war er ein Toter mit offenen Augen und röchelnder Lunge. Der weiße Schlauch führte in seinen Hals und steuerte seine Atmung, der Schlauch, der in seinen Bauchraum führte und ihn ernährte, war von der Bettdecke verborgen.

»Silas«, flüsterte Shokran. Er flüsterte sonst nie, es passte nicht zu ihm. Hier aber konnte er nicht anders. Er wagte es nicht, ihn zu berühren, nicht mal an der blassen Hand, die ein Stück unter der Bettdecke hervorschaute.

»Silas«, sagte er noch einmal leise und schüttelte wieder den Kopf. »Ich werde alles tun, damit du gehen kannst. Alles. Aber diese Angsthasen hier, sie wollen dich nicht gehen lassen.« Die offenen Augen seines Zwillingsbruders zeigten keine Regung, sie waren nur starr und weit wie bei einem Fisch. Die Kugel hatte das Licht aus ihm herausgepustet, doch sie hatte nicht genau genug getroffen, um ihm auch das Leben zu nehmen. Oder – und darüber dachte er häufiger nach als ihm guttat – hatte sie genau das gewollt: Einen lebendigen Toten aus seinem Bruder zu machen?

Nur einmal in seinem Leben war Shokran Al-Hamsi bisher auf einer Intensivstation gewesen.

Damals hatte er in ein anderes Gesicht gesehen, ein Gesicht, das er vielleicht mehr geliebt hatte als dieses hier. Damals waren die Augen des Mannes geschlossen gewesen – sie sollten sich nie wieder öffnen. Die Täterin war dieselbe.

Sie würde sterben. Für damals – und für heute.

CHIARA BOLATELLI

BERLIN-FRIEDRICHSHAIN, DEUTSCHLAND

Die Schlange war ewig lang, sie reichte von der alten Bahnbrücke, auf der eben ein gedrungener roter Zug entlangrumpelte, an dem Cash- und Carry-Supermarkt vorbei bis zu dem riesigen Gebäude, das einem Bunker glich, einem finsteren Trutzbau mit zugemauerten und blinden Fenstern, dem man sich eigentlich gar nicht nähern mochte, hätte man nicht gewusst, was einen drinnen erwartet.

Doch Chiara war den ganzen Weg an der Schlange vorbeimarschiert. Dort vorne war der Eingang, sie ging aufrecht, zielstrebig, während die anderen mürrisch in der Kälte ausharrten. Kurz vor der Tür fing sie einen Blick auf, ein Gesicht, markant, stechend blaue Augen, volles Haar, doch sie musste sich auf ihre Füße konzentrieren, auf dem rutschigen Pflaster, und so verlor sie den Kontakt zu seinen Augen wieder, umdrehen wollte sie sich nicht mehr.

Nur schnell rein. Nicht warten. Nicht eine einzige Minute. Während die anderen Menschen zwei Stunden hier draußen standen. Es war bequem auf diese Weise. Vor allem aber, und das machte sie besonders stolz, hatte sie all das ganz allein bewerkstelligt. Hatte Freunde gefunden, die einflussreich oder wenigstens hip genug waren, dass sie sich nicht wie alle anderen in diese stundenlange Warteschlange einreihen musste, bis ihr die Füße abgefroren waren – Herrgott, das hier war Berlin und nicht die milde Côte.

Sie hatte es ohne ihren Vater geschafft, irgendwo anzukommen. Ohne seine Kontakte, ohne seinen Schutz, ohne sein Geld.

Keine Frage, sie liebte ihn – auch wenn sie ihn nicht mochte, weil er tat, was er tat. Aber sie hatte ihr ganzes Leben lang etwas ohne ihn schaffen wollen, ohne den Paten, ohne den Mann, der sie behütet, beschützt und verhätschelt hatte. Sicher, es war nicht mehr, als ohne Schlange zu stehen stehen in einen Klub zu kommen – aber hey, dies hier war immerhin der berühmteste Techno-Schuppen der Welt.

Der Türsteher mit Bart und Piercings, das Gesicht tätowiert wie ein Mann mit ernsthaften Problemen, erkannte sie schon aus der Ferne, sein von Berufs wegen finsteres Gesicht hellte sich auf, und er machte Platz, sie klatschten einander lässig ab, sie fühlte sich für einen Moment, als würde sie in *Sex and the City* mitspielen, dann schwang die Tür auf, und die ersten Bässe dröhnten heraus, sie trat ein, ging zur Garderobe, umarmte auch dort zwei oder drei gute Bekannte, und schon war sie drinnen, mitten im Dunkel, in der Bassmaschine, wo die Stroboskope um sie herum zuckten, als wollten sie sie verschlingen, sie gleichsam in sich aufnehmen.

Sie holte sich ein Club-Mate, der Barkeeper füllte den Wodka oben in die Flasche, alles ging aufs Haus, sie nahm das Getränk und ging auf die Tanzfläche, denn das allein war das Ziel: die Bewegung, das Vibrieren, das Sichauflösen in dieser Menge, die im Gleichklang Ekstase findet. Sie kann sich vorstellen, mit Zoë hier zu tanzen. Zoë liebt dieses Aus-seiner-Haut-fahren, dieses Sich-gehen-Lassen, niemand sieht dabei so wild und zugleich anmutig aus wie sie. Eine Stunde später ist Chiara schweißnass, ihr Trägertop klebt ihr auf der Haut, die Arme hat sie hochgereckt, den Kopf nach hinten geworfen, so tanzt sie mit geschlossenen Augen. Als sie sie wieder öffnet, steht da der Mann vor ihr, sein Lächeln mehr der Blick eines Raubtiers, doch sein Haar und seine Augen erkennt sie sofort wieder, der Blick vor der Tür, sie wusste es dort schon, unterbewusst nur, aber sie war schon vor der Tür bereit.

Sie zieht ihn heran, er greift hinter sie, legt seine Hände auf ihren Rücken, als wäre sie nackt, sie fühlt seine Kraft, sie riecht ihn, sie zieht seinen Kopf heran, die Musik wird lauter, schneller, der erste Kuss ist wie ein Knall, sie lassen einander nicht mehr los, er könnte sie zerdrücken, ohne Frage, doch sie könnte es auch, merkwürdig, sie hat noch gar nichts genommen. Sie hasst diesen Scheiß, das Kokain, sie nimmt es nur, wenn das Wochenende nicht enden soll.

Nach einer Stunde der Besinnungslosigkeit ändert sie den Plan, sie will ihn, diesen Mann, der noch nicht zwei Worte gesagt hat. Sie nimmt seine Hand, ihr Kopf macht eine Bewegung nach oben. Er nickt nicht, lässt sich einfach von ihr fortziehen. Sie holen ihre Jacke von der Garderobe, er hat nichts weiter dabei. Sie gehen in die Kälte hinaus, der Türsteher sieht ihnen nach, sie zieht ihn wieder heran und küsst ihn, zum ersten Mal in frischer Luft, zum ersten Mal unter dem Mond, sein Gesicht schimmert nun noch anziehender. Er muss frieren, denkt sie.

»Frierst du?«

Er schüttelt den Kopf. Sie gehen ein Stück, dann stoppt er und zeigt auf den Bus, der am Straßenrand parkt. Sie jauchzt auf, ein Bulli, ein alter Bus, wie die, die die Windsurfer auf Korsika haben, nur glänzt dieser hier, als sei er brandneu, dabei muss er vierzig Jahre alt sein, mindestens.

»Kannst du fahren?«

»Ich bin total nüchtern«, sagt er. »Ich wohne ganz in der Nähe.«

Ihr ist es egal, am liebsten würde sie ihn direkt in diesem Bus vögeln.

Sie steigt ein, er steht draußen, sie dankt ihm, weil sie glaubt, er wolle die Tür schließen. Das Gerät sieht sie erst eine Millisekunde, bevor es dunkel wird um sie, ein Taser, sie zuckt zusammen, die Blitze leuchten erst auf, als sie schon auf das Armaturenbrett sackt.

Carlos Zuffa setzt sie aufrecht und schnallt sie an, dann steigt er auf der Fahrerseite ein und fährt los, hinein in die Nacht. Das Adlergestell, eine der wichtigsten Ausfallstraßen Berlins, ist gänzlich leer, hier könnte noch eine Polizeikontrolle lauern, aber er erreicht die Stadtautobahn, nimmt den Ring um die Stadt und biegt dann auf die Autobahn gen Süden. Auf dem ersten menschenleeren Parkplatz steigt er aus und trägt sie in den Kofferraum, dort verschnürt er sie und verklebt ihr den Mund. Er will seine Ruhe haben, es wird eine lange Fahrt.

Er setzt sich wieder hinter das Lenkrad, trinkt noch einen Red Bull und schaltet die CD ein. The xx dringt aus den Lautsprechern, das Gitarrenriff und die Drum Machine werden verhindern, dass er einschläft.

LE MONDE

NUN GEHT'S ANS TAFELGOLD

Frankreichs Regierung geht in der Finanzkrise neue Wege: Schon wieder sollen Teile der Goldreserve verkauft werden.

von Christian Latour, Paris
mit AFP.

Die Lage des französischen Staatshaushalts ist besorgniserregend – erst recht, seit die Rentenreform des Präsidenten durch die anhaltenden Proteste der Gelbwesten und der Gewerkschaften ins Stocken geraten ist.

Deshalb erwägt der Finanzminister nun einen ganz und gar ungewöhnlichen Schritt: Er will Teile der französischen Goldreserve verkaufen. Informanten unserer Zeitung sprechen von einem Anteil bis zu 0,5 Prozent der gesamten Reserve.

Erstmals soll dabei ein privater Käufer zum Zuge kommen. Die Banque de France und das Finanzministerium hüllen sich in Schweigen, doch Gerüchten zufolge könnten die Interessenten vom Golf stammen. Besonders Scheichs aus Katar engagieren sich seit Längerem in Frankreich, der Hauptstadt-Fußballklub Paris Saint-Germain ist seit 2011 in der Hand einer katarischen Investorengruppe.

Allein aus Sicherheitsgründen wird sicher erst nach dem Verkauf bekannt gegeben, wer den Zuschlag erhalten hat.

Schon einmal, im Jahr 2004, entschied der damalige Wirtschaftsminister Nicolas Sarkozy, dass im Zeitraum von 2004 bis 2009 20 Prozent der nationalen Goldreserve verkauft würden. Damals war der Goldpreis auf einem Tiefstand. Im Zuge der Finanzkrise stieg der Wert wieder, doch die Verkaufspreise des Staates waren bereits fixiert. So erzielte Frankreich bei diesem Verkauf einen Verlust von über zehn Milliarden Euro.

Diesmal soll sich dieses Debakel nicht wiederholen – der Verkauf findet bei einem absoluten Höchststand des Goldpreises statt: Für die Goldbarren mit einem Gewicht von 15 Tonnen kann der Finanzminister einen Erlös von einer halben Milliarde Euro erzielen.

ZOË

VIA DEL MERCATO, VENTIMIGLIA, ITALIEN

Sie hatte wahnsinnig lange geschlafen. Endlich ging das wieder. Nach der Beerdigung ihres Vaters war sie sofort in ein Flugzeug gestiegen und nach Vietnam gereist. Doch in dem buddhistischen Kloster im Schatten des Fansipan-Berges hatte sie nicht die Ruhe gefunden, die sie gesucht hatte. Das war, ehrlich gesagt, eine ziemliche Untertreibung. Sie hatte sechs Tage am Stück nicht geschlafen, weil sie nicht aufhören konnte zu hassen. Schließlich, als sie dachte, sie würde verrückt, fuhr sie nach Hanoi und stieg ins Flugzeug nach Hause. Sie konnte nicht gut weglaufen. Das war ihr noch nie gelungen.

Auch in Vietnam war sie eine Woche wie eine lebende Leiche durch die Straßen gelaufen, die Augen hinter ihrer Sonnenbrille verborgen. Die Sonne war keine Wohltat wie sonst, sondern sie brannte, verhöhnte sie mit der Lebensfreude, die sie in diesen Frühlingstagen verbreitete.

Doch dann hatte sie sich dem Schmerz gestellt, war hinaufgefahren nach Èze und hatte sein Grab besucht. Der Name auf dem Stein – in diesem Moment erst hatte sie es verstanden. Den Verlust begriffen. Seinen Namen gegen den Wind gerufen, hier oben auf dem Berg, unter ihr das Panorama des glitzernden Mittelmeeres. Und endlich hatte sie geweint.

In dieser Nacht hatte sie zum ersten Mal wieder geschlafen. Ihr Leben hatte einen Rhythmus aufgenommen, einen langsamen Rhythmus, viel langsamer als vorher. Sie hatte keine Aufträge angenommen, hatte ihr Handy ausgeschaltet, hatte keine Nachrichten mehr empfangen.

Sie wollte einfach nur sein: Hier, in dieser kleinen Stadt im Schatten der Seealpen, den Kieselstrand zu ihren Füßen, die alten italienischen Bauten, deren Fenster zum Meer hinaus gingen, die kleinen Restaurants mit ihrer günstigen Pasta und ihre kleine Bar, die den besten Espresso der Welt servierte. Nach Wochen hatte sie zum ersten Mal wieder gelächelt.

Sie war allein. Und genoss es. Ab und zu ging sie zu Gianluca in seine Wohnung, schlief mit ihm, dann ging sie wieder. Er drängte sie nicht, als spürte er, dass sie dann für immer gehen würde.

Sie betrat die Markthalle, dieses alte Ungetüm aus schweren Stahlbalken, die als Dachstreben dienten, der Putz bröckelte von den Wänden. Doch was die Händler auf ihren Tischen aufgebaut hatten, ließ ihr Herz jedes Mal höherschlagen. Sie kochte jeden Tag, kaufte sich die besten Produkte, Fisch, Fleisch, Meeresfrüchte, frisches Gemüse – und stand dann stundenlang am Herd, trank eine Flasche Rotwein allein – und dachte dabei an ihren Vater, der nichts so geliebt hatte wie gutes Essen.

Sie begrüßte den Fischhändler und betrachtete die Goldbrassen und Wolfsbarsche, doch heute wollte sie ein vegetarisches Risotto kochen, so hatte sie entschieden.

»*Domani*«, sagte sie ihm. Morgen. Der alte Mann mit der weißen Schürze lachte und griff nach einem *pulpo*, um ihn der nächsten Kundschaft anzupreisen.

Sie zog weiter, vorbei an der *macelleria*, hinter deren Glasscheibe verführerische Steaks lagen und herrliche Koteletts. Aber dann: sechs, sieben Stände mit Obst und Gemüse, deren Auslagen um die Wette strahlten: dunkelrote Tomaten, sattgelbe Paprika, lila Artischocken und hellgrüne Wassermelonen – es war ein Fest. Sie beugte sich hinab, um an einem Korb mit Austernseitlingen zu riechen, die würde sie nehmen für ihr Risotto.

»Hundert Gramm davon, bitte«, sagte sie zu der jungen Frau mit den langen dunklen Haaren. Die wog die Pilze ab und verstaute sie in einer Papiertüte, Zoë zahlte, nahm die Tüte und ging weiter. Nur noch den *parmigiano*, dachte sie und strebte dem Käsehändler entgegen, der seine Waren am Ausgang der Halle feilbot, als sie erst das Geräusch hörte und dann das Raunen, das durch die Reihen der Händler lief. Sie alle sahen nach oben, doch da war nichts weiter als das geschlossene Dach. Wo kam der Lärm denn her? Ein Knattern, ohrenbetäubend, sie erkannte es sofort. Rotorblätter, ein Helikopter, er musste sehr nah sein und sehr tief fliegen. Ein Helikopter, mitten im Zentrum von Ventimiglia? Sie straffte sich, ihre Hand fuhr in den Hosenbund, wo der kleine Revolver steckte, den sie beim Einkaufen stets mit sich führte, die Beretta war für diese Gelegenheiten einfach zu schwer und auffällig. Sie wandte sich schnell um, suchte die Ausgänge ab. Hatten sie sie gefunden? Wer sollte es sonst sein, wenn nicht die Polizei?

Gianluca hatte nichts gesagt – aber würden sie einem einfachen Carabinieri sagen, dass sie die meistgesuchte Verbrecherin des Nachbarlandes enttarnt hatten? Sicher nicht.

Sie nahm den Ausgang, am Käsehändler vorbei, bog in die Via Roma und erschrak: Der Helikopter setzte in diesem Moment auf, mitten auf dem Parkplatz vor der Polizia di Stato, neben dem Rathaus, keine fünfzig Meter von ihr entfernt. Die Rotoren ließen Sand auffliegen, altes Papier sauste durch die Luft. Unwillkürlich senkte Zoë den Kopf, weil der Staub in ihre Augen wehte. Sie verbarg sich hinter der Häuserecke, neben ihr standen die Italiener und starrten das Flugobjekt an. Sie sah genauer hin, die Hand immer noch an der Waffe. Es war kein Polizeihubschrauber, kein beschrifteter jedenfalls, vielleicht ein ziviler. Geheimdienst? Spezialeinheit? Wer würde sonst auf dem Parkplatz der Polizei landen?

Die Tür wurde aufgeschoben, und ein Mann stieg aus, in schwarzem Anzug, die Augen hinter einer Fliegerbrille verborgen. Sie stockte und konnte den Blick nicht von ihm lösen.

Wie konnte das sein? Sie sah sich um, da, dort hinten, da stand ein anderer Mann, Lederjacke, weißes T-Shirt, den Blick fest auf sie gerichtet. Sie war zu leichtsinnig geworden. Verdammt. Wenn sie sie gefunden hatten, hätten auch die Bullen sie finden können.

Der Mann im Anzug ging auf sie zu, sie hatten jeden ihrer Schritte verfolgt. Er blieb vor ihr stehen, sie konnte seine Augen nicht sehen, er sah aus, als würde er lächeln, sein Anzug hatte keine einzige Falte, er schwitzte nicht, wahrscheinlich empfand er gar nichts.

»Mademoiselle, würden Sie mich bitte begleiten? Er will Sie sehen.«

»Ich will aber ihn nicht sehen«, antwortete sie.

Normalerweise hätte er sie gepackt und mitgeschleift – oder sie direkt hier erschossen. Doch der Mann nahm seine Brille ab, die dunkelbraunen Augen blickten sie bittend an, und nun merkte sie, wie müde er aussah, gräuliche Augenringe auf dunklem, von der korsischen Sonne verbranntem Teint.

»Es geht nicht um einen Auftrag«, sagte der Mann. »Es ist wirklich dringend. Es geht um seine Familie. Bitte, kommen Sie.«

Sie überlegte nicht lange, nickte nur. Er ging los, sie

folgte ihm, der Helikopter hatte die Rotoren nicht ausgeschaltet. Sie bückten sich, je näher sie kamen, um dem Sog zu entgehen. Zoë wusste, dass die halbe Stadt ihnen nachsah, sie würde sich hier nicht mehr blicken lassen können. Er stieg ein, sie kletterte ihm nach und nahm neben ihm an der Tür Platz. Die Schiebetür wurde von außen von dem Mann in der Lederjacke zugedrückt, er würde hierbleiben, dachte sie. Nur ein paar Sekunden, dann wurde das Geräusch noch lauter, und der Helikopter hob ab. Der Parkplatz, die Markthalle, der Fluss, die alte Kirche auf dem Berg, Gianlucas Wohnung, mehr und mehr sah sie von Ventimiglia von oben, ein herrlicher Ausblick, den sie so noch nie gehabt hatte, dann beschrieb der Hubschrauber eine Kurve und flog übers Meer gen Süden. Südwesten. Sie hatte keinen Zweifel, wohin er fliegen würde.

»Was haben Sie in der Tüte?«, fragte der Mann im Anzug, die Sonnenbrille hatte er wieder aufgesetzt.

»Austernpilze«, sagte sie und betrachtete die Papiertüte, als könne sie es selbst nicht glauben. Sie hatte sie ganz vergessen.

»Lecker«, sagte der Mann.

Sie flogen nicht zu hoch, sie konnte die Wellen unter sich erkennen, ein weißes Segelboot, das Richtung San Remo kreuzte. Sie hielten sich am Küstenstreifen, sie konnte den Grenzübergang nach Menton erkennen, nun waren sie in Frankreich.

Sie dachte, dass sich der Fischhändler morgen wundern würde, weil sie nicht auftauchte.

ZARA

RESTAURANT *CHEZ FRED*, PLAGE DE L'ESTAGNOL, BORMES-LES-MIMOSAS, PROVENCE, FRANKREICH

Der Hubschrauber flog so tief und war so laut, dass die Zikaden für einen Moment verstummten – vielleicht waren sie auch einfach nicht mehr zu hören. Genau hinter der Düne hielt er sich über dem Strand, bevor er eine Kurve beschrieb und sich gen Süden wandte.

Sie sah diesem schwarzen Ungetüm lange nach. Nirgendwo hatte sie eine Registriernummer erkennen können, was merkwürdig war. Aber sie dachte nicht weiter daran.

Sie sah wieder auf ihren Tisch, auf den leeren Teller, die leere Wasserkaraffe. Es war das Abschiedsmahl gewesen, noch einmal die Spezialität des Hauses: Eine riesige Languste, einem Hummer ähnlich und noch besser in der Qualität, dazu eine Krustentier-Velouté und al dente gegarte Spaghetti. Es war ein Festmahl gewesen. Sie stand auf und ging zu der Bar. Es wurde Zeit für den Abschied. Ihr Flug ging in drei Stunden von Nizza.

Sie war drei Tage hier gewesen. Sie vermisste Stefan und ihre Tochter, Amélie.

»Maman«, sagte sie, »ich muss langsam los.«

Ihre Mutter wusch gerade Gläser ab, hinter dem Tresen in der Holzhütte, nebenan brutzelten die Grillmeister am offenen Feuer, auf dem Steaks lagen, diese riesigen Côtes de Bœuf, außerdem Doraden neben den Langusten, von denen sie eben eine verspeist hatte. Alles wurde hier auf dem Holzfeuer gegrillt.

»Es war so schön, dass du hier warst. Ich glaube, Papa ist sehr glücklich, wenn er spürt, dass du mir geholfen hast.«

Sie wischte sich rasch über die Augen, doch Zara hatte die Tränen gesehen.

»Wirst du hier klarkommen?«

»Na hör mal, ich bin ja wohl ein echter Gastronomieprofi«, sagte ihre Mutter entrüstet. »Aber im Ernst: Dein Vater hat hier so ein tolles Team aufgebaut, das wird ein Kinderspiel. Ich freue mich sehr auf die Saison.«

Ihre Mutter hatte nicht gezögert. In den Wochen, nachdem Papa erschossen worden war, stand das Restaurant am Strand – *sein* Restaurant – vor einer ungewissen Zukunft. Maman hatte sie zwei Wochen nach ihrer gemeinsamen Rückkehr nach Berlin zur Seite genommen. »Ich muss das machen«, hatte sie erklärt. »Natürlich werde ich euch vermissen. Besonders die Kleine. Aber es gibt keine andere Option. Ich muss das tun. Für ihn. Und außerdem weißt du, wie sehr ich das Meer und das Licht vermisst habe.«

Zara hatte nicht versucht, sie aufzuhalten. Also hatte ihre Mutter den kleinen Koffer gepackt, den sie damals genommen hatte, um vor ihrem Mann zu fliehen, hatte sich in den Flieger nach Nizza gesetzt und kurzerhand das Restaurant in der Provence übernommen. Nun hatte Zara sie zum ersten Mal besucht und gesehen, dass alles perfekt zusammenpasste: Maman war eine genauso gute Gastgeberin, wie es ihr Mann gewesen war. Zara hatte sie beobachtet, wie sie von den Köchen das richtige Anrichten der Teller lernte, wie sie sich mit Winzern traf, um den perfekten Rosé für den Sommer auszusuchen, wie sie die alten Stammgäste in Empfang nahm und all die Beileidsbekundungen mit unerschütterlicher Freundlichkeit ertrug.

Sie blühte auf, es war nicht zu übersehen. Zara hatte ihr bei den betriebswirtschaftlichen Aspekten geholfen, nachdem sie sich die Bücher angesehen hatte. Kein Zweifel, ihr Vater hatte das alte Verbrecher-Gen längst abgelegt. Die Bücher waren picobello geführt, er zahlte seine Steuern, das Geschäft lief so gut, dass er jedes Jahr reichlich Gewinn gemacht hatte. Und nun war Maman die neue Chefin.

»Ich gehe noch mal kurz an den Strand.«

Ihre Mutter lächelte sanft.

»Genieß es.«

Das Restaurant hatte bis zu dem plötzlichen Tod ihres Vaters Zaras Namen und den ihrer Schwester getragen. Maman hatte den Namen sofort geändert – in Gedenken an Fred. Es lag in einem großen Pinienwald genau an der Düne: Ein Strandbistro, das nur im Sommer geöffnet war, Ende Oktober wurde alles zusammengeklappt und in einem Container verstaut, nun aber war es die pure Idylle: aus gelb bespannten Stühlen an Holztischen unter blauen Sonnenschirmen. Die Gutbetuchten kamen aus Toulon, aus Hyères, sogar aus Nizza und Marseille, um die Spezialitäten des Hauses zu genießen. Und der Clou: Einer der schönsten Strände der Côte d'Azur lag direkt hinter der Düne. Sie musste nur eine kleine, über einen Holzbohlenweg erreichbare Anhöhe hinauf, schon erstreckte sich vor ihr die sichelförmige Bucht, die ihr jedes Mal den Atem stocken ließ vor Schönheit.

Der Sand war so weiß wie auf den Malediven, und der Kontrast war enorm: zu dem hellblauen Wasser des Mittelmeeres, das hier so warm war wie selten sonst an dieser Küste, weil die Bucht durch einige vorgelagerte Inseln und ihre spezielle Form besonders geschützt lag. Noch war der Strand ziemlich leer, für die Bewohner der Provence war es längst noch keine Badezeit. Doch im Sommer würde sich hier Sonnenschirm an Sonnenschirm reihen, dann wäre es ein buntes Panoptikum, eine Mischung aus Einheimischen und Urlaubern, und ein bunter Mischmasch aus Gesprächen und Kinderjauchzen würde über der Bucht liegen. Sie ging ein Stück die Düne entlang und zog dann ihre Ballerinas aus, um mit ihren Füßen den Sand zu spüren. Er war erstaunlich kalt. Sie beobachtete die Segelboote und eine kleine Motorjacht, die in der Bucht vor Anker lagen. Die hohen Mittelmeerkiefern am Rande der Bucht bildeten das i-Tüpfelchen auf diesem Panorama.

Sie war noch nicht oft hier gewesen. Viel zu spät hatte sie herausgefunden, dass Zoë dieses Bistro für ihren Vater gekauft hatte. Doch seit diesem ersten Tag, vor etwas mehr als einem Jahr, als sie über die Düne getreten war, hatte sie gespürt, dass hier nun ein kleines Stück Heimat lag. Sie hatte bisher nichts von diesen Begriffen gehalten. Sie hatte keine Heimat gehabt, nie. Nicht den schäbigen Wohnblock in Nizza-Nord, nicht die Universitäten in fernen Ländern, nicht einmal die schicke Altbauwohnung im Berliner Bezirk Prenzlauer Berg.

Die Heimat war in ihrem Kopf. Dort, wo sie ruhig in ihrem Geiste war. Wenn sie mit Amélie zusammen war, mit Stefan und ihrer Maman. Und nun auch hier, an diesem Strand in der Provence.

Daran hatten die schrecklichen Ereignisse vor wenigen Monaten nichts geändert. Es war hier passiert, an Freds liebstem Ort. Und beide Schwestern waren dabei gewesen.

Zoë schob sich in Zaras Gedankenwelt.

Sie hatte nichts mehr von ihr gehört.

Sie wusste, die Funkstille rührte daher, dass ihre Zwillingsschwester auf der Skala ihrer emotionalen Reaktion auf den Tod des Vaters noch nicht alle Stufen der Trauer durchlaufen hatte.

Das Leugnen war zwar nicht möglich gewesen, es war schlicht nicht möglich, den Tod zu leugnen, wenn er als Kugel in den Kopf des eigenen Vaters drang und das Blut über den trockenen, sandigen Boden lief.

Aber da war die Wut. Ja, Zoë war sehr wütend, es lag in ihrer Natur, sie war schon immer voller Wut gewesen. Doch nun richtete sich der Hass wieder auf Zara, und sie hätte sich nicht gewundert, wenn Zoë ihr die Schuld an seinem Tod gab.

Und das Verhandeln. Zara hatte gehört, dass Zoë auf dem Friedhof in Èze gewesen war. Maman hatte sie dort gesehen, aber sie hatte sich hinter einem Stein verborgen. Sie wollte nicht, dass Zoë sich ertappt fühlte.

Und die Depression. War Zoë traurig? Sicher, es wäre eine ganz normale Sache. Trotzdem fiel es Zara schwer, sich Zoë anders vorzustellen als nur wütend.

Und schließlich die Akzeptanz: Erst, wenn Zoë den Tod akzeptiert hätte, ihn als unumkehrbar hinnehmen würde, erst dann würde sie Zara vergeben können.

Aber so weit war es lange noch nicht.

Zara wandte den Blick schnell von dem Paradies zu ihren Füßen ab und ging zurück über die Düne.

MAMAN

RESTAURANT *CHEZ FRED*, PLAGE DE L'ESTAGNOL, BORMES-LES-MIMOSAS, PROVENCE, FRANKREICH

Sie gab ihr die Hand, weil sie wusste, dass sie keine Umarmung zulassen würde. Das hatte sich nicht verändert, nicht in den langen Jahren im kalten Berlin und nicht am tragischsten aller Tage, hier auf diesem schönsten Flecken Erde.

Zara nahm ihre kleine Reisetasche und ging von dannen, ohne sich umzudrehen. Sie würde auf dem Parkplatz in ihr gemietetes Auto steigen und zum Flughafen fahren – und dann wäre sie wieder in ihrer Welt der Polizisten und Terroristen, der Bombenanschläge und Tarnungen.

Sie würde diesen Ort nicht vermissen. Gewiss nicht. Sie vermisste nichts, wenn sie zu tun hatte und in ihrer Welt war.

Wie eigentümlich diese junge Frau doch war.

Sie trat aus der Bar und ging hinüber zur Küche, die direkt neben dem Grill stand. Christelle, eine alte Frau aus Bormes-les-Mimosas, war dabei, die Nudeln für die Langusten zu kochen. Hier war sie am liebsten, weil sie das Kochen liebte – und am besten vergessen konnte. Sie nahm sich ein großes Brett und begann, das rohe Gemüse zu schneiden. Die Paprika, den Blumenkohl, den Staudensellerie, die Radieschen, die Gurken. Alles zusammen würde nachher mit grünem und rotem Salat auf einer großen Platte serviert werden, in der Mitte eine Schale der unnachahmlichen Anchoïade provençale, einer Paste, die eigentlich nur aus Sardellen und Knoblauch bestand und von den Gästen des Restaurants *Chez Fred* als Vorspeise geliebt wurde.

Hatte Fred diese Vorspeise auch so geliebt? Oder hatte er die Spaghetti mit den Langusten vorgezogen? Wenn sie sich an den Mann erinnerte, mit dem sie Jahre in der kleinen Wohnung in dem maroden Wohnblock in Nizza gelebt hatte, hätte sie schwören können, dass er die riesigen Steaks vorgezogen hätte, die hier als Côtes de Bœuf auf Holzkohle kross gegrillt wurden. Doch alles, was sie hier vorgefunden hatte, bewies ihr: Sie kannte diesen Mann nicht mehr, diesen Fred, der eben nicht mehr der Verbrecher von damals gewesen war, sondern ein respektierter und respektabler Gastgeber, ein Geschäftsmann, gar ein Mann von Welt.

Deshalb könnte es auch gut sein, dass es genau diese Vorspeise aus Gemüse war, die er am meisten geliebt hatte.

Sie würde es sich nie verzeihen, dass sie nicht früher in den Süden gereist war. Um ihn wiederzusehen.

Sie hätte ihn in diesem Restaurant treffen können. Mit ihm hier arbeiten. Die Gäste begrüßen. Am Abend am Strand sitzen und ein Glas Wein trinken, wenn die Besucher alle gegangen waren.

Sie hätte sich neu in ihn verliebt. Keine Frage.

Jetzt war es zu spät.

Sie hatte Zoë auf dem Friedhof von Èze getroffen, vor einigen Wochen. Sie war gekommen, um Blumen zu bringen, doch am Eingangstor war ihr Blick zu Freds Grab gewandert. Dort hatte Zoë gekniet. Sie hatte sich verborgen und ihre Tochter beobachtet. Die Tränen waren aus deren Augen geflossen wie ein steter Strom, sie waren auf den Boden gefallen, während sie geschluchzt, geweint, geschrien hatte.

Sie war nicht zu ihr gegangen. Sie hatte sich schlicht nicht getraut. Sie hatte Zoë verraten. Und Fred.

Sie hatte Zara nichts von Zoës Tränen erzählt. Ihre Zwillingsschwester hätte es nicht verstanden. Sie hatte Zara nach dem Mord an Fred nicht weinen sehen. Hatte sie sie jemals weinen sehen?

NAVARRO

HÔTEL DE POLICE, 2 RUE ANTOINE BECKER, MARSEILLE, FRANKREICH

»Ich wünsche dir einen schönen Tag, *chéri*«, sagte Isabel und gab ihm einen langen Kuss.

Die kleine Sophie saß auf der Rückbank und verzog das Gesicht. »Hört auf damit«, quengelte sie, aber gleich darauf grinste sie. Er stieg aus und öffnete ihre Tür, um sich auch von ihr zu verabschieden.

»Ich würde Bouillabaisse zum Diner machen, einverstanden?«

»Du würdest mich zum glücklichsten Mann der Welt machen«, sagte er durch das offene Beifahrerfenster.

»Das bist du doch eh schon, du hast uns zurück«, rief sie lachend, ehe sie den Motor aufheulen ließ und davonbrauste.

Es stimmte, er war der glücklichste Mann der Welt.

Vor drei Monaten noch hatte er in seiner Einzelzelle im Gefängnis von Toulon gesessen. Verhaftet wegen schwerer Körperverletzung oder versuchten Mordes, der genaue Tatvorwurf war vom *procureur* noch nicht näher definiert worden. Nach acht schlaflosen Nächten hatte er eines Morgens seinen Wärter gebeten, ihn in die Kapelle zu bringen.

Kapelle, Moschee, Tempel, der Raum war alles in einem. Ein karges Kämmerlein mit einem Kreuz an der Wand, die für die Christen gedacht war.

Er hatte niedergekniet und gebetet. Er erinnerte sich

ganz genau an seine Worte, wie eingebrannt hingen sie in seinem Hirn.

»Ich bin ganz unten, Herr, ganz unten. Es gibt keinen Ausweg mehr. Ich habe keine Kraft und keine Hoffnung. Ich bitte dich. Sende mir nur ein Zeichen, dass ich nicht aufhören darf. Bitte. Nur ein Zeichen.«

Am nächsten Tag hatte sein Anwalt an die Zellentür geklopft, das Hab und Gut von Navarro hatte er schon aus dem Safe geholt und in einer Tasche dabei.

»Wir gehen«, hatte er gesagt. »Der Staatsanwalt hat die Klage fallen gelassen. Shokran Al-Hamsi hat Ihre Aussage bestätigt, wonach ein anderer Mann auf seinen Bruder geschossen hat.«

Navarro war sprachlos gewesen. Er hatte sich aufgerichtet, in einem Moment ein kleines Häufchen Elend, im nächsten ein freier Mann.

Der Anwalt hatte ihn in dem kleinen Fischerort Les Goudes vor den Toren Marseilles herausgelassen, gerade, als die Sonne über der Île Maïre unterging. Navarro hatte sich die Tränen weggewischt, die er vor Rührung vergossen hatte. Dann hatte er leise angefangen, vor sich hin zu pfeifen.

Am nächsten Tag hatte er sich in den Zug gesetzt und war nach Paris gefahren. 3 Rue de Sèvres. Er hatte vor ihrer Wohnung gewartet, bis Isabel am Abend von der Arbeit gekommen war. Er hatte gedacht, sie würde ihn davonjagen, aber sie war ganz sanft gewesen, hatte ihn hereingebeten. Sie bräuchte Zeit, hatte sie gesagt. Aber ja, sie denke an ihn. Viel sogar.

Er hatte kurz mit Sophie spielen dürfen. Dann bat Isabel ihn, zurückzufahren, zurück nach Marseille. Er dürfe sie nicht drängen, sie würde sich melden.

Im Auto dachte er, er würde wieder nächtelang nicht

schlafen können, das Damoklesschwert der endgültigen Trennung über ihm. Doch er schlief – voll von innerem Frieden und Zuversicht. Und er war gar nicht wirklich verwundert, als es drei Tage später vor seiner Cabane hupte. Isabel war schon ausgestiegen, die kleine Sophie rannte auf ihn zu. Neben dem Auto standen vier große Koffer. Sie waren zurück.

Seit diesem Tag, vor zwei Monaten, lebten sie wieder zusammen, in der kleinen Hütte am Hafen, die Navarro erst nach der Trennung für einen Schnäppchenpreis gekauft hatte – in dem Glauben, er würde hier alleine leben. Bis zu seinem unseligen Ende.

Stattdessen erlebte er nun das, was er einmal als Traum seines Lebens bezeichnet hatte: An diesem wunderschönen Ort am Ende der Welt, in der letzten Bucht am Rande von Marseille, ehe die felsigen Höhen der Calanques begannen. Die bunten Holzhütten mit ihren großen Fenstern, die kleinen Fischerboote, die, von großen Tauen gehalten, in der feinen Dünung auf und ab schaukelten. Sie hatte ihre alte Arbeit wiederaufgenommen, in einer kleinen Boutique oberhalb des Prado-Strandes. Sophie ging wieder in die École Maternelle in der Altstadt. Abends aßen sie zusammen an dem alten Holztisch vor der Cabane, bevor Isabel Sophie zu Bett brachte und Navarro mit seinen Freunden eine Partie Pétanque spielte. Danach saßen sie lange Arm in Arm zusammen, tranken Rosé und beobachteten die Lichter draußen auf dem Meer. So war es gestern wieder gewesen. Bis kurz vor zwei Uhr am Morgen hatten sie dortgesessen, Isabel war in eine dicke Decke gekuschelt gewesen.

»Weißt du, dass ich wirklich glücklich bin?«, hatte sie gesagt, »ich habe wirklich nicht mehr daran geglaubt. Daran, dass sich etwas derart ändern kann. Jemand. Ich meine dich. Es liegt daran, dass du ganz anders bist als früher. Als seist du aus einem tiefen Schlaf erwacht. Als würdest du jetzt spüren, dass es nur dieses eine Leben gibt, und dass es genau dieses zu genießen gilt. Verstehst du?«

Er hatte sie geküsst, doch sie wollte sich damit nicht zufriedengeben.

»Kannst du mir erklären, was passiert ist?«, hatte sie gefragt.

»Ich will dich nicht anlügen, Isabel«, hatte er gesagt, »aber ich kann dir nicht die ganze Wahrheit sagen. Es sind furchtbare Dinge passiert, es könnte sein, dass ich das Schlimmste getan habe, was ein Mensch einem anderen antun kann. Auch, wenn es kein guter Mensch war. Keine guten Menschen. Dennoch.« Er hatte den letzten Schluck aus seinem Glas genommen, ehe er fortfuhr: »Ich war ganz unten – und hatte doch in jedem Moment nur einen Wunsch: die Kleine und dich wiederzuhaben. Ich habe euch so schlecht behandelt, weil ich das alles als selbstverständlich hingenommen habe. Doch dann, in der dunkelsten Stunde, habe ich verstanden, dass ihr das Einzige seid, für das es sich zu kämpfen lohnt.«

Sie hatte ihn in den Arm genommen und festgehalten, später hatten sie auf dem Klappbett im Wohnzimmer miteinander geschlafen, leise, damit Sophie nicht aufwache, dabei aber so innig und leidenschaftlich, dass ihm war, als schlafe er zum ersten Mal mit ihr. Und nun hatte sie ihm sein Lieblingsgericht für den Abend in Aussicht gestellt, bevor sie Sophie zur Schule fuhr. Sein Leben war perfekt.

Als er das Hôtel de Police betrat, salutierte der Polizist so ungelenk, dass die Maschinenpistole, die um seine Hüfte baumelte, gefährlich zu schwanken begann.

Er betrat das Treppenhaus und stieg rasch empor, es

war wie immer, der Staub, der Schmutz, der Putz, der von den Wänden bröckelte, in diesem scheußlichen Gebäude aus den Sechzigern, doch er sah all das gar nicht, er lächelte und genoss dieses neue Gefühl, ein Mann in seinen besten Jahren, ein liebender Gatte, ein erfolgreicher Polizist. Das Berufsverbot war sofort nach seiner Entlassung wieder aufgehoben worden, sodass er erneut als Leiter der Brigade Criminelle arbeiten durfte.

Er ging in sein Büro und nahm an seinem Schreibtisch Platz. Keine Aktenberge lagen mehr herum, alles war ordentlich aufgeräumt, das Fenster, früher mit einer dicken Jalousie verbarrikadiert, öffnete er, der Wind vom Meer wehte herein, draußen lag der Hafen im Sonnenschein. Er wusste, dass die Kollegen ihn beäugten, ihn nicht wiedererkannten, aber ihm war es recht, sicher waren sie neidisch auf sein spätes Glück.

Er stand noch einmal auf und ging zum Faxgerät, es fanden sich drei Blätter darin. Zwei Fahndungsaufrufe, ein junger Algerier, der einen schweren Einbruch begangen haben sollte, eine alte Dame, die aus ihrem Seniorenheim verschwunden war. Das dritte Fax aber ließ ihn stutzen. Es kam aus Paris. Innenministerium. Eine Voranfrage. Er las die knappen Zeilen und las sie noch einmal, er tat es gleich im Stehen, weil es so ungewöhnlich war, dass er lachen musste.

Vertraulich: Voranfrage für Begleitung eines Spezialtransports

Sehr geehrter Commissaire Navarro,

im Zuge des Verkaufs eines Teils unserer Goldreserven kündigen wir hiermit an, dass Sie sich für Ende kommen-

der Woche auf eine Generalmobilmachung der Polizei von Marseille einstellen müssen.

Details erhalten Sie in einer vertraulichen Akte.

Der private Käufer möchte Teile des Erwerbs direkt erhalten, er hat Marseille als Übergabepunkt ausgewählt.

Bitte ordnen Sie eine Urlaubssperre für alle Kollegen an – ab sofort.

Bitte kommunizieren Sie diese Nachricht an niemanden – Sie werden verstehen, dass wir bei der Gefahrenlage eine absolute Vertraulichkeit einhalten.

Mit herzlichen Grüßen,
Alphonse Meyer, Staatssekretär
Innenministerium, Place de Beauvau, 75008 Paris

Ein Goldtransport, der durch Marseille führte. Navarro konnte nicht mehr aufhören zu lachen. Wer waren diese Leute – und warum ließ man ausgerechnet sie die Republik führen? Aber das hier war kein Witz. Sie meinten es wirklich ernst. Nun musste er sich doch kurz hinsetzen. Er trank nicht mehr. Seit Wochen. Aber heute hätte ihm ein kleiner Pastis doch gutgetan.

LE MONDE

DIE UNANTASTBAREN

Sie sind die Gegenregierung des Staates – und verdienen Milliarden: Frankreichs Mafiabosse und die finsteren Geschäfte

von Patricia Becker

Die Terroranschläge der letzten Jahre hatten hierzulande neben den vielen Toten und dem Leid einen großen Nebeneffekt: Die Sicherheitsbehörden mussten ihr Augenmerk allein auf die Bekämpfung der über zehntausend Gefährder in Frankreich richten – und auf den Schutz bedrohter Einrichtungen.
Die organisierte Kriminalität hingegen kam kaum noch vor: weil die Beamten längst Überstundenberge vor sich herschoben und auch organisatorisch weit über ihre Kräfte hinaus beansprucht waren.
Doch auch die Clanbosse stellten ihre Taktik um: Sie verzichteten auf die Durchführung großer und aufsehenerregender Verbrechen und agierten lieber im Hintergrund, stellten ihr Geschäft quasi auf halblegale Einnahmewege um – oder auf Felder, die von der Politik als zweitrangig betrachtet werden: So bauten die Mafiosi ihre Tätigkeiten im Drogen- und Menschenschmuggel aus, haben auf Korsika und in Südfrankreich aber auch ihre Einnahmeseite verbessert, indem sie im Tourismus- und Immobiliensektor immer mehr Anteile halten. Geschätzt setzen sie jährlich einen zweistelli-

gen Milliardenbetrag um, die Dunkelziffer könnte aber weit höher liegen.

Möglich wird das natürlich auch, weil die korsische Mafia und die neuen Clans beste Verbindungen zu Politik und Sicherheitsbehörden pflegen. Doch Korruption und Schmiergeldzahlungen konnten in letzter Zeit so gut wie nicht mehr nachgewiesen werden, die Mauer des Schweigens wird immer höher.

Die Mafia fühlt sich sicher in Frankreich, die letzte Festnahme eines großen Players im organisierten Verbrechen liegt mehr als zehn Jahre zurück.

ZOË

BORGO, KORSIKA, FRANKREICH

Land in Sicht. Endlich. Gleich würde sie Antworten bekommen.

Niemand hatte gesprochen an Bord des Helikopters, nicht der Pilot, nicht der Mann im Anzug, der neben ihr saß. Sie hatte aber auch keine Fragen gestellt.

Sie wusste, wo es hinging, seit der Pilot direkt den Weg übers Mittelmeer genommen hatte, unter ihnen nur noch wenige Fischerboote, dann nur noch Blau, tief und weit, bis zum Horizont.

Direction Sud, immer gen Süden, die Insel war etwa eine Stunde entfernt gewesen. Als wieder mehr Segelboote auftauchten, die ersten großen Jachten, da wusste sie, sie waren fast am Ziel.

L'Île de la Beauté, die Insel der Schönheit.

Die schroffen Felsen unter ihnen kamen schnell näher, die Wellen, die unten an diese Felsen krachten, die kleine grüne Fläche, auf der der Pilot den Helikopter nach wenigen Sekunden aufsetzte, ohne dass es wirklich zu spüren war, dabei wehte der korsische Wind ziemlich heftig über die Ostküste der Insel.

Kurz nach dem Aufsetzen öffnete der Mann im Anzug die Schiebetür, sie sprang den halben Meter auf die Wiese, dann führte er sie zu der schwarzen Limousine, die am Rande des Landefeldes stand, der Motor lief. Sie stiegen ein, und sofort setzte sich der schwere Mercedes in Bewegung. Sie war erst ein Mal hier gewesen, dennoch erinnerte sie sich, dass es nicht lange dauern würde. Sie spürte, wie der kleine Revolver an ihren Rücken gedrückt wurde – niemand hatte sie vor dem Start durchsucht. Die Männer wussten, dass sie bewaffnet war.

Sie könnte ihn direkt hier aus dem Fenster werfen, in der Villa würde er ihr nichts nützen.

Der Pate war alt, aber er war schnell. Und hatte zudem zehn Männer um ihn herum, die ihn bewachen würden. Es hieß, er habe seine Leibgarde verdreifacht, nach dem Vorfall in Bormes-les-Mimosas.

Sie konnte den Namen des Ortes nicht mal leise murmeln, ohne an Fred zu denken.

Papa.

Niemals würde sie den Tag vergessen. Den Tag, an dem sie aus San Sebastián in die Provence gerast war, mit den schlimmsten Befürchtungen. Dennoch hätte sie sich nicht im Traum ausmalen können, dass Zara das wirklich alles in die Wege geleitet hatte. Das Treffen zwischen Bolatelli und den Al-Hamsis. Der Showdown. Eine vorprogrammierte Katastrophe.

Zara war zu klug, um nicht zu ahnen, was geschehen würde. Sie hatte es geahnt. Hatte sie es sogar gewollt?

Zoë sah sich wieder auf dem Boden knien, den Kopf ihres Vaters in Händen. Überall das Blut so viel Blut, sein Blut. Sein letzter Blick im Diesseits, dann waren seine Augen verschwunden, seine liebenden Augen, für immer.

Sie hatte ihn besucht, dort, wo er jetzt lag, tief unter der Erde, im ewigen Fels von Èze. Sie hatte Maman gesehen, aus dem Augenwinkel, wusste, dass sie sich verborgen hielt, um Zoë trauern zu sehen, sie weinte, sie weinte um sein Leben. So gerne hätte sie mit Maman gesprochen, aber sie war noch nicht bereit gewesen, deshalb hatte sie getan, als bemerke sie sie nicht. Zu viel Trauer, zu viel Liebe.

Und Hass. Zara.

Die Straße ging gewunden den Berg hinauf, es waren Serpentinen, rechts ein niedriges Mäuerchen, dann der Abhang hinunter zum Mittelmeer. Ein paar Pinien, sie wähnte sich wieder in Italien, aber Korsika war ohnehin mehr italienisch als französisch. Die Zikaden waren durch die gepanzerten Scheiben zu hören. Die Macchia blühte, früher als der Rest der Flora auf der Insel.

Dann die Hochebene, ein Plateau, das viele Hektar groß war. Niemand wohnte hier, außer ihm. Sie hatte vergessen, wie friedlich es hier war.

Sein Leben war Krieg gewesen, seine Heimat purer Frieden.

Das mannshohe Tor schwang auf, ein brauner Fleck in einer grauen Mauer, die Kameras überall, dann fuhren sie hinein. Die Villa kam näher, ein moderner Kasten, eckig wie ein Kubus, auf dieser Seite gab es keine Fenster, auch das aus Sicherheitsgründen. Als sie hielten, ging sogleich das Portal auf, die alte Haushälterin trat heraus, in weißer Schürze wie aus einem Südstaatenepos.

Zoë stieg aus, die Männer blieben am Auto stehen und nickten. Also ging sie allein voran, die alte Frau nahm ihre Hand, sie hatte zu viele Verbrecher gesehen, um in Ehrfurcht zu erstarren.

Sie führte die *Fürstin der Unterwelt* hinein in das Haus, die Lobby, von dort aus wäre es weiter in den großen Wohnraum mit seiner kompletten Fensterfront zum Meer gegangen. Doch die alte Frau nahm behände die Stufen der Treppe hinauf, dorthin, wo Zoë nie zuvor gewesen war. In den privaten Wohnräumen. Kühl war es hier oben. Und dunkel. Die Rollläden mussten heruntergelassen sein.

Sie betrat einen Raum, Zoë hörte seine Stimme, ein Flüstern, dann ließ die Haushälterin sie eintreten.

Ihre Augen mussten sich erst an die Dunkelheit gewöhnen, deshalb blieb sie in der Tür stehen. Seine Stimme war ein Flüstern.

»Endlich, Zoë, endlich. Los, setz dich hin, bitte.«

Sie kannte ihn so nicht, hatte ihn nie so gehört. Sie hörte ihn bitten, sie spürte Angst, vielleicht sogar Panik. Seine Stimme klang danach, deutlich, dabei hatte sie ihn noch gar nicht gesehen. Doch dann schaltete er ein kleines Licht an, neben sich auf einem Tischchen, und da sah sie ihn. Ihr Schreck hätte nicht größer sein können.

Er saß da, in einem weißen Morgenmantel, die alten Hände lagen auf der Lehne, doch sie bewegten sich unruhig und fahrig hin und her. Seine Augen lagen tief in den Höhlen, als habe er seit Wochen nicht geschlafen. Er war blass und hatte rote Flecken auf den Wangen. Sah aus, als sei er sehr, sehr krank. Er wies auf den Stuhl ihm gegenüber. Seine ganze Erscheinung hatte nichts von dem bedeutendsten Mafiaboss der fünften Republik, er sah aus wie ein bemitleidenswerter alter Mann. Sie hatte Mitleid, ohne Frage. Sie sollte kein Mitleid mit ihm haben, schalt sie sich im selben Moment.

Sie setzte sich hin, doch wie immer, wenn sie ihm gegenübersaß, konnte sie keine Ruhe finden, sie streckte ihre Zehen in den Sneakers lang aus, zog sie wieder an, streckte sie wieder aus, das konnte er nicht sehen, und die Anspannung musste irgendwohin.

»Es ist vorbei. Ich gebe auf. Ich wusste nicht, dass sie so weit gehen würden. Doch nun, wo ich erkenne, wie ich mich getäuscht habe, in der Welt, in der wir leben, weiß ich, dass es vorbei ist.«

Sie spürte Angst in sich aufsteigen. Es durfte nicht sein. Es konnte nicht sein.

»Was ist passiert, Monsieur Bolatelli?«

Er beugte sich zum Boden hinunter und hob ein iPad an, das sie bisher nicht bemerkt hatte. Er wischte einmal darüber, sodass der Bildschirm hell wurde, dann gab er es ihr. Das Video war geöffnet, sie klickte auf *Play*.

Ihr Gesicht. Diese Angst in ihrem Blick. Ihr Herz schnürte sich zusammen, sie glaubte, ihr bliebe die Luft weg. Chiara. *Ihre kleine Schwester*. Sie sah verändert aus, die Schminke war verlaufen, dunkle Schlieren unter ihren Augen. Sie saß auf dem Boden, es sah nicht aus wie ein Haus, viel kleiner, enger, die Kamera war nur auf sie gerichtet. Ihre Stimme, dünn und hell, wie ein Vogel in einem Käfig.

»Papa, hallo. Ich bin in der Gewalt des Al-Hamsi-Clans. Sie haben mich in Berlin entführt, in einem Klub. Nun bin ich ihnen gänzlich ausgeliefert. Es geht mir nicht gut, mein Entführer behandelt mich nicht gut, gar nicht gut.«

Eine Pause. Sie weinte, zog die Beine an, hielt die Hände um die Unterschenkel geschlossen. Der Entführer ließ die Kamera weiterlaufen. Sadist. Zoë konnte den Blick nicht abwenden, auch, weil sie nicht in Bolatellis Augen sehen wollte. In ihr krampfte sich alles zusammen. Sie kannte diese Haltung, dieses Kauern, diese Todesangst, sie wusste, wie sich das Mädchen fühlen musste. Chiara. Ihre Chiara.

»Du wirst mich nur wiedersehen, wenn du tust, was sie wollen. Shokran Al-Hamsi wird dich anrufen. Heute um zwölf Uhr, auf deiner sicheren Leitung. Du musst ihnen außerdem deine kompletten Geschäfte übertragen. Und

es gibt eine weitere Bedingung: Du musst ihnen die Fürstin der Unterwelt ausliefern. Ansonsten werden sie mich ermorden. Ich soll sagen, dass sie mich bestialisch ermorden werden. Ich habe Angst, Papa.«

»Sie hat mich noch nie Papa genannt. Sie nannte mich immer bei meinem Vornamen. Benito.« Mehr sagte er nicht.

BOLATELLI

BORGO, KORSIKA, FRANKREICH

Er wusste, dass er scheußlich aussah. Dass er roch, wie er nie hatte riechen wollen: wie ein alter Mann. Er hatte vorhin das Licht gelöscht, weil er sich selbst nicht in diesem schrecklichen Morgenmantel sehen wollte. Er gab das Bild eines gebrochenen Mannes ab, eines Mannes, dessen Leben vorbei, dessen Kraft aufgebraucht war.

Dabei fühlte er sich innerlich ganz anders: Er kochte. Er spürte eine Kraft, die er seit einem Jahrzehnt nicht mehr gespürt hatte. Eine Wut. Aber es war keine produktive Kraft. Keine neuen Ideen lagen in ihr, kein Aufbruch. Es war eine zerstörerische Kraft, ein Abgrund, so vorprogrammiert, dass er alles und jeden hineingestoßen hätte, in jeder anderen Situation in seinem Leben. Aber nicht in dieser. Nicht dieses Mal. Denn an diesem Abgrund stand Chiara. Ihr galt all seine Liebe.

Bolatelli hatte immer geglaubt, dass er sich nur um sich selbst drehte. Doch jetzt verstand er, dass dem nicht so war. Und genau das tat fürchterlich weh.

Gott sei Dank saß ihm gegenüber jemand, der Chiara so sehr liebte, wie er es tat. Er fühlte es. Ganz bestimmt.

»Hat der verdammte Al-Hamsi angerufen?« Zoë sah ihn an, mit diesem kühlen und interessierten Ausdruck in den Augen, den er nun schon lange kannte.

»Das hat er.«

»Was will er?«

Bolatelli wollte gerade anheben, um zu antworten, da

sagte sie leise: »Ich wollte eigentlich einen Plan ausarbeiten, um ihn und seinen Bruder in einem Zuge zu töten, aber nun, da er mir zuvorkommt, muss ich es vielleicht schneller und nicht ganz so planvoll tun.«

Er murmelte etwas, leise, sie fragte: »Wie bitte, Monsieur?«

»Nichts«, sagte er.

Aber in seinem Kopf wiederholte er die Worte: Wenn nur einer von uns hier lebend rauskommt ... Dann sagte er deutlicher: »Er war sehr freundlich am Telefon, so selbstsicher, als habe er schon gewonnen. Aber ich muss zugeben: Er hat gewonnen, ich werde alles tun, was er will. Er hat meine Tochter. Ich lasse meinen Anwalt gerade schon einen Vertrag aufsetzen, der den Al-Hamsis meine Gesellschaften überträgt. Alle. Ich will damit nichts mehr zu tun haben. Wir haben den Deal gemacht, dass er mir mein Haus lässt und ein Zubrot, damit ich für meine Sicherheit sorgen kann, bis ich nicht mehr bin.«

»Wie gnädig«, sagte sie, doch er schien es zu überhören.

»Er hat aber etwas anderes vor. Etwas Großes. Das sich mit seiner Forderung verbindet, dich an ihn auszuliefern.«

»Was ist es? Sagen Sie es mir.«

Bolatelli räusperte sich.

»Er will das Gold.«

»Welches Gold?«

Er holte tief Luft, vor Überraschung – und weil er spürte, wie knapp er bei Atem war.

»Herrgott, ich vergaß, Zoë, du lebst in Italien und hältst dich von allen Nachrichten fern.«

Er lehnte sich zurück, so langsam gewann er seine Fassung zurück, es gab etwas zu tun, in all dieser Aussichtslosigkeit und dem Zum-Warten-verdammt-Sein, er konnte einen Plan schmieden, seinen Plan, nun musste diese junge Frau, die er schon so lange kannte, nur zustimmen – und falls nicht …

»Es wird den Verkauf eines Teils der französischen Goldreserve geben«, begann er seine Geschichte – nein, es war vielmehr die Geschichte und der Plan dieses Bastards Al-Hamsi –, und Bolatelli musste zugeben, dass er die Genialität des Clanbosses unterschätzt hatte.

Im Folgenden legte er Zoë den Plan vor, von dem er selbst erst vor zwei Stunden erfahren hatte. Und er sah, wie ein Beben durch ihren Körper lief, wie sie immer aufrechter saß in ihrem unbequemen Designerstuhl (der so viel gekostet hatte wie Bolatellis Haushälterin in zwei Monaten verdiente), wie die junge Frau immer mehr Rot auf ihren Wangen bekam, was merkwürdig aussah, weil ihr Teint ohnehin so dunkel war. Am Ende saß sie eine halbe Minute lang nur da, ohne ein Wort.

Schließlich fuhr sie auf: »Das ist Wahnsinn. Das alles.«

»Ja, es klingt so. Und weil es Wahnsinn ist, will er dich.«

Sie schüttelte den Kopf, mehrmals, immer noch voller Staunen über dieses Vorhaben, das nicht mehr war als Harakiri.

»Es ist Wahnsinn, dass es den Transport überhaupt gibt. Sie wissen doch, wie die Gangs einfache Geldtransporter angreifen, drüben in Marseille. Erst letzte Woche wurde wieder einer mit TNT aufgesprengt, die kennen keine Gnade. Und ausgerechnet dorthin wollen sie das Gold bringen?«

»Genau. Und du wirst die sein, die den Transport stoppt.«

»Monsieur Bolatelli, bei allem Respekt: Ich glaube, dass es einen anderen Weg gibt. Wir müssen Chiara befreien, so schnell wie möglich. Das sollte unser einziges Ziel sein.

Ich werde herausfinden, wo sie steckt, dann bringe ich sie zurück und mache kurzen Prozess mit Al-Hamsi.«

Bolatelli schüttelte traurig den Kopf.

»Er ist zu klug – und er ist bereits zu mächtig. Du wirst sie nicht finden, fürchte ich, und wenn du es nicht schaffst, schafft es niemand.«

Er beugte sich vor zu ihr und flüsterte drängend: »Verstehst du nicht? Ich kann nichts riskieren, ich darf sie nicht verlieren, niemals. Verstehst du das?«

Er lehnte sich wieder zurück und atmete tief durch.

»Nein. Wir müssen das Spiel mitspielen. Sein Spiel.«

»Wenn Sie das wollen«, sagte sie nickend, »dann werde ich das tun.«

»Das hatte ich gehofft«, antwortete er. »Du weißt ganz genau, was Al-Hamsi will. Er will das Gold und er will gleichzeitig dich loswerden. Mit seinem Plan gibt es eine sehr gute Chance, dass beides gelingt.«

Er machte eine kurze Pause und lauschte dem Röcheln seiner Lunge nach. Er hasste das Altern. »Aber es deckt sich nicht mit dem, was ich will.«

»Sie wollen Chiara zurück.«

»Und?«

»Sie wollen ihn erledigen.«

»Und?«

»Sie wollen das Gold.«

»Du bist die Klügste, Zoë. Ganz genau. Und es gibt nur eine Chance, um beides zu erreichen.«

»Ich verstehe nicht ...«

Er wusste, dass er nicht länger umhinkam, die Bombe platzen zu lassen. Chiara konnte nicht warten, nicht auf Zoës Befindlichkeiten, nicht auf eine dumme Taktik. Es wurde Zeit.

»Ich weiß längst, dass es dich zwei Mal gibt«, sagte er

und sah, wie sie sich zusammenriss, aber es ging nicht, das Rot auf den Wangen verschwand augenblicklich, und er sah, wie sie die Fäuste ballte.

»Du musst deine Schwester hinzuholen. Aus so vielen Gründen: Meines Wissens weiß Al-Hamsi nicht, dass es sie gibt. Sie ist Polizistin. Sie kann uns alle Informationen beschaffen, die wir brauchen, um ...«

»Nein«, schrie Zoë, lauter und wütender, als er sie je gehört hatte, sie sah ihn an mit so viel Wut, dass ihre Augen blitzten. »Nein, nein, nein, ich werde nie wieder mit Zara reden, nie wieder. Ich werde das nicht tun, niemand, nicht mal Sie, Monsieur, können mich dazu zwingen. Sie wissen, was sie getan hat – und Sie wissen, wie sehr ich Papa geliebt habe.«

»Ich weiß«, sagte er sanft, »aber ich kann darauf leider keine Rücksicht nehmen, Zoë. Es geht um meine Tochter. Um ihr Leben. Deine Schwester ist unser Trojanisches Pferd. Wir brauchen sie. Unbedingt.«

»Ich kann das nicht, niemals«, sagte sie und wollte aufstehen. »Sie wissen doch, was passiert ist: Sie hat alles in Gefahr gebracht, und dann hat sie alles zerstört. Das kann ich nicht – und ich schütze damit ...«

»Erzähl nicht einen solchen Unfug«, sagte er streng. »Zusammen seid ihr unschlagbar. Herrgott, es geht um Chiara. Um das Mädchen, mit dem du so viel Zeit verbracht hast. Und jetzt weigerst du dich, den besten Weg zu gehen, nur weil du ...«

»Nein, ich verweigere mich, weil es keinen Sinn macht. Ich allein werde alles tun, um Chiara zurückzuholen, aber nicht mit Zara.«

Sie schüttelte den Kopf, entschieden, dann wollte sie aufstehen.

Doch Bolatelli war schneller. Er griff neben sich auf

den Sessel und hielt auf einmal den Revolver in der Hand. Richtete ihn auf sie. »Bleib sitzen.« Sein Ton war nun kalt und abweisend. Er griff zum Telefon, wählte, es wurde sofort abgehoben. Er hörte sich selbst sagen: »Plan B.«

Dann legte er auf.

ZOË

BORGO, KORSIKA, FRANKREICH

Die Rotorenblätter fegten Palmwedel durch die Luft, scharf wie Messer. Sie waren dem Helikopter nun schon ganz nah. Er war neben der Grundstücksmauer gelandet, am Rande des riesigen Hochplateaus genau über dem Meer.

Er ging hinter ihr, deshalb konnte sie sein Gesicht nicht mehr sehen. Aber der Eindruck von vorhin in dem dunklen Zimmer hatte sich ihr eingebrannt. Sein Blick. Die Enttäuschung, die Wut, aber auch dieser Zug in seiner Pupille – er hatte nichts mehr zu verlieren, weil nun alles auf dem Spiel stand, was er noch liebte.

Die Tür schwang beiseite, sie warf einen Blick zurück, er machte ein Zeichen mit der Pistole, die er immer noch im Anschlag hielt, also stieg sie ein. Sein Leibwächter folgte, dann Bolatelli, so mühelos, wie sie es dem alten Mann nie zugetraut hatte.

Verdammt, was wurde das hier?

Das Geräusch wurde lauter und lauter, ein Tornado über ihren Köpfen, eine Sekunde nur, dann lösten sich die Kufen, und sie sah den Schatten des Helikopters unter sich, der Schatten, in dem sie nun saß. Bolatelli murmelte etwas in dem tiefsten korsischen Dialekt der Ostküste, den nur noch ein paar Menschen in zwei oder drei Tälern sprachen und von dem Zoë beim besten Willen kein Wort verstand. Doch den überraschten Blick des Piloten, der sich sogar umdrehte, als müsse er etwas falsch gehört haben, den verstand sie. Eine Sekunde später riss er das Steuerrad herum, und der Helikopter legte sich schräg in Richtung offenes Meer, er wurde immer schneller, sie jagten förmlich hinaus in die blaue Wüste.

Sie hatte keinen Kopfhörer bekommen, deshalb hörte sie nicht, was Bolatelli immer wieder in sein Headset sprach, vielleicht sprach er auch mit niemandem, sondern murmelte nur ein Mantra. Seine Augen sah sie nicht, weil er die verspiegelte Sonnenbrille trug.

Sie flogen weit hinaus, sicher zwölf, dreizehn Minuten am Stück, sie hatte aufgehört, die Sekunden mitzuzählen, sie sah kein Land mehr, keinerlei Anhaltspunkt, wo sie sich befanden, irgendwo zwischen Korsika und Festlanditalien, da drosselte der Pilot den Helikopter und ließ ihn ein Stück sinken – immer weiter verlor er an Höhe, schon zeichneten sich auf dem Wasser die Schatten und dann auch die Windströme der Rotoren ab. Fünfzig, vierzig, vielleicht dreißig Meter.

Bolatelli nahm die Sonnenbrille ab. Es war keine Wut mehr in seinen Augen, nur das Spiegeln der Sonne, er sah gleichmütig aus. Das – und nur das – machte ihr Angst.

»Los«, sagte Bolatelli. Laut und klar, nur das eine Wort.

Sie sah ihn fragend an.

»Los. Spring.«

»Ich ...«

Er richtete die Pistole auf sie.

»Du willst nicht mehr dienen, und es war dir klar, was an dem Tag passiert, an dem du diese Entscheidung triffst. Es hätte glimpflicher ablaufen können, aber leider hast du dir einen Tag ausgesucht, an dem ich besonders übel gelaunt bin. Ich wollte nur, dass du deine Schwester dazuholst, damit sie mein Mädchen rettet. Doch du lehnst ab, aus deiner dummen Verletztheit heraus ...«

»Nein«, rief sie, versuchte, gegen den Lärm anzukämpfen, ein letzter erbärmlicher Versuch: »Ich kann einfach nicht, wir dürfen ihr nicht vertrauen, nein, wirklich …«

»Ruhe jetzt …«

»Bitte, Monsieur Bolatelli, bitte …«

»Nicht flehen. Nicht du.«

Seine Worte wie Schläge.

»Los. Raus mit dir.«

Sie drehte sich zur Seite und setzte die Füße auf die weißen Kufen. Sofort griff der Wind nach ihr. Sie sah hinab in die Flut, die Verzweiflung ergriff Besitz von ihr, doch noch einmal wandte sie sich um und sah ihn an, die Schultern hochgezogen, das Kinn hochgereckt, sie blickte in die Mündung der Waffe, dann ließ sie, während sie seinen Blick festhielt, los und glitt sofort ab, es dauerte Sekunden, es waren doch mehr als fünfzig Meter gewesen, sie verkrampfte sich, machte sich ganz steif, keine Pirouette, dann wäre sie tot, sie müsste gerade sein, kerzengerade, und so schlug sie ein, die Füße zuerst, so heftig krachten sie in eine Welle, dass sie dachte, es zerreiße sie, zerfetze ihre Sohlen, doch dann war sie unter Wasser, und die Kälte lähmte sie augenblicklich, um dann im nächsten Moment alles Adrenalin in den Körper zu jagen, das ihr Gehirn zu produzieren imstande war.

Das Blau schloss sich, war neben, unter und über ihr, wobei sie für einen Moment nicht mehr wusste, wo oben war, bis sie das Licht wieder sah und die kreisrunden Wellen der Rotorenblätter, der Schatten, *flapp, flapp, flapp*, ein Dröhnen, das bis hier unten hallte. Sie stieg auf, schnell und gierig, um die Luft zu spüren, und schaffte es, die Augen zu öffnen, gerade, als der Hubschrauber eine Kurve beschrieb und wegflog, er entfernte sich wirklich, sie schienen keine Notiz mehr von ihr zu nehmen. Sie sah ihm nach, ihre Arme ruderten im Wasser, sie liebte das Schwimmen, in keiner anderen Disziplin hatte sie die gleiche Ausdauer, gleichzeitig wusste sie, was das hier bedeutete, sie hatten sie zurückgelassen, und wenn sie den Blick wendete, dann sah sie nichts, nur Wasser, Wasser, Wasser, das ewige Meer, bis zum Horizont kein Land, keines. Sie versuchte, sich nach oben zu recken, um besser sehen zu können, doch das Meer war zu bewegt, und so wurde sie immer wieder überspült. Sie begann, langsam und gemächlich zu schwimmen, sie wusste, dass sich die Panik nicht in ihr ausbreiten durfte, nicht über sie Besitz erlangen, denn dann wäre sie verloren. Sie würde sterben, ertrinken, hier draußen. Doch würde sie das nicht ohnehin?

Sie entschied sich nach einer Weile, nicht weiterzuschwimmen, sondern legte eine Richtung ein, orientiert an der Sonne, sie legte sich ganz flach auf den Rücken, die Füße aus dem Wasser gereckt, um sich gen Westen treiben zu lassen, denn dort vermutete sie die Insel, von der sie vorhin gestartet waren. Sie hatte keine Ahnung, ob sie damit auch nur ein Prozent Überlebenschance hatte. Sie schloss die Augen, ließ sich von den Wellen treiben, anheben, hochheben, sie fror, doch sie verbot es sich, darüber nachzudenken.

RUI VICENTES

SCHEVENINGEN, DEN HAAG, NIEDERLANDE

Das Meer war wie ein Chamäleon: Der Wechsel der Farbe wirkte beinahe wie eine Fata Morgana. Kreuzte eine Wolke über den Himmel, war die Nordsee mit ihren kleinen Wellen beinahe schwarz, zumindest anthrazit, mit einem Stich ins Grüne. Doch dann, wenn sich die Sonne in ihrem blauen Bett wieder vorarbeitete, schimmerte das Blau bis zum Horizont, und nur die kleinen Schaumkräusel obenauf waren weiß und hellgrün.

Rui Vicentes hatte die Schuhe ausgezogen und fühlte, wie die Wellen an seinen nackten Füßen leckten. Die dunkle Stoffhose hatte er bis zu den Knien hochgekrempelt. Er war vor zehn Minuten zu seinem Mittagsspaziergang aufgebrochen. Er fuhr stets die paar Kilometer von Europol nach Hause in sein Strandhaus in Scheveningen, um mit Magda zu essen, danach nahm er sich mindestens eine Stunde für dieses Ritual, das ihn viel besser nachdenken ließ als sein steriles Büro in dem modernen Bau der Polizeibehörde.

Er liebte diesen Ort: dieser wahnsinnig breite und flache Sandstrand, der Kontrast zu den abscheulichen Neubaublöcken, dann aber auch die Kuppel des mondänen Kurhauses und der weit ins Meer ragende Pier, dessen Riesenrad um diese Zeit noch arbeitslos ruhte, als schwebe es über dem Wasser.

Doch heute konnte er sich über das Panorama des Strandspazierganges nicht uneingeschränkt freuen. Seit dem frühen Vormittag grübelte er unentwegt. Denn er hatte auf ihren Wunsch etwas recherchiert, das ihm nun keine Ruhe ließ.

Er hatte überlegt, es hinauszuzögern, doch nun stand sein Entschluss fest. Sie würde schon wissen, was zu tun ist. Er nahm sein Handy aus der Tasche und wählte ihre Nummer in Deutschland. Sie hob sofort ab.

»Wie ist das Wetter am Strand?«

»Du weißt immer, wo ich bin, hm, Zara?«

»Es ist kurz nach eins. Wo solltest du sonst sein? Magda hat dir vorhin ein viel zu schweres Essen gekocht, und nun musst du mindestens zehn Kilometer gehen, sonst schläfst du nachher im Büro ein.«

»Na, du bist ja richtig gut gelaunt, meine Liebe. Aber ich darf dich darauf hinweisen, dass die portugiesische Küche ausgesprochen leicht ist.«

»Ja, ich erinnere mich an diese fette Wurst aus Schweinefleisch, Speck und Weißbrot, die du mir immer in Öl gebraten serviert hast.«

»Lass die *Alheira* in Ruhe. Die ist nationales Kulturgut, du Frevlerin.«

»Und, Rui? Hast du was rausbekommen?«

»Ich musste lange wühlen. Der Mann ist in unseren Akten nur sehr spärlich aufgetaucht. Aber ich habe mit den Kollegen in den Staaten telefoniert. Und die haben deutlich mehr über ihn.«

»Was denn? Sag schon!«

»In Frankreich war er wohl im Drogenring des Korsen dabei, er soll auch als Killer gearbeitet haben. Aber dann, vor ein paar Jahren, verliert sich seine Spur in Europa. Er taucht in Lateinamerika wieder auf. Dort arbeitet er nachgewiesenermaßen als Killer, angeblich sogar für den Geheimdienst von Venezuela. Dafür gibt es natürlich keine

Bestätigung. Seine Spur verliert sich abermals, vor einigen Monaten in Haiti. Und just in dem Moment, in dem er in einem Flugzeug nach Paris sitzt, findet die Polizei die Leiche einer jungen Frau, in dem Hotel, in dem er residiert hat, in Montrouis auf Haiti. Sie war übel zugerichtet, stand in dem Bericht. Er hat verschiedene Identitäten. Aber unter keiner bekannten Identität ist er aus Europa wieder ausgereist, ich habe das geprüft. Er ist also noch hier. Die Frage ist: Was macht er hier?«

»Das würde ich auch gern wissen«, sagte Zara am anderen Ende. Er kannte diesen Ton.

»Ernsthaft: Sag mir, was los ist. Du weißt doch schon wieder viel mehr, als du mir sagst.«

»Nein, Rui. Aber ich danke dir, du hast mir sehr geholfen.«

»Zara, wirklich. Das ist ein Killer. Ein richtiger, gemeingefährlicher Killer. Was willst du von dem? Warum sollte ich mehr über ihn rausbekommen?«

»Ich habe seinen Namen im Zusammenhang mit einer Terrorermittlung gefunden. Reine Routine.«

»Du kannst mich nicht wie einen dummen Jungen behandeln«, sagte Rui, nun war er wütend und stampfte in den Sand, »es gibt keine Terrorermittlung, von der ich nichts weiß. Es ist etwas anderes. Und ich will jetzt wissen, was es ist. Wer ist dieser Carlos Zuffa?«

»Tut mir leid, Rui. Ich kann es dir nicht sagen.«

Dann legte sie auf. Er rief sie wieder an. Doch ihr Telefon war ausgestellt.

Verdammt. Er schalt sich für seine Wut. Denn er war nicht wütend, er war mehr als besorgt. Er hatte Angst um sie.

ZOË

MITTELMEER VOR KORSIKA

Wie lange trieb sie hier nun schon? Sie konnte nicht sagen, ob es eine Stunde war oder zwei oder drei. Zoë beobachtete die Wanderung der Sonne, doch sie wusste es dennoch nicht genau. Sie hatte sich die Klamotten ausgezogen. Gott sei Dank hatte sie vorhin in Ventimiglia nach dem Markt an den Strand gewollt, deshalb trug sie einen Bikini unter ihren Sachen. Der war leicht und zog sie nicht nach unten. Die Sonne wärmte sie einigermaßen, und wenn ihre Muskeln und die Haut zu kalt wurden, schwamm sie auf dem Rücken ein kleines Stück, um sich wieder zu aktivieren.

Es gelang ihr nicht mehr, den Gedanken an ihren Tod wegzuschieben.

Sie müsste der Realität ins Auge sehen.

Hier war niemand. Kein Boot. Keine Rettung. Kein Land in Sicht.

Was hatte sie gedacht, wie es aufhören sollte? Der Mann, ihr Auftraggeber, war Benito Bolatelli. Hatte sie wirklich vermutet, dass er sie einfach aussteigen lassen würde? Der seit fünfzig Jahren bekannteste Mafiapate des Südens? Der Mann, der einen Verräter in die Wand seines Hauses hatte einmauern lassen?

Ja, sie musste es zugeben: Sie hatte wirklich geglaubt, er würde sie einfach ziehen lassen. Nach allem, was sie für ihn getan und mit ihm erlebt hatte. Er wusste, dass sie niemals eine Gefahr für ihn werden würde. Sie war zu klug, um sich fassen zu lassen. Und zu loyal, um ihn jemals zu hintergehen. Sie hätte sich letztes Jahr zur Ruhe setzen müssen – irgendwo auf einer kleinen Insel, um von ihrem Geld zu leben. Doch dann kam der Tod ihres Vaters.

Nun war es zu spät. Nun hatte sie ihn rächen wollen. Und nun lastete auf Bolatelli ein Druck, der nicht mehr zugelassen hatte, dass er sie einfach gehen ließ.

Sie spürte, wie sie wieder kalt wurde, sie streckte die Arme aus und fing an zu kraulen, doch nach zwei Minuten schrie sie auf. Ihre Schultern durchzog ein Krampf, und sie drehte sich schnell auf den Bauch, um mit weniger Aufwand brustzuschwimmen. Doch es ging nicht, jeder Zug im Wasser tat weh, sie bekam Panik, geriet unter die Oberfläche und schluckte von dem salzigen Meerwasser, sie tauchte wieder auf und hustete und versuchte weiterzuschwimmen, doch ihr Körper versagte ihr den Gehorsam.

Verdammt, dachte sie, es durchfuhr sie die Erkenntnis, dass es hier enden würde. Hier draußen, in dem Element, das sie wie keines sonst auf der Welt liebte.

Und sie dachte: Zara.

Ihr vor Augen standen aber nicht die Rachsucht und die Wut, nicht der Moment, als Zara Maman mit sich genommen hatte nach Berlin, nicht der Moment, in dem sie die Mörder ihres Vaters überhaupt erst zu dem Treffen in sein Restaurant geholt hatte, bei dem Papa dann starb. Nein.

Ihr vor Augen stand der Augenblick, als sie vor einem Jahr auf der Strandpromenade von Ventimiglia saßen und Eis aßen. Sie plauderten, wie sie es bis dahin noch nie getan hatten.

Sie hatte sich wohlgefühlt in diesem Augenblick. Zu Hause.

Ihr Atem beruhigte sich durch den Gedanken. Sie drehte sich auf den Rücken und streckte die Arme aus, um sie zu entspannen. Der Schmerz war immer noch gewaltig. Sie durfte nicht sterben.

Zara. Sie wollte sie wiedersehen. Ihre andere Hälfte.

CARLOS ZUFFA

A7 HINTER LYON IN RICHTUNG MARSEILLE, FRANKREICH

Der Bulli schnurrte, es war, als würde er den Süden erkennen, die warmen Temperaturen, die Idylle vor den Fenstern. Der Motor lief und lief, er hatte ihn ja auch für teures Geld aufarbeiten lassen. Von außen sah er aus wie der Kleinbus eines Hippies, doch die Maschine war von letztem Monat – schließlich durfte er nicht riskieren, liegen zu bleiben.

Eben, auf der Autobahn durch Lyon, hatte er den Atem angehalten, weil zweimal ein Bullenauto neben ihm aufgetaucht war. Doch jedes Mal hatten sie nur überholt und freundlich zu ihm herübergesehen. Dieser Bus mit seiner orange-weißen Farbe und den runden Lampen war für Sympathiebekundungen wie geschaffen. Er hatte die Rhône und die Saône an ihrem Zusammenschluss überquert, gegenüber der weiße Bau des *Musée des Confluences*, er liebte die Kunst, er liebte die Restaurants dieser Stadt, das gute Leben, im Smoking und inkognito, ein junges Mädchen im Arm – aber nun musste er erst einmal Geld verdienen – ein letztes Mal.

Er sah in den Rückspiegel. Sie schlief immer noch, er musste wirklich seinen Dealer anrufen und ihm für das Zeug danken, das er ihr gespritzt hatte – es hätte wohl auch einen Elefanten ruhiggestellt.

Ein Mädchen wie sie hätte sich gut in seinem Arm befinden können – das hatte er schon gedacht, als er in der

Schlange vor diesem Elektroklub gewartet hatte. Sie sah gut aus, schlank und groß und feingliedrig. Ihr war nicht anzusehen, wer sie war. Das hatte ihn überrascht. Sie hatte nicht die Haltung einer jungen Frau, der ihr ganzes Leben noch niemand zu nahe gekommen war, weil jeder gewusst hatte, wer sie war. Die Tochter des Paten.

Nein, sie war ganz lebendig gewesen, so als wolle sie ganz bewusst ein Teil der normalen Welt sein. Wie sie sich mit den Türstehern abgeklatscht hatte; er hatte das sehr cool gefunden.

Sie hatte ihn zuerst geküsst, nach nur wenigen Minuten, es war viel zu laut gewesen da drinnen. Er hatte nie verstanden, warum seine Wirkung auf Frauen so war. Er fand sich mittelmäßig, doch er musste etwas an sich haben. Die blonden wallenden Haare. Die Narbe im Gesicht. Die stechend blauen Augen. Männer witterten Gefahr, Frauen witterten Abenteuer. Vielleicht war die Erklärung so leicht. Oder Chiara Bolatelli hatte sich in Berlin angewöhnt, die Männer schnell zu küssen. Konnte ja sein.

Niemand wusste, wohin er unterwegs war.

Al-Hamsi, der Bastard, hatte es wissen wollen. Aber Carlos Zuffa hatte abgelehnt. Wenn er es tun würde, dann nach seinen Regeln.

Er fand den Plan genial. Sie würden auf der ganzen Welt nach Bolatellis Tochter suchen. Doch wo versteckte man eine Angehörige einer Mafiafamilie am besten? Ganz einfach: Dort, wo alle Mafiosi sind. Im Süden.

Außerdem musste er schnell sein – dort, wo das Gold war. So ließ sich beides verbinden.

Rechts der Autobahn floss noch immer die Rhône und trennte die Drôme von der Ardèche. Links auf dem Berg stand eine alte Kirche, Valence war nicht mehr weit. In zwei Stunden wäre er da.

Er sah das Blaulicht erst, als der Wagen schon an ihm vorbei war. Das Schild *Police* blinkte auf. Vorne kam ein Parkplatz, Carlos Zuffa spürte, wie sich seine Hände fester ums Lenkrad legten. Er sah wieder in den Rückspiegel. Sie bewegte sich nicht.

Die *Aire de Bellevue,* was für eine Ironie der Name des Rastplatzes war. Er folgte dem Renault Mégane der Polizei und bremste auf dem leeren Parkplatz. Er wischte sich durchs Haar, verwühlte es ein wenig, er gähnte.

Ein älterer Polizist stieg auf der Fahrerseite aus, auf der Beifahrerseite eine junge Frau mit schwarzen kurzen Haaren. Beide hatten die Hand an der Waffe. Sie kamen langsam auf den Bus zu. Der Mann besah sich das deutsche Kennzeichen, die Frau betrachtete die Reifen.

Er kurbelte das Fenster herunter.

»*Bonjour?*«

»Guten Tag, Monsieur«, der Alte schnarrte wie ein Hinterwäldler, »Verkehrskontrolle. Führerschein und Fahrzeugpapiere bitte.«

Carlos Zuffa beugte sich zum Handschuhfach und kramte darin herum, dann reichte er die zwei Dokumente aus dem Fenster. Seine Hand zitterte.

»Gibt's 'nen Grund, dass Sie mich angehalten haben?«

»Wir wollten uns mal Ihren schönen Bus angucken«, sagte der Mann. Die Frau stand am Fenster der Beifahrerseite und lächelte ihm zu. »Haben Sie was getrunken? Oder andere Drogen konsumiert?«

»Wie kommen Sie denn darauf, Monsieur? Ich lenke doch ein Auto.«

Der Mann besah sich die Papiere und grummelte.

»Sehr witzig. Wenn das der Grund wäre, nicht zu kiffen, dann wäre ich arbeitslos. Sie sprechen sehr gut Französisch, Monsieur. Wie kommt's?«

Zuffa hätte gerne etwas geantwortet. ›Ihr Französisch dagegen ist bescheiden‹, zum Beispiel. Aber er wusste, dass er aufpassen musste. Die jovialen Bullen waren die gefährlichsten. »Lange in Paris gelebt.«

»Paris …«

»Fiese Menschen, schlimme Preise, hübsche Mädchen«, meinte Zuffa.

»Sie kennen sich aus«, lachte der Polizist. Es hatte geklappt. Es klappte meistens. In der Wut auf die Pariser waren sich die Landeier stets einig.

Nun begann die junge Polizistin um den Bus herumzugehen, er beobachtete sie im Rückspiegel.

»Wohin soll's denn gehen?«, fragte der Alte, immer noch betrachtete er das Foto auf dem gefälschten deutschen Führerschein.

»Ein kleiner Campingplatz bei Nizza. Wir sind da seit Jahren.«

Die Polizistin pfiff leise, ihr Kollege sah zu ihr durch die Scheiben.

»Wer ist das, Monsieur?«, fragte sie von hinten.

»Chiara, meine Freundin. Sie zumindest hat gestern etwas zu viel getrunken.«

Die Polizistin stellte sich jetzt neben ihren Kollegen, in ihrem Blick lag Misstrauen. Carlos Zuffa checkte an seinem Hosenbund, dass der kleine Revolver nicht verrutscht war.

»Sie ist nicht angeschnallt.«

»Der alte Bus hat hinten keine Gurte. Er hat dafür aber eine Sondergenehmigung. Steht in den Papieren. Ist aber auf Deutsch.«

»Hm, die verrückten Germanen. Aber gut …«

Der Alte wollte die Sache offenbar beenden, aber die junge Polizistin blieb hartnäckig.

»Hat die junge Frau Papiere?«

»Irgendwo in der Reisetasche.«

»Können Sie sie aufwecken, bitte?«

Zuffa sah die junge Beamtin so freundlich an, wie er es nur übers Herz brachte.

»Hören Sie, es war wirklich eine lange Nacht, wir haben Freunde in Paris getroffen, und sie hat ein bis zwei über den Durst getrunken. Wir würden einfach nur gerne weiter.«

»Wecken Sie sie.«

Ihr Ton ließ keinen Widerspruch zu, und nun hatte sie auch den Kollegen wieder wissbegierig gemacht – beide hatten ihre Hand am Holster.

Zuffa krabbelte vom Fahrersitz und schwang sich nach hinten in den Bus. Er beugte sich hinab und streichelte der Tochter des Paten eine Strähne aus der Stirn.

»Chiara«, flüsterte er und spürte, wie er schwitzte, »Chiara, wach auf.«

Tatsächlich. Sie rührte sich ganz langsam, als würde sie aus einem tiefen Schlaf erwachen. Das Mädchen streckte die Arme, bevor sie langsam die Augen öffnete. Er berührte immer noch ihren Kopf, doch was sanft aussah, war ein fester Griff. Er spürte die Blicke der Bullen in seinem Rücken.

Als sie ihn erkannte, riss sie die Augen auf, doch er wartete nicht mal eine Sekunde, bevor er leise auf Deutsch sagte: »Kein Wort. Sonst sterbt ihr alle.«

Sie war noch wie in Trance, und doch nickte sie. »Da ist sie ja, hey, Chiara, alles gut? Dicker Kater?«

Sie setzte sich aufrecht hin und bemerkte die beiden Polizisten, die zum Fenster hereinsahen. Er sah, wie es in ihr arbeitete, doch gleich darauf breitete sich ein Lächeln auf ihrem Gesicht aus. »Ja, ziemliche Kopfschmerzen, aber wird schon.«

»*Bonjour,* Mademoiselle«, sagte die junge Polizistin, immer noch mit Misstrauen in der Stimme, »Sie sind Chiara? Und wie weiter?«

»… Schmidt«, sagte Chiara schnell.

»Geht es Ihnen gut?«

Sie nickte.

»Ja, bestens.«

»Gut«, sagte der Alte, »haben Sie vielen Dank und eine gute Weiterreise.«

»Wohin sind Sie denn unterwegs?«, beharrte die Polizistin. Miststück.

»Ans Meer. Wirklich, alles ist gut.« Chiara bemühte sich, ruhig zu sprechen, sie lächelte in einer Tour.

»Wohin ans Meer?«

»Caroline, es ist doch gut jetzt. Lass die Leute fahren«, zischte der alte Bulle schnell und im Akzent.

»Wohin ans Meer?«

»Keine Ahnung«, sagte Chiara, »ich glaube, Marsei…«

»Steigen Sie aus, beide.«

Die junge Polizistin ging wieder um den Wagen herum, zur hinteren Tür. Dann ging alles ganz schnell.

ZOË

MITTELMEER VOR KORSIKA, FRANKREICH

Sie fuhr zusammen und geriet dadurch unter Wasser, Wasser geriet in ihren Mund, und sie schluckte es, doch sie war zu erschöpft, um in Panik zu geraten. Sie war tatsächlich kurz eingenickt, in dieser Position, auf dem Meer liegend. Ihre Haut brannte. Sie musste komplett verbrannt sein.

Die Sonne aber brüllte nicht mehr herab, sondern schien ihr über die Wellenberge ins Gesicht, sie stand schon sehr tief.

Zoë dachte erst, das Geräusch sei eine Fata Morgana, die Einbildung einer langsam Ertrinkenden. Aber nein. Es war ein Motor. Sie spannte sich an, alle Muskeln, alle Nervenenden, so gut es noch ging.

Das Holzboot sauste heran, ein langes altes Boot, sie sah den dunklen Rumpf, die weiße Schrift am Rand, sie schloss die Augen, als sie den Namen des Bootes las.

Sie sah ihn, nur ihn, kein Bodyguard, niemand. Nur sein Gesicht, das über die Reling blickte, zu ihr nach unten.

»Hast du es dir überlegt?«

»Ja.« Sie atmete schwer.

Er reichte ihr die Hand und zog sie mühelos an Bord, als sei nichts gewesen, dann sagte er, als wäre er weder überrascht noch wütend: »Danke. Wirklich. Du bist meine Rettung.«

»Sie Bastard.«

»Ich wusste schon immer, dass ich ein Bastard bin. Du warst es, die mich glorifiziert hat. Ich aber weiß, dass ich ein schlechter Mensch bin. Und dennoch will ich meine Tochter wiederhaben.«

»Ich will sie Ihnen wiederbringen. Ich fliege morgen früh zu Zara.«

»Gut. Aber vorher bleibst du die Nacht in meinem Haus. Wir müssen uns um dich kümmern. So verbrannt wie du bist, musst du sonst noch ins Krankenhaus.«

CHIARA

A7 BEI VALENCE, FRANKREICH

Sie hatte nicht verstanden, was geschah, noch nicht mal, als es längst geschehen war. Der Typ war so schnell, so verdammt schnell.

Hinterher erinnerte sie sich an alles wie in Zeitlupe.

Seine Hand, die verborgen nach der Waffe griff. Sie nach oben riss, im Bruchteil einer Sekunde. Feuerte. Einmal nur. Die Scheibe, die nicht zu Bruch ging, sondern nur ein kleines Loch aufwies. Kreisrund, dazu die kleinen Risse zu allen Seiten, wie die Bewegungen einer Welle. Das Loch in ihrer Stirn, mittendrin, ohne eine Abweichung nach links oder rechts, klein und blutrot, die junge Frau, vielleicht nicht mal dreißig Jahre alt, die zurückgeworfen wurde und auf dem Rücken landete, und dort, im Staub des Parkplatzes liegenblieb.

Der dicke Mann in der Uniform, der sofort die Hände hob und stammelte: »Alles gut, hey, alles gut, ich hab eine Frau und Kinder, alles gut, ich lass euch fahren, ich werde nicht anrufen, ihr habt einen Vorsprung.«

Der Typ, der aussteigt, ohne sich umzusehen, die Waffe auf den Mann gerichtet, an den er nah herantritt. Seine Stimme, hell und dunkel gleichermaßen: »Sorry, Sie waren wirklich freundlich und unterhaltsam.« Es zuckte zweimal, das tiefe Knallen, zwei Schüsse, beide in die Stirn, links, rechts, dann schloss sie rasch die Augen, bevor auch der Mann auf dem Boden aufschlug. Sie hörte es nur, dieses Krachen, sie sollte es nie mehr vergessen.

Er war wortlos wieder eingestiegen, hatte den Wagen gestartet und sich umgedreht: »Sitzen bleiben und kein Wort.«

Dann war er losgefahren, hatte beschleunigt und war auf die Autobahn gefahren. Nun fuhren sie schon wieder eine halbe Stunde, er hatte seitdem nicht gesprochen. Die Landschaft wurde bergiger, die Bäume schrien *Süden*, die Zypressen, die Platanen entlang der Autobahn. Auf dem Schild stand Avignon.

»Kann ich das Fenster aufmachen? Ich brauche Luft.«

Er nickte. »Aber kotz mir nicht in die Karre.«

Sie kurbelte die Scheibe herunter, der Wind drang in den Bus, doch er war ganz warm und roch nach Süße, nach Heimat. Würde sie sich nicht so fürchten, dachte sie für einen Moment, dann würde sie sogar genießen, dass sie ihrem Zuhause wieder so nah war. Ihr war in Berlin gar nicht klar gewesen, wie sehr sie die Wärme und dieses Weiche, Pastellige des Südens vermisst hatte. Sie legte den Kopf gegen die Scheibe und schloss die Augen.

»Das war echt Pech«, hörte sie nach einer Weile, sie musste kurz davor gewesen sein, einzuschlafen. Sie öffnete die Augen wieder und sah ihn an. Er lächelte und strich durch seine grauen Haare. Sie wusste, warum sie ihn geküsst hatte. Er sah gut aus. Nein, das vielleicht nicht mal eindeutig. Er sah *besonders* aus. Und ihr Unterbewusstsein hatte die Gefahr, die er ausstrahlte, gespürt, bevor sie selbst sie erkannt hatte. Sie liebte Gefahr.

»Was meinst du?«, fragte sie.

»Ich wollte die Bullen nicht töten. Besonders nicht den Dicken, Gemütlichen. Aber es ging nicht anders. Sie waren einfach … Ach, ich hasse Plattitüden, aber ja: Sie waren einfach zur falschen Zeit am falschen Ort.«

»Ja«, sagte sie, »wahrscheinlich wollte der Mann wirklich nur den Bus ansehen, und deswegen haben sie uns angehalten.«

Er betrachtete ihr Gesicht, als suche er etwas. Dann wandte er sich wieder der Autobahn zu und fuhr schweigend weiter. Sie überquerten die Durance, die Brücke zur Linken, der weite Himmel.

Chiara schloss wieder die Augen. Sie spürte ein Gefühl, dass ihr total absurd vorkam.

Zufriedenheit.

ANRUF AUF MOBILTELEFON +33 68927923

»Ja?«
»Hey. Hier ist Carlos.«
»Carlos wer?«
»Mann, Habibi. Carlos. Carlos von früher.«
»Zuffa? Bist du es?«
»Ja, Mahmud, und ich finde es nicht so clever, meinen Namen zu sagen.«
»Gut, dich zu hören, mein Alter. Keine Sorge, ich werd nicht abgehört. Und du warst doch so lange vom Radar verschwunden, dich hört doch auch keiner ab. Wie geht's dir? Wo warst du so lange?«
»Wo die Sonne ewig scheint. Und die Mädels …«
»Verstehe. Du warst schon immer ein Genießer.«
»Tja, nun bin ich zurück.«
»Gut zu hören. Ich bin immer noch in Nizza-Nord, gleicher Block, alles wie früher. Eine bessere Tarnung gibt's nicht. Komm rum, wenn du magst.«
»Das habe ich vor. Du musst was für mich tun.«
»Brauchst du Stoff? Kohle? Waffen? Alles kein Problem.«
»Nein. Ich brauche einen Unterschlupf.«
»Hey, na klar, mein Alter. Das ist kein Ding. Bleib für eine Woche, wenn du willst. Machen wir richtig einen drauf.«
»Mahmud, du bist der Beste. Ich komme aber nicht allein.«

Schweigen am anderen Ende, mindestens einige Sekunden.

»Was meinst du? Bringst du einen Kollegen mit?«
»Ich habe eine … nun ja, eine Freundin dabei.«
»Was zum Teilen?«
»Nein, sie ist nicht so eine Freundin, Mahmud. Sagen wir, sie ist nicht ganz freiwillig bei mir.«

Das Schweigen wiederholt sich, und es dauert länger.

»Hm, ich fürchte, ich kann dir nicht helfen. Dieses Mal nicht.«
»Hä? Was soll das heißen, Mahmud? Eben lädst du mich noch ein, und jetzt lädst du mich wieder aus?«
»Ich befürchte, du hast eine Riesendummheit gemacht, Carlos. Und ich will da nicht reingezogen werden.«
»Mahmud, nur ein paar Tage, es dauert nicht lange, dann ist mein Auftrag …«
»Carlos, weil du mein Freund bist, hör zu: Auf keinen Fall mache ich das.«
»Du bist meine letzte Rettung, Mahmud.«

Ende des Gesprächs.

»Verdammt, so ein Schisser … Was mach ich denn jetzt?«

ZOË

AÉROPORT NICE CÔTE D'AZUR, FRANKREICH

Der Héliport lag an der östlichen Seite des Flughafens, weit weg vom Terminal der normalen Reisenden. Hier standen die kleinen Privatmaschinen herum, die Cessnas und Learjets. Die oberen Zehntausend waren damit aus Moskau und Sankt Petersburg gekommen, aus Dubai und Bangkok. Dann aber nahmen sie die Helikopter, die genau neben den Flugzeugen standen, um noch die letzte halbe Stunde zurückzulegen, bis zum Héliport von Saint-Tropez. Das Herz des Reichtums, die kleine Stadt mit dem idyllischen Hafen, den prachtvollen Villen, den Strandbars, wo der Champagner Tausende Euros kostete und wo Sichtgitter die Reichen von den Normalsterblichen abtrennten, obwohl die Jetset-Ladys doch eh jede Sekunde des Strandaufenthaltes auf Instagram posteten.

Zoë spürte die Gänsehaut, als sie an Saint-Tropez dachte. Lange hatte sie sich vor dem Gedanken gesträubt, aber sie wusste, dass sie nicht gut war im Verdrängen.

Vielleicht, ja, vielleicht war das alles nur passiert, weil sie sich schuldig gemacht hatte – damals, in Saint-Tropez.

Sie ging die paar Schritte von dem Helikopter des Paten bis zu der Limousine, die er für sie gerufen hatte. Benito Bolatelli war es sichtlich schwergefallen, sie allein fliegen zu lassen. Aber er wusste um die Notwendigkeit, dass er bei sich daheim bleiben musste, damit Shokran Al-Hamsi ihn erreichen konnte. Und damit der Bastard die Geschichte des alten gebrechlichen Mannes am Ende seiner Kräfte wirklich glaubte.

Zudem, und das hatte Zoë nun zum ersten Mal verstanden, vertraute Bolatelli ihr wirklich.

»Vielleicht war ich für eine Minute versucht, dich ertrinken zu lassen«, hatte er zu ihr gesagt, nachdem sich sein Leibarzt in der Villa ihre Verbrennungen angesehen hatte. »Aber ich will immer noch, dass du mir nachfolgst, denn du bist die Einzige, die dazu in der Lage ist. Ich wusste immer, wo du warst.«

»Vergessen Sie es, Monsieur. Ich mache noch diesen einen Job, und dann können Sie meinetwegen zum Teufel gehen.«

Er war nicht ärgerlich geworden. Er hatte nur gesagt: »Wir werden sehen.«

Sie stieg ein, und der Fahrer startete sofort den Motor. Sie kannten sich vom Sehen, er war es, der Bolatelli fuhr, wann immer der einen Fuß aufs Festland setzte.

»Erst einmal zur Promenade des Anglais, auf Höhe des *Negresco, s'il-vous-plaît*«, sagte sie, er nickte und fuhr an. Der Schrankenwärter an der Sicherheitsschleuse öffnete, ohne die Einreisebestimmungen näher zu beachten. Es war unglaublich, wie viel Macht der Pate hier noch immer hatte.

Sie bogen nach rechts auf die viel befahrene Promenade, die sich mit ihren insgesamt zehn Spuren immer am Meer entlangzog und damit die Sichelform der Bucht, die die Stadt zu einer Ikone hatte werden lassen, beschrieb.

Zoë blickte aus den getönten Scheiben nach draußen, sodass sie alles durch einen leicht geschwärzten Schleier sah: die Wellen des Mittelmeeres, weiße Schaumkronen auf großen Brechern, die sich an den Strand ergossen. Links die Ornamente aus Stuck an den herrschaftlichen

Stadthäusern, die entlang der teuersten Straße Frankreichs standen, unverbaubares Panorama Méditeranée inklusive.

»Ich halte in der Einfahrt des Hotels«, sagte der Fahrer, »Monsieur Bolatelli residiert dort ja stets, das sollte also kein Problem sein.«

Sie passierten die Kreuzung, die nach links in die Altstadt führte, dann wendete er und nahm kurz darauf die kleine Auffahrt zu dem mondänen Luxushotel, in dem der Pate stets die Suite ganz oben bewohnte, dort, wo die Kuppel des *Negresco* thronte. Der Page tippte sich als Zeichen des Erkennens einmal an die Mütze. Der Chauffeur parkte neben einem quietschgelben Ferrari. Zoë fühlte sich schlagartig an früher erinnert, als hier in diesem Hotel ihre Karriere erst richtig begann.

»Ich warte auf Sie«, sagte er und fragte nicht, wie lange es dauern würde. Es dauerte eben so lange, wie es dauerte – das war wohl die beste Haltung, wenn man für den gefürchtetsten Mafioso des ganzen Landes tätig war.

Zoë öffnete die Tür und stieg aus, als sei sie eine Lady, die im Hotel residierte. Auch wenn ihre äußere Erscheinung heute nicht darauf schließen ließ. Sofort umfing sie die Hitze der Stadt. Drüben auf der Insel war es viel windiger gewesen. Hier wehte vom Meer nur ein laues Lüftchen. Sie überquerte die Promenade und stieg die schmale Steintreppe hinab, die zum Strand und zu dem führte, was man in Italien ein *bagno* nannte: eine Ansammlung von Liegen und Sonnenschirmen, alle ausgerichtet auf die Wasserfront, mit einer Bar im hinteren Teil. In Italien ging das demokratisch und bunt zu – hier hingegen war es beschränkt auf jene, die sich die Exklusivität leisten konnten. Die blau-weiß gestreiften Liegestühle und die Sonnenschirme im gleichen Muster standen in Reih und

Glied. Zoë wusste, dass sie für zwei Personen so viel kosteten, wie ihre Familie vor fünfundzwanzig Jahren für Lebensmittel ausgab, die einen ganzen Monat reichen mussten.

Noch waren nur wenige Menschen gekommen, das Frühstück im *Negresco* lief noch eine halbe Stunde. Erst am Nachmittag würden sie hier dicht an dicht in der Sonne brutzeln, dann würde ein lautes Stimmgewirr über dem Strand liegen. Doch diesen Moment jetzt mochte Zoë viel lieber: Die Ruhe vor dem Sturm, die leichte Brise aus Süden, das Geräusch der runden Kiesel, wenn die Wellen an den Strand krachten und sich die Steine über- und aufeinanderschoben. Die Kraft der Natur. Sie erblickte ihn dort vorne an der Wasserkante und wusste doch für einen Moment nicht, ob sie ihren Augen trauen konnte. War er es wirklich? Sie schluckte. Dann ging sie langsam auf ihn zu. Und er, der zeitlebens ein Verbrecher war und die Grundlagen nie verlernt hatte, wandte ihr den Kopf zu, weil er spürte, dass irgendetwas nicht stimmte. Sein Blick verrutschte, weil er so überrascht war wie sie. Doch dann entspannte sich sein Ausdruck, und ein Lächeln legte sich auf seine Züge, er hielt die Harke weiter in der Hand und kam auf sie zu, und dann ließ sie sich von ihm in die Arme nehmen, und er hielt sie ganz fest und flüsterte: »Verdammt, ich hätte nicht gedacht, dass ich dich je wiedersehe.«

Sie löste sich von ihm, ganz überrascht von dem eigenen Gefühl, das sie tief drinnen spürte. Ihn so zu herzen, hier, in aller Öffentlichkeit. Aber es war der Schreck. Der Schreck darüber, wie alt er geworden war. Wie sie, die drei Musketiere, von denen einer längst die Seite gewechselt hatte, sich immer weiter voneinander entfernt hatten. Nun auch optisch.

»Du warst lange drinnen«, sagte sie leise. »Und nun harkst du hier den Strand.«

»Es ist die sinnloseste Sache, die ich je getan habe. Herrje, wer harkt denn Kiesel?«

Er lachte laut, genauso freundlich und verrückt, wie sie es immer an ihm gemocht hatte. Sie war froh, sein Lachen war nicht mit ihm gealtert.

»Ich sehe es an deinem Blick, Zoë, du denkst, ich bin ein alter Sack geworden. Aber glaub es nicht mal eine Sekunde. Ich bin immer noch so schnell wie damals.«

»Keine Sorge, Xavi. Du warst schon immer langsamer als ich.«

»Kaffee?«

Sie nickte, und er führte sie zum Holzsteg und dann in der Mitte zwischen allen Liegen hindurch zur Cafébar, die in einem Holzverschlag untergebracht war und so gar nicht zu dem ganzen Luxus der Stadt passte. Er ging hinein und machte sich an der italienischen Espressomaschine zu schaffen.

»Um diese Uhrzeit mache ich hier alles alleine. Die Diven aus dem Hotel kommen erst nach dem Mittagsschlaf. Es ist ein ruhiger Job. Und ich bin am Strand.«

»Ja, es ist ein besonderer Ort.«

»Hättest du auch nicht gedacht, dass ich mal für das *Negresco* arbeite, hm?«

»Wie hast du dein Vorstrafenregister gelöscht?«

»Ach, da drüben, hinter diesen dicken Mauern«, er wies auf die Fassade des Palastes, »da hat so mancher mehr Dreck am Stecken als ich – und hat dennoch keine Minute im Knast gesessen.«

Er grinste. »Sag, Zoë, wo wohnst du mittlerweile?«

»Nicht weit von hier, aber auf der richtigen Seite der Grenze.«

Xavi wies mit dem Kopf gen Osten. »*Italia?*«

»Ja, die Bullen da haben nicht mal eine Idee, dass sie nach mir suchen müssten.«

»Und die Bullen hier denken, du bist viel weiter weg. Genial.«

»Ja, wir haben den gleichen Blick aufs Meer. Nur in unterschiedlichen Ländern.«

»Hm, ich wohne leider nicht am Meer. Oben in Nizza-Nord, noch schäbiger als früher. Hier ist nichts zu verdienen. Die Reichen geben am wenigsten Trinkgeld. Aber ich bin mir sicher, dass du nicht hergekommen bist, um mit mir über das Leben im Allgemeinen zu plaudern.«

Er drehte sich um und stellte zwei Tassen auf den Tresen, dann trat er aus dem Kabuff und zündete sich eine selbst gedrehte Zigarette an, die er wohl – wie früher – am Morgen für den ganzen Tag vorbereitet hatte. Zoë roch den besonderen Qualm seines starken Tabaks und fühlte sich sofort zurückversetzt in alte Zeiten. Sie nahm die Tasse und kostete, der Espresso war perfekt, herb und dunkel geröstet, wie drüben in Italien.

»Ich wäre auch ohne Grund eines Tages zu dir gekommen, Xavi. Ich hab dich vermisst.«

»Du konntest mich ja leider nicht im Gefängnis besuchen.«

»Ich habe viele Tarnungen – aber keine war gut genug für solch eine Aktion. Du warst zu lange drinnen – was ist passiert?«

Der Mann schüttelte den Kopf, seine Miene wurde wütend.

»Al-Hamsis Leute haben mir eine Falle gestellt. Eine Woche vor meiner Freilassung. Sie haben mich in eine Prügelei verwickelt und es dann so hingestellt, als hätte ich angefangen. Bei der anschließenden Zellendurchsuchung lag auf einmal eine Tüte Gras unter meinem Kopfkissen. Da haben sie sofort meine Bewährung widerrufen und mir gleich noch mal meine Reststrafe plus ein Jahr aufgebrummt. Diese Hunde. Keine Ehre im Leib.«

»Es scheint, als hätten wir beide eine Rechnung offen mit ihnen.«

»Du?«

»Ja. Sie wollen mich töten. Und sie haben *ihn* geholt.«

»Nein.«

»Doch.«

»Zoë. *Er* ist weg«, sagte Xavi mit felsenfester Überzeugung in der Stimme. »Seit so vielen Jahren. Es heißt, er ist irgendwo in Lateinamerika. Er kommt doch nicht zurück und lässt sich schnappen.«

»Er ist hier«, sagte Zoë brüsk, »er hat meinen Vater erschossen. Und ich werde ihn töten, sobald ich auch nur seinen Schatten sehe.«

ZARA

KOLLWITZPLATZ, BERLIN, DEUTSCHLAND

Sie musste jedes Mal ein wenig lächeln, wenn sie sah, wohin das Leben sie verschlagen hatte. Sie. Die aus dem Hochhausblock in Nizza hatte ausbrechen können, dem Block mit seinen Satellitenschüsseln, dem bröckelnden Putz, den Spritzen im Aufgang, auf dem Weg in eine bessere Welt. Als sie Stefan in Portugal kennenlernte und mit ihm nach Berlin zog, war auch das noch eine wilde Stadt. Mittlerweile, zehn Jahre später, war alles anders: Wenn sie nun hier stand, auf diesem Platz unter den Linden, und sich die schick restaurierten Altbauten ansah, dann spürte sie, wie sich eine Ruhe in ihr ausbreitete. Sie war angekommen in diesem Leben – fernab von dem Ort, an dem sie eigentlich zu Hause war.

Sie schubste ein letztes Mal die Schaukel an, auf der Amélie jauchzte, dann nahm sie die Kleine herunter.

»Komm, das Mädchen dort will auch mal dran sein.«

»Ich will noch weiterschaukeln, Maman.«

»Wir schaukeln nachher noch mal, *chérie*.«

Dann ließ sich Amélie widerstandslos herausheben. »Willst du hier buddeln? Maman geht nur dort drüben frischen Fisch zum Abendbrot kaufen, einverstanden?«

Sie gab ihr aus dem Kinderwagen den Eimer und die Schippe, dann beugte sie sich zu der anderen Mutter hinüber: »Können Sie kurz einen Blick auf meine Tochter werfen?«

»Natürlich«, sagte die schwarzhaarige Frau, »kein Problem.«

Der Spielplatz war voller Kinder und Eltern, die allesamt im Sand saßen, buddelten und an der Rutsche oder Schaukel anstanden. Es war das Paradies für junge Familien, eine heile Blase in einer Welt, die ansonsten aus den Fugen geraten war.

Deswegen lebte sie hier so gerne, dachte sie, während sie den Sand unter ihren Füßen spürte, als sie den kleinen Biomarkt ansteuerte, dessen Stände in der Straße unter den ausladenden alten Bäumen aufgebaut waren. Bei ihrer Arbeit war sie ständig in Gefahr und beschäftigte sich mit den Abgründen der Menschen, hier aber war sie in absoluter Sicherheit. Der Kontrast hätte nicht größer sein können.

»Oh, da sind Sie ja wieder«, begrüßte sie der Fischhändler, »was darf es denn heute sein?«

Sie warf einen Blick in die Auslage. »Hm, ich würde sagen, diese Lachsforelle dort, die sieht sehr gut aus. Ich bereite sie mir selbst zu, packen Sie sie ganz ein, ja?«

Anfangs hatte er sich gewundert, dass sie den Fisch noch komplett mit Innereien und Schuppen kaufte, doch mittlerweile waren sie wie Komplizen geworden, in einer Umgebung, in der am liebsten nur Filets gekauft wurden. Er packte die Lachsforelle in die Tüte und reichte sie ihr.

»Lassen Sie es sich schmecken«, sagte er.

»Vielen Dank«, entgegnete Zara und ging wieder los, über ihr sangen die Vögel, und die Sonne lugte durch die Bäume. Ein perfekter Tag.

Als sie um die Ecke bog, glitt ihr die Tüte aus der Hand.

Sie sah Amélie, die lachte und strahlte, während eine Frau sie hoch in die Luft warf. Diese Frau war sie selbst.

BENITO BOLATELLI

BORGO, KORSIKA, FRANKREICH

Er erschrak, und seine Hand fing sofort an zu zittern, sodass ihm der Tumbler wegrutschte und mit lautem Geklirr auf dem Steinboden aufschlug. Die Lache mit dem teuren Whiskey verteilte sich neben und unter seinem Sessel, doch er sah gar nicht richtig hin, weil seine Augen im Raum umherschwirrten, als laure der Geist hier, die Gefahr.

Doch so war es nicht, er spürte es ganz deutlich, die Gefahr war irgendwo fern von hier, irgendwo – und er hätte sein Leben dafür gegeben, zu wissen, wo.

Er stand auf und ging hinüber zu dem Schrank, den er in den letzten Jahren nie geöffnet hatte. Auch jetzt hielt ihn etwas zurück.

Dieses Gefühl: Es war ihr Reich. Das Reich seiner Frau. All die Fotos. Die Erinnerungen. Sie hatte darauf bestanden. Bilder, die sie am Strand zeigten. Oder in der alten Trattoria unten in Borgo. Als seien sie eine ganz normale Familie. Sie hatte zumindest die Illusion aufrechterhalten wollen.

Er öffnete die staubige Tür und entnahm dieser Ansammlung von Alben jenes, das am abgegriffensten war. Es war auch so ziemlich das einzige, das sie stets zusammen angeschaut hatten. Er sah auf die Schrift. Ihre Schrift.

1993 stand da. In den zierlichen Lettern, die sie mit weißem Stift auf den schwarzen Grund geschrieben hatte.

1993.
Alles hatte sich verändert damals.
Er hatte es nie gewollt. Weil er sein ganzes Leben über gewusst hatte, dass es ihn schwächen würde. Ihn angreifbar machen. Seine Skrupel stärken.
Am Anfang hatte sie auf Kinder bestanden, doch sie hatte ihn nicht überzeugen können. Benito Bolatelli hatte seine Argumentation der Zeit angepasst: Erst fand er, sie wären zu jung, dann fand er, es sei zu gefährlich, schließlich fand er, sie seien zu alt. Dabei wusste er vor fünfundzwanzig Jahren, dass die Geschäfte gerade so gut liefen, dass er schlicht keine Zeit hatte.
Irgendwann war sie es gewesen, die ihn ausgetrickst hatte. Er war unvorsichtig geworden, weil er ganz einfach selbst geglaubt hatte, dass sie zu alt sei. Doch es stimmte nicht.
Sie erzählte es ihm erst, als sie schon im fünften Monat war. Ihm fiel auf, dass er es schlicht nicht gesehen hatte, weil er so abgelenkt war von all den Verbrechen, all den Reisen, all der Verantwortung für seine *Mitarbeiter*.
Er sträubte sich, alles in ihm sträubte sich, doch dann, fünf Monate später, waren sie zusammen im Schlafzimmer dieses Hauses, eine Geburt in der Klinik war zu gefährlich – die Bullen durften nie erfahren, dass er eine Tochter hatte.
Er schlug das Album auf und betrachtete die ersten Fotos, in diesen grellen Farben, er hatte sie selbst entwickelt, unten im Keller.
Sie sah wunderschön aus, so klein und zerbrechlich, und gleichzeitig hatte er schon damals, in diesen ersten Minuten, in denen er ihre Hand hielt, gespürt, wie stark sie in Wirklichkeit war, wie zäh, wie gut vorbereitet auf dieses Leben.

Sie schaute aus ihren blauen Augen in die Welt, sie war hungrig, immer hungrig, als müsse sie sich stählen, aber sie war auch nachsichtig, gar nicht fordernd, als stelle sie sich schon darauf ein, den Risiken, die in ihrer Zukunft lauerten, den Kampf anzusagen.

Er fuhr mit seinem Finger ihren kahlen Kopf nach, die kleinen geschlossenen Augen, dann blätterte er weiter, Chiara, wie sie auf dem Rasen auf die Steilküste zurobbte, die ersten Schritte im Salon, ganz hinten im Album das kleine Mädchen stehend und lachend, mit ihren langen dunklen Haaren und den tiefbraunen Augen, sie sah direkt in die Kamera, und er konnte seinen Blick nicht lösen von diesem Bild, er hatte es nie gekonnt, doch heute, heute brach es ihm das Herz.

Sie hatte sein Leben verändert, hatte wie eine Fee alle Wünsche auf einmal erfüllt. Und ihm nun mit ihrem Verschwinden den Stecker gezogen.

Er blätterte weiter. Chiara, die junge Frau. Neben ihr eine blonde Frau mit langen Haaren. Sie tragen beide Kleider, sie halten sich an den Händen. Hinter ihnen ist ein Strand. Er hatte Zoë damals quasi adoptiert, als sie begonnen hatte, für ihn zu arbeiten. Und sie wiederum hatte Chiara adoptiert. Nicht, um ihr Verbrechen beizubringen. Nein, sie waren zusammen feiern gegangen, hatten getanzt und die Tage am Strand verbracht. Chiara war eine neue Schwester für Zoë geworden.

Sie musste sie einfach retten. Aber was war, wenn sie es nicht schaffte? Nicht mal zusammen mit ihrer echten Schwester?

Draußen schien die Sonne, doch in ihm war Nacht, tiefschwarz, ohne Hoffnung. Er betrachtete das Gesicht seiner Tochter. Er fühlte ihr Leiden, ihre Angst. Der Transport würde erst in einer Woche gehen. Vorher könnte er nicht mit ihrer Freilassung rechnen. Wenn überhaupt.

Er fühlte Wut. Er fühlte Energie. Wer war er denn, dass er auf das Gönnen seines Feindes wartete? Zum Zugucken verdammt?

Nein, er war der mächtigste Pate des Landes. Er würde nicht warten.

Sie durfte nicht so lange auf ihn warten müssen.

Er schwang sich aus seinem Sessel und ließ das Album auf dem Tisch daneben liegen.

Chiara musste leben.

Er nahm sein Handy, wählte eine Nummer, und achthundert Kilometer weiter nördlich klingelte in einem edlen Salon ein Telefon. In einem Haus, das die Menschen Élysée nannten – an dem Ort, an dem die Geschicke dieses Landes von mächtigen Menschen geleitet wurden.

ZOË

KOLLWITZPLATZ, BERLIN, DEUTSCHLAND

»Wo ist denn der Fisch, Maman?«, schrie die Kleine, sprang auf und rannte sofort auf sie zu. Zoë kniete sich hin, öffnete die Arme, und das Mädchen flog regelrecht in sie hinein, dann hob sie sie in die Luft und drehte sich, und die Kleine jauchzte vor Freude. Zoë warf sie hoch in die Luft und rief: »Und, was machen wir jetzt? Wollen wir ein Eis essen?«

»Ja, ein Eis!«, rief das Mädchen, das Amélie hieß, so hatte ihre Zwillingsschwester es ihr erzählt.

»Sie waren aber schnell«, sagte die junge Frau neben ihnen im Sand lachend.

»Na, diesen Schatz kann man doch nicht so lange allein lassen«, entgegnete ihr Zoë grinsend. »Also, ein Eis, ja?«

Sie drehte sich noch einmal, so schnell, dass sich ihr weißes Sommerkleid zu drehen begann und im Wind bauschte. Sie sah, wie die wenigen Väter auf dem Spielplatz die Hälse reckten. Für Zara würde es beim nächsten Mal ein Spießrutenlauf werden.

»Los, Maman, ein Eis!«

Sie ließ das Mädchen herunter, und sofort griff Amélie nach ihrer Hand. »Ich will zu *Annamaria*«, sagte sie. Die Eisdiele, eine Straße weiter. Zoë hatte sie vorhin bei ihrem Beobachtungsrundgang im Viertel gesehen. Sie wollten eben losgehen, da sagte die Stimme hinter ihr: »Lass sie los.«

Zoë drehte sich um, genau wie Amélie. »Das ist ja …«,

rief die andere Mutter im Sand und konnte ihren Blick nicht lösen von den beiden Frauen, die sich glichen wie das sprichwörtliche Ei dem anderen. Doch die Kleine an ihrer Hand stand nur da, blickte zu ihr, deren Hand sie hielt, und zu der anderen Frau in demselben Kleid: Weiß und mit Blumenmuster, sie schrie nicht, sie erschrak nicht, sie sagte nur leise: »Zweimal Maman, wie cool ist das denn?«

EILIG EINBERUFENE TELEFONKONFERENZ ÜBER VERSCHLÜSSELTE LEITUNG

»Guten Abend in die Runde. Sind alle anwesend?«
»Ja, Rotier vom Innenministerium. *Bonsoir.*«
»Und hier ist Valencier vom Finanzministerium. Ich war schon zu Hause. Was gibt es denn?«
»Sie klingen ärgerlich, Monsieur Valencier.«
»Hm, nein, alles gut.«
»Es dauert nicht lange. Wir haben eine Änderung beschlossen, die Sie betrifft und die nicht warten kann.«
»Was heißt das?«
»Wie weit sind Sie mit dem Gold, Monsieur Valencier? Wie steht es in der Nationalbank?«
»Es wird derzeit gepackt, wir sind gut in der Zeit, aber es ist ja noch etwas hin, bis die Geldtransporter kommen.«
»Wir im Innenministerium stellen derzeit in den Regionen die Polizeikräfte zusammen, um den sicheren Transport zu gewährleisten.«
»Sehr gut. Ich muss Sie allerdings bitten, sich etwas zu sputen.«
»Was soll denn das nun heißen?«
»Zielzeit ist übermorgen Abend.«
»Wie bitte?«
»Ja, ich höre wohl auch nicht recht. Es hieß doch: in einer Woche.«

»Aus Sicherheitsgründen verlegen wir alles vor. Ich erwarte dazu absolute Vertraulichkeit und keinen Widerspruch.«
»Das schaffen wir nicht.«
»Das erwarte ich nicht, wenn ich *keinen Widerspruch* sage.«
»Im Ernst, Madame Gruissan, auch wenn Sie im Élysée arbeiten und wenn der Befehl direkt vom Präsidenten kommen sollte: Das geht nicht. Die Gefahr ist zu groß. Die Beamten der Polizei sind eben erst dabei, alles zu planen. Es ist ein Hochrisikotransport. Wollen Sie, dass das Gold abhandenkommt?«
»Hören Sie, meine Herren. Der Befehl kommt – wie Sie schon angedeutet haben – wirklich von ganz oben, und es steht nicht in meiner Macht, mit Ihnen zu diskutieren. Machen Sie Ihre Arbeit. Holen Sie Leute dazu. Es ist mir egal. Nur sorgen Sie dafür, dass in den nächsten achtundvierzig Stunden alles bereit ist.«

ZARA

KOLLWITZPLATZ, BERLIN, DEUTSCHLAND

»Dass du das tust, hätte ich nicht gedacht.«
»Dich einmal im Leben überrascht zu haben – den Tag streich ich mir im Kalender an.«
»Das ist nicht witzig, Zoë. Du machst alles kaputt.«
»Du weißt wohl nicht, dass für mich schon alles kaputt ist.«

Zoë lächelte immer noch, sie spielte ihre Rolle, aber ihre ganze Wut lag in ihren Worten.

»Was willst du?«, fragte Zara. Sie fühlte sich, als würde sie in Flammen stehen. Alles tat ihr weh, ihr Kopf raste, sie konnte nicht still stehen. Dabei hatte sich rein äußerlich nichts geändert. Sie stand immer noch in der harmlosesten Szenerie, die vorstellbar war: Unter den Bäumen, im Schatten zweier Sonnenschirme, Amélie kam eben mit ihrem Pistazien-Cookies-Eis aus dem kleinen Laden und schleckte lachend an der ersten Kugel.

Doch in Wahrheit hatte sich alles geändert. Nur, weil hier noch eine andere Frau stand, die genauso aussah wie sie. Zoë hatte ganze Arbeit geleistet. Sie musste sie ausspioniert haben. Trug sogar die Haare in der gleichen Länge wie Zara, als habe sie erst genau hingesehen und sei dann noch mal zum Friseur gegangen.

»Maman«, sagte Amélie und zog am Bund ihres Kleides, der Blick lockend von unten herauf, »magst du probieren?« Sie hatte sich wieder gefangen und irgendwie entschieden, dass Zara wirklich ihre richtige Maman war.

»Aber sag mal, wer ist das denn?«, fragte sie und versteckte sich ein Stück hinter Zara, den Blick auf Zoë gerichtet.

Zara ging in die Hocke und nahm ihre Tochter in die Arme. Während ihr Blick zu allen Seiten wanderte, antwortete sie leise: »Das ist meine Schwester, *chérie*. Wir sind am selben Tag zur Welt gekommen, sogar zur selben Stunde. Ich bin sieben Minuten älter als sie. Und weil wir im selben Bauch waren, zur gleichen Zeit, sehen wir uns so ähnlich. Wir sind Zwillinge, mein Schatz.«

»Zwillinge? Wie in meinem Buch?«

Stefan hatte es ihr gekauft. Zara hatte nicht widersprochen. Dabei hatte sie es nicht gern gesehen. Niemand in ihrer Familie wusste etwas von Zoë. Doch damit war es nun vorbei.

Sie sah auf die Uhr hinten an der Litfaßsäule. Stefan hatte noch Dienst im Krankenhaus, bis neun Uhr am Abend. Wenn sie es klug anstellte … Andererseits könnte sie Amélie niemals zwingen zu schweigen. Und so aufgeregt wie ihre Tochter aussah … Ihr Blick fiel auf eine Person, die unter der Säule stand. Das Gesicht hatte sie vorhin schon gesehen, auf dem Markt. Amélies Kreischen lenkte sie ab.

»Also ist das meine Tante? Wie heißt meine Tante?«

»Zoë«, sagte Zoë fröhlich, »ich heiße Zoë. Und ich freue mich sehr, dich kennenzulernen.«

»Hallo, Zoë«, antwortete Amélie und lachte, sie sagte den Namen immer wieder, »meine Tante Zoë, meine Tante Zoë«, als lerne sie ihn auswendig. »Du siehst wirklich genauso aus wie meine Maman. Aber deine Augen sind ein bisschen anders, oder?«

Zoë sah Zara an, und die spürte, dass ihre Schwester genauso überrascht war wie sie selbst.

»Was meinst du, *chérie*?«, fragte sie.

»Na, du hast so gelbe Sprenkel in den Augen.«

»Du bist wirklich sehr klug – und eine ebenso gute Beobachterin wie deine Maman«, sagte Zoë und streichelte der Kleinen übers Haar. Die Geste versetzte Zara einen Stich ins Herz. Aber es stimmte: Amélie war wirklich eine unglaubliche Beobachterin. Wem sonst wären die winzigen gelben Flecken in Zoës Augen aufgefallen. Selbst sie, Zara, hatte sie über die Jahre vergessen. Dabei hatte sie den einzigen Unterschied zwischen ihnen als Kind immer neidisch betrachtet. Die Flecken gaben Zoë etwas Keckes, Einzigartiges. Später hatte sie sich scherzhaft immer selbst erklärt, damit habe der Teufel ihre Schwester gekennzeichnet.

Und nun war es ihre Tochter, die die Markierung erkannte, kaum zehn Minuten nach ihrem Kennenlernen.

»Amélie, Schatz, willst du dich hier hinsetzen und das Eis essen? Maman mag kurz mit Zoë reden.«

Bereitwillig setzte sich die Kleine auf den extra bereitgestellten Kinderstuhl unter dem Sonnenschirm und biss beherzt in ihre Waffel. Zara ließ den Blick schweifen, wie sie es gelernt hatte, sie brauchte nur Bruchteile von Sekunden, um alles zu erfassen.

»Pass auf, Zoë. Ich weiß, dass du ihn auch längst bemerkt hast. Da steht ein Mann, weiter hinten, nahe der Litfaßsäule, er sieht zu uns rüber. Ich werde jetzt nach Hause gehen und Amélie in Sicherheit bringen. Du kümmerst dich um ihn. Das bist du doch gewöhnt, oder? Dich um Leute zu kümmern?«

»Ich bin keine Killerin mehr.«

»Einmal Killer, immer …«

»Ich würde dich gerne dafür verprügeln, dass du so etwas sagst. Aber ich schiebe es mal auf die Angst um deine Tochter. Der Mann da gehört zu mir. Xavi. Mein ältester Freund.«

»Xavi Idarreta?«
»Du kennst ihn?«
»Sein Name steht in einer Akte, die ich kürzlich gelesen habe. Er hat mit dir gearbeitet. Saß lange im Knast.«
»Mein Xavi.«
»Es reicht mir jetzt. Du schleppst Verbrecher in meine Stadt, in mein Viertel, verdammt, in meine Straße. Was willst du? Ich war mir sicher, dich nie wiederzusehen. Und wenn, dann nur, weil du es dir doch überlegt hast und mich … na ja, weil du dich an mir rächen willst.«
»Aufgeschoben ist nicht aufgehoben, Schwesterherz.«
»Wenn es so ist, kannst du gehen. Ich werde nicht zulassen, dass du meine Familie gefährdest. Und allein die Tatsache, dass du hergekommen bist, zeigt mir, dass du eine Bedrohung bist, für uns alle.«

Zara sah, wie Zoë versonnen ihre Tochter betrachtete. Sie schien in keiner Weise aufgeregt zu sein, weder wütend noch rachsüchtig.

»Weißt du, Schwesterherz«, begann sie nach einer Weile, »dass ich hier bin, ist in erster Linie eine Gefahr für mich. Ich hasse es, mich zu bewegen, weil alle Welt nach mir sucht – ohne zu wissen, wie ich genau aussehe. Und ich hatte mir geschworen, dass ich nie wieder mit dir sprechen will. Nie wieder. Aber nun musste ich herkommen. Weil er mich ansonsten umgebracht hätte. Obwohl ich glaube, dass es ohnehin nicht mehr lange dauern wird bis dahin. Mit dir oder ohne dich.«

»Was meinst du damit, Zoë?«

Ihre Zwillingsschwester zuckte mit den Schultern.

»*Dead Woman Walking*, sozusagen.«

LA PROVENCE ONLINEAUSGABE

TÖDLICHE SCHÜSSE: ZWEI POLIZISTEN AUF AUTOBAHN HINGERICHTET

von unserem Korrespondenten Julien Lamasseau

Valence. Auf der Autoroute 7 in Richtung Süden sind am Morgen zwei Beamte der Police nationale erschossen worden. Die tödliche Attacke geschah auf dem Parkplatz Bellevue kurz hinter Valence.

Der Präfekt des Départements Drôme gab bekannt, dass es sich bei den Opfern um Angehörige der Autobahnpolizei gehandelt hat. Aus Polizeikreisen erfuhren wir, dass die 28-jährige Beamtin aus Valence eine Mutter von drei Kindern war. Sie starb an einem Schuss in den Kopf. Ihr Kollege war ein verwitweter 62-jähriger Marseillais, der in zwei Monaten in Rente gegangen wäre.

Bislang sind keine Hintergründe zu der Bluttat bekannt geworden. Zu dem Zeitpunkt der Schüsse befanden sich offenbar keine weiteren Menschen in Sichtweite auf dem Parkplatz.

Die Beamten haben vorher auch nicht über Funk gemeldet, dass sie eine Fahrzeugkontrolle durchführen würden. Mehr Informationen gibt die Police nationale aus ermittlungstaktischen Gründen nicht.

Der Präfekt des Drôme hat für das Département Trauerbeflaggung angeordnet.

Es bleibt dabei: Die Beamten der französischen Sicherheitsbehörden leben gefährlich. Ob durch Terroranschläge, durch Schusswechsel in den Banlieues oder im ganz normalen Berufsalltag – immer wieder sterben sie in der Ausübung ihrer Pflichten. Im Jahr 2017 gab es 26 Todesfälle – und mehr als 18 000 Verletzte bei Polizei und Gendarmerie.

CARLOS ZUFFA

A7 IN RICHTUNG SÜDEN, MARSEILLE, FRANKREICH

Die Hochhäuser in der Ferne ließen sein Herz höherschlagen.

Auch wenn er es vor Jahren kaum hatte erwarten können, aus diesem Dreckloch wegzukommen, spürte er nun auf einmal eine merkwürdige Freude. Heimat.

Als sei das vergessen: all die Ratten, die auf der breiten Wohnstraße zwischen den Blöcken nach Futter suchten, die Stromausfälle jede zweite Nacht, die nach Pisse stinkenden Flure, die entwürdigenden Polizeikontrollen, damals, als sich die Bullen noch ins Viertel trauten.

Doch es war nicht vergessen – vielmehr sehnte er sich ein wenig nach diesem Dreck, nach diesen Abgründen –, vielleicht war es hier so, wie er selbst war, dachte er und konnte sich ein Grinsen nicht verkneifen.

Er fuhr von der Autobahn ab und betrachtete kurz das Mädchen im Rückspiegel. Er sollte glauben, dass sie schlief. Aber er wusste, dass sie hinter geschlossenen Lidern nur so tat als ob. Es war ihm egal, sollte sie ruhig wissen, wo sie hinfuhren.

Dann bog er nach links in den Boulevard Henri Barnier ab. Hinter der Total-Tankstelle waren die Häuser noch flacher, günstige Wohnungen für die Arbeiter der ehemaligen Raffinerie und der Chemiefirmen gab es vor allem oben am riesigen See, dem Étang de Berre. Dort hinten kamen die wirklich hohen Betonklötze, die mitten in die Hänge gebaut waren, ein Auf und Ab der Armut, noch von dem mittlerweile nobel herausgeputzten Stadtviertel aus gut erkennbar.

Wie lange er nicht hier gewesen war. Dennoch nahm er die Kurven, als sei er nie weg gewesen. Dieses Geflecht aus Einbahnstraßen, verschlungen und mit hohen Betonpfeilern abgegrenzt, die wie dafür gemacht waren, dass sich die Bewohner perfekt zurechtfinden konnten, während Eindringlinge sofort bemerkt wurden und sich irgendwo festfuhren – und hier waren alle, die nicht in Castellane geboren waren oder hier wohnten, Eindringlinge: Pariser, Touristen, Journalisten, Bullen. Er beherrschte diese Straßen immer noch blind.

Er war zwar in Nizza geboren, hatte aber – wie alle Verbrecher des Südens – irgendwann Marseille für sich entdeckt. Weil die Nähe zum korrupten Hafen, die Gesetzlosigkeit der Banlieues und die Schmierbarkeit der Gesetzeshüter hier legendär waren.

Wenn Mahmud ihm nicht half, sein alter Freund Mahmud, den er nun aus der Ferne für tot erklärt hatte – hier würde er Hilfe finden. Und Menschen mit noch weniger Skrupel.

Die niedrigen Häuser verschwanden, und die Sonne senkte sich herab hinter den grauen Klötzen mit den schmalen Fenstern und den Satellitenschüsseln an den wenigen Balkonen, die nicht wegen Baufälligkeit gesperrt waren. Er bog in die Allée de la Jougarelle ein, eine enge, gewundene Straße, die direkt an die Rückseite der Eingänge grenzte. Dort drüben, hinter dem Durchgang, standen drei Frauen mit Kopftüchern verhüllt, auf der anderen Seite lungerten zwei Kids herum. Er hoffte, dass sie die Späher waren. Dort war der kleine Hauptplatz des *quartiere*. Auch die arabische Fleischerei, nach deren Merguez-Würsten er sich in der Karibik verzehrt hatte, lag in dem Hauseingang. Genau wie der Jugendklub, den die Stadt hier einst mit hehren Motiven gebaut hatte, in dem aber mittlerweile wahrscheinlich so viel gedealt wurde, dass Shokran Al-Hamsi seine helle Freude daran gehabt hätte.

Er kurbelte das Fenster herunter und schaltete das Radio aus.

Bullen gab es hier nicht, da brauchte er keine Sorge zu haben. Dennoch checkte er die Waffe, die zwischen seinen Beinen lag.

Komischerweise sangen hier keine Zikaden. Er konnte sich nicht erinnern, ob es auch damals keine hier gegeben hatte. Merkwürdig war das. In der ganzen Provence – nur nicht an diesem verwunschenen Ort.

Er sah stur nach vorne. Es dauerte genau drei Minuten. Dann stand einer der Jungs vom Vorplatz an seinem Fenster. Basecap, Trainingshose, Olympique-Trikot.

»Ja?«

»Ich will Ahmed sehen.«

»Ahmed wen?«

Zuffa öffnete die Beine, sodass der Junge die Knarre auf dem Sitz sehen konnte.

»Hol ihn.«

»Okay.«

Der Junge verschwand so lautlos, wie er gekommen war. Das Mädchen im Rückspiegel regte sich immer noch nicht. Doch er hatte eben, als er mit dem Jungen gesprochen hatte, im Spiegel gesehen, wie sie die Augen ein wenig geöffnet hatte.

Der große Mann kam aus der Tür des Wohnblocks, schmiss die Kippe in den Gully und zündete sich eine neue an. Er war außer Atem, als er mit fragendem Blick an dem Bus ankam.

»Du rauchst zu viel, Habibi.«

»Carlos, du?«

»Wie eine Fata Morgana, oder? Mensch, wie geht's dir?«

Die Miene des Arabers in dem schwarzen Hemd war ernst.

»Du kannst nicht hierbleiben.«

»Ahmed, hey, ich bin doch eben erst gekommen.«

»Carlos, eigentlich hätte es dir nur mein Bote gesagt. Aber ich bin persönlich heruntergekommen, weil ich großen Respekt vor dir habe. Ich sage dir: fahr weg. Ich weiß nicht, wer zuerst auftaucht, die Bullen oder die Killer des Paten – ich will jedenfalls mit beiden nichts zu tun haben.«

»Ich dachte, du bist der Herr der Banlieue. Ich will doch nur eine Nacht ...«

Der Araber fuhr dazwischen.

»Ich weiß in dieser Sache nicht mal, wem ich in meinem eigenen Haus trauen kann. Verdammt, was habt ihr getan? Vor einer Woche war der Pate noch total abgemeldet, niemand hat mehr auf ihn gehört. Aber nun? Ihr vergreift euch an seiner Familie – das macht man wirklich nicht. So hat er alle wieder auf seine Seite bekommen. Es war einfach hirnrissig. Also, nimm das Mädchen und bring es weg von hier.«

Carlos griff nach seiner Waffe, aber Ahmed war schneller. Er zog seine Knarre aus seiner Hose und hielt sie durch die Seitentür an Zuffas Kopf.

»Vergiss es. Das hier ist mein Revier. Verschwinde.«

Er nickte kaum merklich, hielt dabei den Kopf ganz ruhig. Keine Angst. Wer in La Castellane Angst zeigte, war tot.

»Das werde ich dir nicht vergessen.«

Dann machte er den Motor an und fuhr davon.

Als er aus dem Viertel hinaus war, ein Stück hinter der Tankstelle, und auf die Autobahn abbog, hieb er mit einem Mal heftig gegen das Lenkrad und brüllte, ein Urschrei, all seine Wut musste heraus.

Das Mädchen saß aufrecht hinter ihm und sah ihn an, in ihrem Blick lag keine Angst und kein Erstaunen. Es war, als würde sie ihn provozieren.

Er bog auf die Autobahn, nur schnell weg hier, doch wohin? Er überlegte, wieder gen Norden zu fahren.

»Verdammt«, murmelte er. Auf der A7 würden sie nach dem Mord an den Bullen sicher genau kontrollieren.

Also entschied er sich kurzerhand um, riss das Lenkrad herum, dass die Achse quietschte, und kriegte gerade noch die Kurve, um auf die A50 einzubiegen, *Direction Toulon/Nice*.

XAVI

PRENZLAUER BERG, BERLIN, DEUTSCHLAND

Er dachte schon, die Strandliegen vor dem *Negresco* an diamantbehangene Damen und rolexbewehrte Herren zu vermieten, wäre die merkwürdigste Situation, in die er nach dem Gefängnis kommen könnte.

Aber nun waren sie in einem Eck-Altbau die wenigen Treppen hinaufgestiegen und saßen in einer Altberliner Kneipe mit hölzernem Tresen und alten Tischen und Stühlen. Der Mief von vielen Dekaden Zigarettenrauch hing in den grauen Gardinen, an der Theke saßen zwei Männer, die gewiss an vielen dieser Zigaretten beteiligt gewesen waren. Sie tranken Bier aus kleinen Gläsern. Sie hatten die neuen Gäste keines Blickes gewürdigt, nur die alte Berliner Serviererin mit dem kecken roten Bürstenhaarschnitt hatte ausgerufen: »Sieh an, wie dat doppelte Lottchen!«

Er jedenfalls konnte sich nicht sattsehen an dieser merkwürdigen Konstellation: Die beiden Frauen in ihren hellen Sommerkleidern, die sich bis ins kleinste Detail glichen. Von der einen wusste er, dass sie eine der gefürchtetsten Killerinnen Europas war, auch wenn sie für ihn vor allem eine verlässliche Freundin geworden war – vielleicht seine engste Vertraute. Von der anderen hatte er nur gehört – die klügste Polizistin Europols, gesetzestreu bis in den letzten Paragrafenwinkel.

Zoë hatte sie früher nur erwähnt, Nachfragen beantwortete sie mit einem Blick, der töten konnte.

Er hatte Zoë noch nie in einem Kleid gesehen, ihre Uniform bestand aus schwarzer Lederjacke, weißem Shirt und einer Jeans, in der sie ihre Waffe verborgen hielt.

Ihr Essen wurde ihnen serviert, Zara hatte für alle das Gleiche bestellt. Er traute seinen Augen nicht, für einen kulinarisch erfahrenen Katalanen war das hier ein Schock: Er war sich sicher, dass es irgendetwas vom Schwein war, ein großer Ballen mit reichlich Fett drumherum, dazu gab es ein grüngelbes Püree von irgendetwas und ein weißes Kraut sowie ein riesiges Schälchen mit Senf. *Horrible.*

Zara grinste nur, als sie den Blick ihrer Schwester sah – und den seinen. Er hatte keinen Zweifel daran, dass sie sich mit dem Essen einen Spaß erlaubt hatte – so wie mit der Auswahl der Location. Andererseits: Hier bestand wohl keine Gefahr, dass sie jemand kannte – es sah nicht aus wie ein Ort, den Zara von Hardenberg häufig frequentierte. Er hatte hinter der Litfaßsäule verborgen beobachtet, wie nervös sie geworden war, wie sie die Umgebung sondiert hatte, sicher aus Angst, jemand könne sie erkennen. Das Geheimnis, das Zara aus Zoë gemacht hatte, war wohl noch fundamentaler als es andersrum der Fall gewesen war.

»Xavi Idarreta«, sagte Zara und sah ihn lange und forschend an. »Wie war es in Les Baumettes?«

Er zuckte zusammen. »Sie wissen es doch selbst, oder? Wenn es eine Hölle auf Erden gibt, dann befindet sie sich in Les Baumettes.«

Er musste kurz den Blick abwenden, damit er nicht zu weinen begann. Er. Xavi. In Tränen. Er hatte die Erinnerung an die berüchtigtste Haftanstalt Europas verdrängt, die sich am Rande von Marseille befand. Er hatte sich stattdessen drei Heldengeschichten zurechtgelegt, die ihn als den Coolen wirken ließen, der in Haft der Gefängnisclown gewesen war. Doch die Nächte, nackt, auf der Erde liegend, die Ratten und Asseln, das Blut und die Schreie, all das konnte er nicht vergessen, es weckte ihn in jeder Nacht. Die Bullen hatten ihn ganz bewusst dorthin verlegt, um Benito Bolatelli zu schaden. Und ihn den Al-Hamsis auszuliefern.

»Nun ja, es ist ja Gott sei Dank nicht an den Häftlingen, sich ihr Gefängnis selbst auszusuchen. Und bei Ihrem Vorstrafenregister ...«

»Können wir uns das sparen, Zara?«, fragte Zoë, und er hörte ihre unterdrückte Wut.

»Dann sagt mir einfach, was ihr wollt, dann haben wir es hinter uns.«

»Mein Chef will, dass ich dich um Hilfe bitte.«

»Benito Bolatelli? Der Pate? Ernsthaft?«

Na, das konnte ja heiter werden. Xavi steckte seine Gabel in das wabbelige Fett, darunter kam rotes Fleisch zum Vorschein. Er war überrascht und nahm ein Stück, probierte und schloss sofort die Augen. Es war köstlich. Wie ein *jarret de porc*. Nur noch saftiger. Das hier war fantastisch. Er hatte gar nicht gemerkt, wie hungrig er war. Seitdem sie von Nizza hierhergeflogen waren, hatte er nichts mehr gegessen. Er begann, schnell zu essen, nur seine Augen bewegten sich zwischen den Frauen hin und her, um nichts von ihrem Schlagabtausch zu verpassen. Zoë hatte ihr Essen noch nicht angerührt.

»Du glaubst doch nicht ernsthaft, dass ich euch bei euren kriminellen Machenschaften helfe.«

»Ich hasse es, dich um etwas zu bitten. Aber diesmal ist es anders. Es geht um seine Tochter. Sie wurde entführt.«

»Chiara Bolatelli wurde entführt?«

»Du weißt echt alles über ihn.«

»Ich muss doch wissen, wem du deine Seele verkauft hast. Wo?«

»Hier. In Berlin. Sie hat hier studiert.«

»Wer hat sie entführt?«

»Ich habe eine Vermutung. Aber der Auftrag kam ganz sicher von Shokran Al-Hamsi.«

»Ich werde mich da nicht einmischen, Zoë. Das ist eine Angelegenheit der Mafia. Ehrlich gesagt würde es mir viel Arbeit abnehmen, wenn sich deine Bosse gegenseitig erledigen.«

»Wenn ich auch dabei umkomme, wäre es dir auch recht, nehme ich an?«

»So ein Quatsch, und das weißt du.«

»Al-Hamsi will, dass ich etwas tue, um sie zu retten. Er erpresst den Paten damit. Dabei will er sich doch nur an mir rächen, weil ich seinen Bruder …«

»Ins Koma geschossen hast?«

Zoë nickte.

»Was sollst du tun?«

»Du weißt von dem Gold?«

»Von welchem Gold?«

»Dem Verkauf der Goldreserven.«

»Nein. Ich bin gerade an einer ganz anderen Sache dran.«

Zoë erklärte ihr von Frankreichs Plan, einen Teil des Staatsschatzes zu veräußern. Ihre Zwillingsschwester hörte aufmerksam zu. »Das Gerücht geht um, dass das Gold in Marseille auf ein Schiff geladen werden soll. Wir sollen den Konvoi angreifen. Und das Gold stehlen.«

»Wie bitte? Das ist doch absolut unmöglich.«

Zara hatte recht, befand Xavi. Die ganze Aktion war so abenteuerlich, dass sie klang wie eine unglaubliche Räuberpistole.

»Die werden alles aufbieten, um den Transport zu bewachen. Bis an die Zähne bewaffnet.«

»Und da kommst du ins Spiel.«

»Was meinst du?«

»Bolatelli will, dass du alles über den Transport herauskriegst. Du hast die höchste Sicherheitseinstufung bei Europol – für dich ist das kein Problem.«

»So ein …«

»Und er will, dass du dabei bist und mir hilfst, den Konvoi zu stoppen.«

Zara tippte sich an die Stirn. »Natürlich. Soll ich – Bolatellis Meinung nach – auch gleich noch den Fahrer erschießen?«

Zoë beugte sich über den Tisch vor, sie öffnete ihre Hände, eine bittende Geste.

»Ich wusste, dass du es nicht machen willst. Er hat mich fast umgebracht, weil ich dich nicht fragen wollte. Aber es geht um seine Tochter. Bitte, Zara.«

»Wer hat sie entführt? Was ist deine Vermutung?«

»Es ist der, mit dem ich eine Rechnung offen habe. Der Mann, der Papa erschossen hat. Carlos Zuffa.«

Zara legte ihre Gabel weg und sah aus dem Fenster. Sie schwieg länger, als Xavi es aushalten konnte.

NAVARRO

LES GOUDES, MARSEILLE, FRANKREICH

»Fährst du jetzt raus?«, rief er Jean-Paul nach, dem alten Fischer, dessen roter Holzkahn der Hingucker am Steg von Les Goudes war.

»Ja, die Rotbarben beißen gerade bei Sonnenuntergang am besten.«

»Na, dann einen guten Fang, *mon cher*.«

»*Merci*, ich bring dir morgen ein paar Barben vorbei.«

»Aber bitte von den frischen.«

»Seitdem du nicht mehr alleine bist, bist du fast unverschämt fröhlich«, bemerkte Jean-Paul grinsend und stieg in sein Boot. Navarro lachte mit ihm. Er wusste, dass sie alle froh waren, ihn wieder glücklich zu sehen – und nicht mehr als den alten Griesgram, der zu viel trank und nie lachte.

»Na, dann wollen wir mal«, sagte er und nahm die Kugeln aus der Holzkiste, um die erste Partie Pétanque des Abends zu beginnen. Er hatte eben Sophie ins Bett gebracht, und die Holzhütte stand genau neben dem Sandplatz, auf dem sich nun sein Freund und er eingefunden hatten. Isabel las im hinteren Garten ein Buch.

»Viel los bei dir?«, fragte Enzo, der Müllfahrer.

»Absolut tote Hose«, sagte Navarro. »Es scheint fast so, als würden die Clans derzeit die Füße stillhalten.«

»Na, oder du liest die Akten nicht mehr so genau, damit du stets pünktlich zu Hause bist.«

»Wer würde es mir verdenken?«

»Auch wieder wahr.«

Er nahm einen Schluck von dem arg verdünnten Pastis und warf die erste silberne Kugel, die bis auf wenige Zentimeter an die kleine Holzkugel heranrollte und im Sand liegen blieb.

»Du Hund« rief der Müllmann. »Immer wieder gelingt dir das.« Er warf auch, seine Kugel blieb aber weit vorher liegen. »Jetzt spreng ich dich da weg.«

»Versuch's doch!«

Enzo warf wieder, doch diesmal rollte die Kugel am Ziel vorbei. »*Merde*«, rief er.

»Nicht so laut«, sagte Navarro lachend. »Dein Ärger weckt noch Sophie auf.«

Es stimmte. Seit er nicht mehr trank und wieder bei Sinnen war, spielte er viel besser als jemals zuvor. Es gab kaum einen Abend, an dem er die Stunde Pétanque, die hier Standard war, nicht haushoch gewann.

Im kleinen Hafendorf Les Goudes spielten sie dennoch allabendlich, wenn die Sonne über Marseille versank. Das hier war der letzte Ausläufer der Stadt, sogar der Linienbus der Linie 20 fuhr bis hierher, auch wenn sie schon absolut dörflich war, diese Ansammlung aus Holzhütten und Fischerbooten. Hinter Les Goudes ragten die steilen und kahlen Felsen der Calanques empor, der Felsenküste, die Frankreichs zweitgrößte Stadt umschloss.

Viel Platz hatten die grauen Steine den Menschen zu keiner Zeit gelassen, deshalb hatten sie ihre Häuser kreuz und quer in den Berg gestellt, es war ein Auf und Ab von Dächern, ein Bild, das aber auch den Charme des Dorfes ausmachte, hier, wo die Terrassen fast direkt ins Mittelmeer übergingen. Sie alle hatten nur winzige Grundstücke, deshalb fand das Leben immer am Hafen statt, hier spielte, trank und aß man zusammen – ein Kleinod *à la provençale*.

»Träumst du?«, fragte Enzo. »Los, ich fordere Revanche.«

»Na, dann mal los«, antwortete Navarro, als sein Telefon klingelte. Er sah auf das Display.

»*Putain.*«

»Was ist?«

Er hatte es laut gesagt. Verdammt. Aber er hatte nicht an sich halten können.

Die Nummer trug die 01 vorne. Die Vorwahl von Paris. Solche Anrufe bedeuteten immer Ärger. Aber er konnte nicht *nicht* rangehen.

»*Oui?*«

»Commissaire Navarro?«

»Am Apparat.«

»Hier ist der Referent des Innenministers am Place de Beauvau.«

»Ja?«

»Wir wollten Sie darüber informieren, dass wir den Transport aus Sicherheitsgründen vorziehen. Er findet übermorgen statt.«

»Was? Übermorgen? Wie soll das gehen? Ich hab gar nicht genug Leute.«

»Wir brauchen unsere Männer für die Absicherung der Strecke. Sehen Sie zu, dass Sie es hinkriegen.«

»Das schaffe ich nicht.«

»Wie gesagt: Kriegen Sie es hin. Es gibt keine Alternative.«

Die Stille am anderen Ende der Leitung war vieldeutig.

»Haben Sie irgendwelche Anzeichen auf eine Bedrohungslage für den Transport?«, fragte der Mann noch.

»Nein, hier ist alles total ruhig.«

»Keine Umtriebe der Clans? Der Mafia?«

»Nein. Seit Wochen herrscht Totentanz.«

»Gut. Aber ich sag es mal so: Sobald der Kaufpreis gezahlt ist, ist es nicht mehr das Gold der Republik Frankreich. Von daher: Wir sagen Ihnen, ab wann Sie nicht mehr ganz so genau aufpassen müssen. Schönen Abend, Commissaire.«

»Danke«, sagte Navarro und legte auf. »Arschloch«, fügte er leise hinzu. Dann nahm er die Kugel und warf. Sie rollte drei Meter am Ziel vorbei. Verdammt.

ZOË

PRENZLAUER BERG, BERLIN, DEUTSCHLAND

»Pastis? Ham wa nich.«
Die Kellnerin sah Xavi so ungläubig an, dass Zoë lachen musste.

»Jägermeister könnse haben. Is' so ähnlich.«

Er nickte, und die Frau mit den roten Haaren brachte eine neue Runde Bier und zwei Gläser mit der dunkelbraunen Flüssigkeit. Zoë betrachtete Zara, die gedankenverloren ihr Glas Wasser in der Hand drehte. Sie trank immer noch keinen Tropfen Alkohol. Nichts, was ihr geniales Hirn durcheinanderbringen konnte.

Sie hatte bis jetzt geschwiegen, und Zoë hatte Xavi bedeutet, kein Wort an ihre Zwillingsschwester zu richten. Sie kannte diesen kontemplativen Zustand. In diesem Moment entschieden sich in Zaras Kopf die Dinge. Also hatte sie mit Xavi flüsternd gesprochen, nun aber hob Zara wieder den Kopf und sah sie direkt an.

»Also, wir gehen zweigleisig vor. Ich werde alles über den Transport rausfinden. Aber ihr müsst versuchen, in der Zeit, die uns bleibt – also ungefähr in sechs oder sieben Tagen –, den Geiselnehmer zu finden. Carlos Zuffa. Denn wenn wir ihn und Bolatellis Tochter haben, dann können wir Shokran Al-Hamsi problemlos aus dem Verkehr ziehen.«

Zoë schüttelte den Kopf, auf den Lippen ein bitteres Grinsen.

»Vergiss es, wie sollen wir ihn finden? Er ist nicht mal

eine Stecknadel im Heuhaufen, er ist eine Amöbe. Nur Xavi und ich wissen überhaupt, wie er aussieht. Er kann überall sein. Er könnte hier in Berlin geblieben sein oder nach Dänemark oder Polen oder sonst wohin gefahren sein. Es ist unmöglich.«

»Dass für dich etwas unmöglich ist, wäre mir neu.«

Zara wartete, doch Zoë verbot sich eine Reaktion. Sie wusste genau, wann ihre Schwester noch ein Ass im Ärmel hatte. Und siehe da, sie holte ihr Handy heraus und legte es auf den Tisch.

»Er ist nicht in Polen oder Dänemark. Und er ist auf gar keinen Fall in Berlin.«

»Sondern?«

Sie schob das Telefon über den Tisch zu Zoë. Die überflog schnell den Artikel von der Onlineseite der provenzalischen Zeitung.

»Was meinst du damit? Ist doch dort unten an der Tagesordnung.«

»Das stimmt nicht. Es ist sogar außergewöhnlich ruhig gewesen in den letzten Monaten. Es war so, als wenn die Clans ein ganz großes Ding vorbereiten. Und nun, kurz bevor wir den größten Goldtransport der Geschichte ausrauben wollen, lassen die Clans einen doppelten Polizistenmord zu? Das glaube ich im Leben nicht. *Er* war es. Zuffa. Etwas ist schiefgegangen. Ein Mord am helllichten Tag, wer ist denn sonst so kaltblütig? Es war sein Werk.«

Xavi hatte bisher geschwiegen, aber jetzt nickte er.

»Das klingt logisch. Ich hatte es vorhin auch gelesen, mich gewundert, aber mir nichts weiter dabei gedacht.«

»Ja«, sagte auch Zoë, »du könntest recht haben. Aber das würde heißen, er ist unterwegs in die Provence.«

»Er könnte auch weiter nach Italien oder Spanien oder Portugal geflohen sein«, sagte Xavi.

»Du sagst es ganz richtig, Xavi«, sagte Zara. »*Geflohen.* Er ist nicht mehr bei seinem Plan, nicht mehr nach diesem Mord. Er ist in einem Ausnahmezustand. Deswegen glaube ich nicht, dass er versucht hat, noch eine Grenze zu überqueren. Er wird sich irgendwo dort verstecken, wo er sich auskennt. Habt ihr eine Idee, wo das sein könnte?«

Zoë versank in ihrer Gedankenwelt, genau wie Xavi. Sie kannten Carlos Zuffa schon so lange – sie wussten alles über ihn. Warum hatten sie nicht früher darüber nachgedacht?

»Ich rufe Mahmud an«, sagte Xavi schnell.

»Meinst du, das ergibt Sinn? Ich kann mir vorstellen, dass niemand da unten Lust hat, die Tochter des Paten zu verstecken.«

»Dann würde auch Ahmed nichts bringen, meinst du?«

»In Marseille? Gleiches Spiel.«

»Es gibt noch einen Rückzugsort. Du warst nie mit ihm dort. Er war immer den Männern vorbehalten.«

Es durchfuhr Zoë wie ein elektrischer Schlag.

»Was meinst du, Xavi?«

»Es gibt eine Hütte, am Strand von Ramatuelle. Sie gehört seiner Familie seit Generationen. Wenn er wirklich in Bedrängnis ist, dann könnte es sein, dass die seine letzte Zuflucht ist.«

Zara beugte sich über den Tisch.

»Die erste Maschine nach Nizza geht morgen um sechs Uhr dreißig. Ich habe dir eben die Boardingpässe aufs Handy geschickt.«

Zoë trank ihr Glas Schnaps in einem Zug aus.

»Du wusstest, dass wir herausfinden, wo er steckt – du hast sogar schon die Flüge gebucht?«

»Natürlich wusste ich das, Zoë. Du bist meine Schwester …«

ZARA

POLIZEIPRÄSIDIUM, TEMPELHOF,
BERLIN, DEUTSCHLAND

Der nächtliche Verkehr rauschte vorbei an dem grauen Block, der früher die Vorderseite des mittlerweile geschlossenen Flughafens gebildet hatte. Heute waren die Rollbahnen am Tag nur noch Vergnügungsstätte für Skateboarder und Picknicker, des Nachts auch für Feierwütige, die über die Zäune stiegen. Unter den wachsamen Augen der Hauptstadtpolizei. Gegenüber trat Zara in den modernen und gleichsam gesichtslosen Block des Landeskriminalamtes. Das kleine Büro, auf das sie vor Jahren gegenüber Rui Vicentes bestanden hatte, befand sich im dritten Stock der Behörde, unter dem Dach also. Ein Kämmerchen, dessen weiße Tür immer geschlossen war. Auf dem Schild stand *Europol – Zutritt verboten*.

Niemand sonst hatte einen Schlüssel, niemand sonst durfte hier arbeiten. Deshalb sah es aus, wie es normalerweise auch in ihr aussah: sauber und aufgeräumt. Ihre Schwester hätte gesagt: *steril*.

Doch auch heute noch fühlte sie die innere Unruhe, die sie gestern befallen hatte, als Zoë und dieser Kriminelle sie heimgesucht hatten.

In der Nacht hatte sie nicht schlafen können, doch sie zweifelte, dass das an dem schweren Eisbein zum Abendessen gelegen hatte. Ihr Entschluss stand fest: Sie wollte das Problem lösen und dann schnell ihr Leben wiederhaben.

Andererseits: Die letzten beiden Male war es Zoë gewesen, die ihr aus der Patsche geholfen hatte – diesmal war sie dran. Das war nur fair. Und sie wusste es – auch, wenn sie es ihrer Zwillingsschwester gegenüber nie zugegeben hätte.

Ihrer Zwillingsschwester, die nun zusammen mit diesem Xavi wieder ihre Koffer packte, um in ein paar Stunden zum Flughafen zu fahren. Sie selber hätte noch Zeit. Zeit für die Vorbereitung eines Planes, den sie hoffte, nie ausführen zu müssen.

Sie knipste das fahle Neonlicht an und setzte sich hinter den Schreibtisch, auf dem nicht ein Papier herumlag, nur der Computer stand da, der über eine sichere Leitung ans Netz der Polizeibehörde in Den Haag angeschlossen war. Es dauerte nur Sekunden, dann war das Programm hochgefahren, das sie mit allen aktuellen Ermittlungen des Kontinents verband. Rui könnte sehen, wonach sie gesucht hatte – doch das musste sie riskieren.

Sie suchte im Dossier der französischen Police nationale nach dem Goldtransport. Sie runzelte die Stirn, dann öffnete sie die Maske der Gendarmerie. Die Informationen hier waren noch spärlicher, das Verteidigungsministerium teilte nicht gern Informationen mit dem Innenministerium. Die Furchen auf ihrer Stirn wurden tiefer. Sie las weiter, suchte Unterordner ab, doch da war nichts. Gar nichts.

Es war, als befasse sich die Polizei im Nachbarland überhaupt nicht mit dem Gold. Das konnte nicht sein.

Sie wählte die Nummer des Bereitschaftsdienstes in Den Haag. Eine dünne Männerstimme.

»Vasilis? Hier ist Zara.«

»Misses von Hardenberg? Es ist spät.«

Sie hörte die Schüchternheit in seiner Stimme. Sie

wusste, dass sie gefürchtet war, dort drüben in der Zentrale. Als allzu gesetzestreue Paragrafenreiterin mit einem guten Draht zum Boss. Sie schob die Angst ihrer Kollegen darauf, dass sie sie einfach nicht richtig kannten, weil sie so gut wie nie im Hauptquartier auftauchte. Dennoch kannte sie jeden Kollegen, als lese sie täglich alle Personalakten.

»Ja, Vasilis. Ich bin es. Pass auf, ich habe ein Problem.«

»Ja?«

»Gab es bei euch eine Voranfrage der französischen Kollegen wegen einer Gefahrenanalyse für einen großen Goldtransport? Von Paris in den Süden?«

Der Mann, der vor zwei Jahren und vier Monaten von der griechischen Polizei entsandt worden war, atmete schwer.

»Ich weiß nicht …«, stammelte er, »ich weiß nicht, ob ich Ihnen sagen …«

»Vasilis, bitte. Es ist alles in Ordnung. Ich habe die höchste Sicherheitsstufe. Ich hätte auch Rui anrufen können, aber ich wollte ihn nicht aufwecken. Also, sag schon …«

»Meinst du, er schläft jemals? Rui? Aber gut, wir schicken einen Mann. Den Schweden. Es gibt keine Aufzeichnungen darüber, es läuft alles nur über die höchste Ebene. Ruis Büro.«

»Den Schweden?«

»Ja.«

»Weiß er schon Bescheid?«

»Ich kann wirklich nichts sagen, Misses von Hardenberg, wirklich. Ich komme in Teufels Küche.«

»Das heißt, er ist schon losgeflogen? Ich dachte, es passiert alles erst nächste Woche …«

»Rufen Sie Rui an.«

»Das mache ich. Aber sag mir, wann ist er losgeflogen? Was ist da los?«

Die Stimme des Griechen klang nun anders. Selbstbewusst, laut, deutlich: »Passen Sie auf, hier überschlagen sich die Ereignisse. Mich rufen ständig Leute an deswegen. Eben hat so ein grober Bulle aus Marseille angerufen und mich fast durch den Hörer gezogen. Also, dieser ganze Mistauftrag kann mir gestohlen bleiben. Und Sie mir im Übrigen auch, Sie Phantom, Sie.«

Mit diesen Worten legte er auf, sodass das Geräusch des aufgeknallten Hörers in ihrem Ohr widerzuhallen schien.

So hatte Zara Vasilis noch nie erlebt. Sie erinnerte sich an ihn als einen winzigen Mann mit buschigem Vollbart, ein Crack im Internet, einer, der in der Kantine jeden Tag das Gleiche aß. Verdammt, was war denn da los?

Isaakson. Sie musste ihn anrufen. Sie wählte seine Nummer.

Die Mailbox. Verdammt.

Was hatte Vasilis gesagt? *Ein grober Bulle aus Marseille.* Ehrlich gesagt kannte sie nur einen, der die Chuzpe besaß, bei Europol Wind zu machen. Sie wählte die Nummer des Hôtel de Police, doch dann sah sie noch mal auf die Uhr. Sie legte auf und schlug in ihrem Handy seine Nummer nach. Es klingelte nur zweimal.

»Navarro?«

Er klang hellwach.

»Hier ist Zara von Hardenberg.«

Sie hörte regelrecht, wie er ihrer Stimme nachspürte, die Stille, drei, vier Sekunden, eine gebannte Stille.

»Ich dachte, wir sprechen nie wieder miteinander.«

»Ich wäre froh gewesen darüber. Aber es geht leider nicht.«

»Wie geht es Ihrer Schwester?«

Er fragte es ohne Hohn oder Ironie, er klang ernstlich interessiert.

»Sie ist, wie sie immer ist. Sie hasst jeden.«

»Das höre ich gerne. Haben Sie schon mal überlegt, ob sie auf der richtigen Seite steht? Immerhin hat sie den verdammten Al-Hamsis richtig eine verpasst.«

»Ihre Bewertung der schweren Verbrechen meiner Schwester werde ich mir sicher nicht zu eigen machen, wenn Sie einverstanden sind.«

»Was wollen Sie?«

»Ich frage mich eher: Was wollen Sie? Sie haben bei uns angerufen.«

»Ich dachte, Sie sind kaltgestellt. Nach den Ereignissen in der Provence. Deshalb schicken die doch den Schweden.«

»Sagen Sie mir, was los ist, Navarro.«

»Ich habe keine Ahnung, welchen Wahnsinn Paris da gerade plant.«

»Was meinen Sie?«

»Ich habe die ganze Idee von Anfang an für Irrsinn gehalten. Mehr als ein Dutzend Tonnen Gold über die Autobahn zu transportieren – und dann auch noch ausgerechnet in den Hafen von Marseille. Da kann man es gleich in der Pariser Banlieue auf eine Europalette packen und dabei zusehen, wie die Kids es wegtragen. Gut, aber der Auftrag kam eben von ganz oben. Also habe ich angefangen, eine Truppe zusammenzustellen. Und nun, wo ich einigermaßen vorbereitet bin, drehen die alles um – und auf einmal soll alles viel schneller gehen. Und damit wird es nicht nur Irrsinn, sondern völlig unmöglich.«

»Was soll das heißen? Wann soll der Transport gehen?«

»Morgen.«

»Morgen?«

»Ja, morgen. Der Schwede ist schon auf dem Weg. Na, sagen Sie mal, kriegen Sie denn gar nichts mit? Sind Sie überhaupt noch an Bord bei Europol?«

»Navarro«, sagte sie schnell, »ich sage es Ihnen und nur Ihnen. Der Transport ist in Gefahr.«

»Was soll passieren?«

»Das weiß ich nicht. Ich versuche, zu Ihnen zu kommen.«

»Sie oder Ihre Schwester?«

»Wieso fragen Sie das?«

»Wenn Sie kommen, wird es nervig für mich. Wenn Ihre Schwester kommt, gibt es ein infernalisches Blutbad.«

»Ach, wissen Sie, in diesen Tagen weiß ich manchmal gar nicht mehr, wer wer ist.«

AHMED SHALID AL-HAROUN

MITTELMEER VOR KRETA

Er tauchte auf und strich sich die Haare aus dem Gesicht, dann zog er sich am Rande des Beckens in die Höhe und kletterte behände an Deck. »Ist das herrlich …«, murmelte er und sah über den Rand der Jacht auf den Bug, der das Wasser des Meeres teilte.

Der türkisfarbene Infinitypool ging nahtlos in das Dunkelblau des Meeres über, er hatte den Boden des Beckens mit Fliesen im Fischgrätmuster auslegen lassen – er liebte den europäischen Stil.

Sie hatten eine schnelle Fahrt drauf, der Wind ließ ihn frösteln. Er ging zu der Liege, griff nach dem schwarzen Bademantel und schlüpfte in seine Schlappen. Kreta lag im Dunst des frühen Vormittags zu ihrer Linken, hundert Kilometer zur Rechten befand sich Festland-Griechenland.

Er blickte an seiner Jacht entlang. Hundertzweiunddreißig Meter purer Luxus. Er zog eine Augenbraue hoch. Wer brauchte so etwas? Ernsthaft … Er hatte es nie gewollt, dieses schwimmende Schloss. Andererseits gehörte es eben dazu, wenn man in seinen Kreisen lebte. Es war seit zehn Jahren ein regelrechter Wettbewerb geworden, die längste Jacht zu haben. Irgendwann hatten sich die Russen geschlagen geben müssen, weil bei denen das Geld nicht mehr so sprudelte wie in den wilden Jahren nach dem Ende des Kalten Krieges. Und weil der Präsident allzu mächtige Oligarchen gerne »einhegte«. Nun also die Scheichs und Emire der Golfstaaten. Immer größer, immer höher, immer teurer. Hätte man eine Jacht aus Elfenbein bauen können – irgendjemand in den Emiraten hätte sich gefunden, der selbst die bestellt hätte. Die längste Jacht derzeit lag irgendwo bei hundertneunzig Metern. Er hatte sich im guten Mittelfeld eingerichtet. Hinten hatte es sich seine Frau gemütlich gemacht, jene, die er für die Reise ausgewählt hatte. Erst vor zwölf Stunden waren sie in Alexandria gestartet. Er hatte den Suezkanal vor ein paar Jahren sattgehabt, all diese sinnlosen Tage in der Hitze. Deshalb flog er jetzt immer aus den Emiraten nach Nordägypten, wo die Megajacht lag. So dauerte es nicht mehr lang, bis er in Europa war. Diesmal hatte es besonders schnell gehen müssen. Er war wütend auf die Franzosen, weil sie das Datum des Transports einfach vorverlegt hatten, doch sie hatten es mit Sicherheitsgründen erklärt. Deshalb hatte sich alles vorgezogen, der Flug nach Ägypten, die Abfahrt des Bootes. Hoffentlich hatte die Zeit für seine Garde gereicht, um alles vorzubereiten.

Ahmed Shalid Al-Haroun, der Großneffe des Scheichs von Dubai, stieg die Treppe hinauf zur großen Brücke, auf der ein ganzes Heer von uniformierten Männern stand, sie sahen aus wie Klone, mit ihren schwarzen Schnauzbärten und den Pilotenbrillen. Aber er wusste, dass er ihnen nicht nur sein Boot anvertraute, sie konnten auch mit ganz anderen Situationen gut umgehen.

Sie senkten die Köpfe, als er eintrat, alle bis auf den Kapitän des Schiffes, der nie Anzeichen von Unterwürfigkeit zeigte. Nicht nur deshalb mochte Al-Haroun ihn am liebsten. Das Gewirr von Monitoren, Radargeräten und Knöpfen sah am Tag ganz und gar harmlos aus, nachts aber, wenn er schlaflos war, stand er manchmal stundenlang im hinteren Teil der Brücke und beobachtete das Flackern der Lichter auf den Bildschirmen und das routinierte Arbeiten der wortkargen Seeleute. Sie wussten, was sie taten – und dort, wo er herkam, war das nicht selbstverständlich.

»Captain«, sagte er leise in die Stille hinein.

»Ja, Sir?«

»Können wir kurz sprechen?«

»Natürlich.« Der Kapitän wandte sich um. »Sergio? Übernimmst du?«

»Kommen Sie.«

Al-Haroun ging voraus, und der Italiener folgte ihm. Er hatte ihn vor acht Jahren von einem Kriegsschiff der italienischen Marine abgeworben. Sie stiegen die Treppe wieder hinab, dann gingen sie durch die große Glastür ins Innere der Jacht, vorbei an der Küche, die aus Marmor und spiegelglatten Edelstahlflächen bestand, vorbei an dem riesigen Salon, den er mied, wegen all der Spiegel, den Kronleuchtern und den ausladenden Designersofas. Sein Lieblingsraum war die holzgetäfelte Bibliothek, der einzige Raum auf dem Schiff, der wirklich maritim aussah. Es gab Steuerräder aus Holz, Globen und zwei riesige Bücherwände mit alten Klassikern. Jeden Tag auf See las er einen davon. Heute hatte er Heinrich Heines *Briefe aus Berlin* auf Englisch gelesen.

Er ging zu der Bar und öffnete den Eisbehälter, nahm einen Tumbler und fragte: »Möchten Sie …?«

»Sehr gern.«

Er gab einen Eiswürfel hinein und füllte das Glas mit Whiskey. Für sich füllte er das geeiste Glas mit Minztee. Er nahm in seinem abgeschabten Ledersessel Platz, und auch der Kapitän ließ sich nieder.

»Sie wissen, Captain, dass das keine einfache Vergnügungsreise wird?«

»Ich war mir sicher, weil ich selten zuvor so viel besonderes Gepäck eingeladen habe wie dieses Mal. Beim letzten Mal vielleicht bei einem Kriegseinsatz am Horn von Afrika.«

»Ich vertraue Ihnen bedingungslos, Captain. Ich konnte es Ihnen dennoch nicht vorher sagen, weil ich erst sicher sein wollte, dass nichts mehr dazwischenkommt.«

»Sagen Sie es mir bitte, Scheich Al-Haroun, dann kann ich Vorkehrungen treffen.«

»Wir werden wann in Marseille eintreffen?«

»Wir laufen mit voller Kraft, wie Sie es angeordnet haben. Ich rechne mit der Ankunft in der morgigen Nacht.«

»Das passt. Hören Sie: Wir werden im Hafen von Marseille so viel Edelmetall aufnehmen, dass diese Jacht mit einem Schlag zum wertvollsten Schiff auf diesem Planeten wird.«

Er meinte, einen leichten Schatten im Gesicht des Captains zu sehen, eine Veränderung der Miene, aber die war so marginal, dass er es nicht beschwören konnte. Der Italiener blieb ruhig in seinem braunen Ledersessel sitzen.

»Sind es die Teile der Goldreserve, die Frankreich verkaufen will? Ich habe in *La Repubblica* darüber gelesen.«

»So ist es.«

»Und wir werden dieses Gold an Bord nehmen? Wie viel der fünfzehn Tonnen, die in dem Artikel erwähnt wurden?«

»Alles. Mit einem Mal.«

Er wusste: Es wirkte wie der neue Größenwahn eines Scheichs. Eine neue Art, so viel Geld loszuwerden wie nur möglich. So wie jener, der vor Jahren einfach den berühmtesten Fußballverein Frankreichs gekauft hatte, ohne damit in absehbarer Zeit Geld verdienen zu können. Wie jene, die an dem Jachtenwettkampf teilnahmen. Oder die, die sich mit Diamanten besetzte Ferraris bestellten. Ein Blödsinn sondergleichen. Doch auch seine Idee würden Menschen verurteilen, er wusste das. Doch er hatte keine andere Wahl. Ahmed Shalid Al-Haroun hatte in Genf und in London studiert, er dachte weiter als nur bis zum nächsten Sportwagen. Und er hatte früh begriffen, dass die Ware, die ihnen allen überwältigenden Reichtum beschert hatte, nur scheinbar endlos vorhanden war. Gerade war der Ölpreis mal wieder auf ein neues Tief gefallen, es waren sogar schon Negativpreise bezahlt worden. Weil die Amerikaner frackten, was das Zeug hielt. Doch eines nicht so fernen Tages würde es enden, das Öl. Und dann würde die ganze Blase, auf der sie ihre Emirate aufgebaut hatten, platzen. So wie sie vor hundert Jahren noch in Zelten gewohnt hatten, würden sie in hundert Jahren vielleicht wieder in Zelten im Wüstensand wohnen.

Er aber hatte keine Lust darauf. Er wollte mitspielen, im Konzert der Großen. Und das würde möglich sein, wenn er etwas besaß, das bisher noch nie seinen Wert verloren hatte – so viel Gold, dass ganze Staaten danach trachteten.

Der Captain riss ihn aus seinen Gedanken.

»Die Republik Frankreich wird doch für die Unversehrtheit der Ware garantieren, bis sie an Bord ist, nehme ich an?«

»So ist es vertraglich vereinbart«, erklärte Scheich Al-Haroun.

»Ich sollte Sie sicherlich nicht danach fragen, aber ich tue es doch: Warum habe ich dann um alles in der Welt so viele Waffen in den Bauch dieses Schiffes geladen, als wollten wir die Bank von England überfallen?«

»Es ist Marseille, Captain. Der gefährlichste Hafen Europas. Und ich glaube, es ist besser, wenn wir den Konvoi mit Ihren Leuten auf seinen letzten Kilometern etwas – nun ja, sagen wir *begleiten*.«

Die Finger des Italieners klopften zweimal auf die Lehnen des Sessels, so, als lasse er seine Nervosität an dieser einen kleinen Stelle aus seinem Körper.

»Glauben Sie, Scheich, dass dem Gold – und damit uns – eine Gefahr droht?« Er sah ihn aufmerksam an. »Verstehen Sie mich nicht falsch, ich habe keine Angst vor Komplikationen. Wir sind dafür da, alle Komplikationen aus dem Weg zu räumen. Allerdings muss ich es wissen, damit ich meine Männer bestmöglich vorbereiten kann.«

»Ich weiß in jeder Minute meines Lebens, warum ich Sie auf mein Schiff geholt habe, Captain«, antwortete er, »deshalb werde ich ehrlich mit Ihnen sein: Wenn es Probleme gibt, dann weiß ich, wer sie verursachen wird. Es ist eine sehr alte Geschichte, ein schwarzes Schaf sozusagen, aus unserem inneren Kreis.«

»Und Sie glauben, dieses schwarze Schaf wird uns angreifen?«

»Sagen wir so: Es ist möglich. Und es wäre eine gute Möglichkeit, eine sehr alte Rechnung zu begleichen – und die Dinge wieder in ihre natürliche Ordnung zu bringen.«

XAVI

RAMATUELLE, PROVENCE, FRANKREICH

Er konnte nichts dagegen machen, er musste einfach herzhaft gähnen. Sofort spürte er Zoës Blick.

Es war einfach zu viel: die kurze Nacht, der frühe Flug, die Anspannung.

Er war wieder zurück, in dem Geschäft, das er nie wieder hatte betreiben wollen – so war der Entschluss, den er im Knast von Baumettes getroffen hatte. In einer Nacht, in der er auf den blanken Fliesen seiner winzigen Zelle hatte pennen müssen.

Sie hatte ihn rumgekriegt. Ohne etwas sagen zu müssen. Er vertraute ihr. Er vertraute ihr sein Leben an.

Er wusste nur nicht, ob sie auch ihm trauen sollte. Er fühlte sich alt und furchtbar müde. Er war ein Sicherheitsrisiko für sie.

Sie hatte im Flugzeug geschlafen, er hatte die ganze Zeit aus dem Fenster gesehen. Nun lenkte sie den Mietwagen, und er hatte den Kopf gegen die Scheibe.

Sie nahm die engen Kurven der Straßen südlich von Saint-Tropez, als gelte es, die Rallye Monte-Carlo zu gewinnen. Ihm war übel.

Er spürte ihre Entschlossenheit. Er spürte ihren Hass. Beides machte ihm Angst.

Er wusste nicht, ob es ihr wirklich um Chiara ging. Klar, ihre Beziehung war so eng, wie es nur eben vorstellbar war. Zu dem Mädchen hatte Zoë immer eine innigere Beziehung gehabt als zu ihrer eigenen Schwester.

Aber diesmal? Es ging ihr mindestens so sehr um Carlos. Sie wollte ihn töten. Um jeden Preis.

Er hatte nie mit ihr darüber gesprochen. Aber er müsste es tun. Er wusste nicht genau, was vor ein paar Monaten am Strand von Bormes-les-Mimosas passiert war. Nur das, was seine alten Kumpanen raunten und was in den Medien stand. Viel war das nicht. Die Clans hatten alles darangesetzt, alle Berichte über die Morde am Strand zu unterdrücken.

»Wir sind gleich da«, sagte sie plötzlich.

»Hm«, murmelte er.

»Bist du bereit?«

»Hm ...«, wiederholte er.

Sie bremste augenblicklich und so heftig, dass er fast in der Windschutzscheibe gelandet wäre. Sie brachte das Auto auf dem Seitenstreifen zum Stehen und sah ihn wütend an.

»Bist du bereit, Xavi?«, fuhr sie ihn an. »Wenn nicht, mach ich es alleine. Es darf nichts schiefgehen.«

»Ja, ich bin bereit«, sagte er leise und vermied es, etwas hinzuzufügen. Es war zu spät, es hätte alles keinen Sinn gehabt. Er zog seine Waffe aus dem Holster, das er unter seiner Jeansjacke verbarg, und prüfte die Pistole. Wie lange hatte er keine Kugel mehr abgefeuert?

»Hier rechts«, sagte er, und sie bog in den kleinen Sandweg ein, der entlang der hohen Macchia führte, die Vegetation wurde immer dichter, je näher sie an den Strand kamen.

Niemand war mehr hier, nur die Zikaden zirpten so laut, dass man sie bei geschlossenem Fenster hörte.

Sie passierten den Leuchtturm vom Cap Camarat, einen eckigen Turm aus hellem Sandstein mit einem dunklen Aufbau, das Licht war am Tag natürlich ausgeschaltet.

Hinter dem *phare* verengte sich die Straße, und sie hielten an einer Schranke. Hier war der Weg zu Ende.

»Okay, halt hier in der Kehre an«, sagte Xavi. »Wir müssen das Auto verstecken. Das ist echtes Feindesland. Zuffas Familie kennt jeden in der Umgebung. Wir gehen den Rest zu Fuß.«

Sie verließen den Feldweg nach wenigen Metern und liefen geduckt durch das Dickicht, das aus den für die bergige Provence typischen Sträuchern und Büschen bestand. Es war kein einfacher Weg, denn die Macchia war vielfach durchsetzt von Lianen mit scharfen Dornen, und schon nach kurzer Zeit hatte Xavi zerkratzte Beine, er griff nach seinem linken Schienbein, dann betrachtete er das Blut an seiner Hand.

Sie mussten diesen Weg gehen, sie durften nicht auffallen – sie durften *ihm* nicht auffallen.

Er drehte sich nach ihr um, ihr Blick war konzentriert, sie schien über all die Dornen hinwegzufliegen, ihre Beine waren makellos. Keine Ahnung, wie sie das machte.

Er sah wieder nach vorne, dort, dort lag das Mittelmeer, die Felsformationen waren schroff, und ganz besonders der helle Stein stach ihm ins Auge, er erkannte alles sofort wieder, die Erinnerung setzte ein, als hätte er ein Fotoalbum aufgeschlagen. Sie waren Freunde gewesen, hatten zwei Tage hier verbracht, gegrillt, jede Menge Rosé getrunken, endlos geredet über ihre Taten, ihre Pläne, ihre Träume. Verbrecherlatein. Doch als er nun hierstand, war alles wieder da. Der Blick auf das Blau, der rote und der graue Stein, die Möwen, die über ihnen ihre Bahnen zogen, Möwen, hier in der tiefsten Provence. Dort links war Saint-Tropez im Nebel zu erahnen, irgendwo gegenüber musste Sainte-Maxime sein. Dieser Ort war magisch. Er riss sich los von diesem Panorama.

»Es ist den Abhang hier herunter und dann etwa fünfhundert Meter nach links am Strand entlang«, sagte er leise, »die Hütte steht direkt am Fuße des Felsens.«

»Okay«, nickte sie.

Sein Traum? Wenn Zuffa das Mädchen einfach in der Hütte gelassen hätte – allein. Um anderen Dingen nachzugehen. Sie würden sie finden, befreien, und die ganze Sache wäre erledigt. In seinem Bauch war nackte Angst.

Verdammt.

Er wusste, was mit denen geschah, die sich fürchteten.

Es war wie eine Vorahnung – und derlei Vorahnungen trafen stets ein. Er sollte umkehren. Aber er sah Zoës Gesicht. Sie würde ihn nicht lassen. Sie war in Gedanken schon längst bei ihm. Bei Carlos.

Nun ging sie voran, hielt sich an den Felsen fest und ließ sich Meter für Meter herab, kletterte, sprang, kam immer auf den Füßen auf, verfehlte nie einen guten Punkt, um sicher weiterzuklettern. Die Sonne brannte erbarmungslos auf den Felsen, doch nach zehn Minuten hatte auch er es geschafft, und nun standen sie da, im Schatten der Felsen.

»Dort hinten?«

»Ja, siehst du sie?«

Sie nickte, und er betrachtete die kleine Hütte in der Ferne. Eine paradiesische Lage, aus den kleinen Fenstern musste der Blick unverbaubar direkt auf das türkisfarbene Mittelmeer fallen. Das alles war Landschaftsschutzgebiet, niemand durfte hier auch nur eine Hundehütte hinstellen. Keine Ahnung, wer Zuffas Familie diesen Bau irgendwann einmal genehmigt hatte.

Sie schlichen an den Felsen entlang, sie schien es lautlos zu tun, er dagegen hörte seine eigenen Füße bei jedem Schritt, die Kiesel darunter knirschten und schabten, dass es auf Kilometer zu hören sein musste, so kam es ihm vor. Natürlich war das total übertrieben.

Vielleicht ging ja auch alles glatt. Sie überwältigten ihn, holten das Mädchen. Zoë würde ihren Vater rächen. Ende der Geschichte.

Noch zweihundert Meter, dann einhundert.

Er sah, wie sie die Pistole aus dem Holster zog. Eine Beretta. Sie hatte immer eine Beretta genutzt, nach Saint-Tropez.

Sie zeigte auf die nördliche Seite, sie wollte sich hinter der Hütte entlangbewegen, so schien es, er sollte auf der südlichen Seite bleiben. Er nickte, hob den Daumen. Okay.

Sie schlug sich wieder in die Macchia, er kniete zwischen Felsen und Strand hinter einem großen Stein, vielleicht fünfzig Meter von der Hütte entfernt, als das Inferno losbrach.

ISAAKSON

BANQUE DE FRANCE, PARIS, FRANKREICH

Er pfiff »Aux Champs-Élysées« und kam sich dabei nicht mal merkwürdig vor, als er ebenjene Straße entlangging. Sie hatten ihm ein Hotel in der Rue de Marignan gebucht, und er hatte geschlafen wie ein Stein, nun aber, als der Morgen gerade gegraut hatte und die Sonne Stück für Stück über den Pariser Dächern höher stieg, war er schon auf dem Weg, noch war es frisch, aber er liebte diese Kühle, sie erinnerte ihn an Stockholm. Und er liebte die Leere dieser Stadt, die nun wirklich kein Ort für Frühaufsteher war, selbst die riesige zehnspurige Avenue, die gestern Nacht nach seiner Ankunft ein Laufsteg gewesen war, lag nun gänzlich ruhig da, nur eine einsame Straßenkehrmaschine drehte ihre Runden, ein paar Reinigungskräfte kamen aus einem Bürogebäude und zogen lachend und schwatzend ihrer Wege.

Er hätte gar nicht zu sagen vermocht, was für eine Empfindung das war, aber er fühlte sich ganz leicht in diesem Moment, als er vorbeiging an all den teuren Boutiquen und sich dann entlang der Jardins des Champs-Élysées bewegte. Vor ihm lag die Place de la Concorde mit dem Obelisken, vielleicht würde er noch zwanzig Minuten brauchen bis zur Bank. Er freute sich regelrecht auf diesen Auftrag, der so ganz anders war als das schreckliche Zeug, das sie sonst immer zu tun bekamen. All der Terror und die Islamisten und die Vorstädte und die menschlichen Abgründe, es war kaum noch auszuhalten. Und nun, endlich, einmal eine Reise in sein geliebtes Frankreich, ohne eine echte Gefahr – ohne eine echte Bedrohung. Nur dieser Transport, Gold, so viel Gold, eine coole Aufgabe war das, und eine saubere, schnelle Sache: Rein in den Transporter, runter in den Süden, ab auf das Schiff und dann gleich wieder runter, um noch zwei Tage auf Spesen in Marseille dranzuhängen. Herrlich!

Dabei war gestern noch ein ätzender, normaler Tag am Schreibtisch gewesen: Er hatte Akten gewälzt und im Europol-Netz die Bewegungsdaten von zwei IS-Anhängern nachverfolgt, die vor drei Wochen als Flüchtlinge auf Lesbos angelandet waren. Mittlerweile steckten sie irgendwo hinter Mazedonien, und er hatte die lokalen Kollegen auf ihre Spur gesetzt. Doch am späten Nachmittag war Vasilis zu ihm an den Tisch getreten, der stille, kleine, merkwürdige Vasilis. »Schönen Gruß von Rui«, hatte er gesagt, »dein Flug geht in drei Stunden. Nach Paris.« Dann hatte er ihm wortlos eine dünne Akte gereicht. Die zwei Seiten hatten die Hotelbuchung enthalten und einen Hinweis, dass er sich zur Begleitung des Goldtransports am Morgen um acht Uhr bei der Zentrale der Nationalbank einfinden sollte.

Er überquerte die Place de la Concorde, was um diese Zeit noch kein Problem war, später am Tag wäre es unmöglich bis lebensgefährlich, und schritt durch ein Tor, das in den Tuilerien-Garten führte. Die Treppe hinunter und dann über den breiten Sandweg, links und rechts waren die gepflegten Wiesen und die Blumenrabatten. Am ersten Brunnen standen die grünen Stühle in scheinbar loser Anordnung, und doch bildeten sie ein Muster, als hätte sie ein Künstler dorthin gestellt. Er umrundete den grauen Stein des Brunnens, und da war nur das Plätschern, als hinter ihm eine altvertraute Stimme sagte: »Isaakson.«

CHIARA

RAMATUELLE, PROVENCE, FRANKREICH

»Sie wird dich töten«, hatte sie gesagt. Er hatte sie überrascht angesehen. Es war, als hätte sie ihn überhaupt erst wieder zurück in diese Welt geholt.

Er war so nervös und fahrig gewesen, am Lenkrad des Busses, als sie in Marseille auf die Autobahn gefahren waren. Sein Schrei, den würde sie nie vergessen. Dann war er kurz vor Toulon gänzlich in sich versunken gewesen, da war nur das Motorengeräusch, keine Musik, kein Wort. Sie hatte immer wieder den Türgriff angesehen. Sollte sie die alte Schiebetür öffnen und sich hinausfallen lassen? Mitten auf die Autobahn, bei Tempo hundertzwanzig? Sie hatte den Gedanken verworfen.

Irgendwo hinter Hyères hatte die Autobahn geendet, und sie waren auf die kurvige Départementale gefahren, immer tiefer hinein in die Provence. Die Weinfelder entlang der Straße zeichneten ein idyllisches Bild, wie gerne hatte sie in Berlin den provenzalischen Rosé getrunken und an zu Hause gedacht.

Nun war sie wieder hier, in der Gewalt dieses brutalen Mannes, eine Gefangene, eine Geisel.

Hinter La Croix-Valmer waren sie nach Ramatuelle abgebogen, hatten den kleinen Ort durchquert. Es waren unzählige Touristen auf den Straßen unterwegs gewesen, sie hatten in den Restaurants gesessen und auf den Terrassen, der alte Campanile auf der Kirche war vorübergeschwebt, sie erinnerte sich, einmal hier gewesen zu sein mit Papa, er hatte geschäftlich zu tun, sie hatte auf dem Dorfplatz mit anderen Kindern gespielt.

An einer Schranke hatte er angehalten und aufgeschlossen, dann waren sie am Rande eines Felsens auf eine kleine Lichtung gefahren. Dort hatte er den Bus abgestellt, dann hatte er wortlos die Tür geöffnet und ihr befohlen, auszusteigen. Sie hatte die Sonne gespürt und einmal tief durchgeatmet, sich gereckt und sich dabei unauffällig umgesehen. Könnte sie es riskieren, einfach loszulaufen? Er hatte ihre Überlegung unterbrochen, indem er sie am Arm gepackt und den steinigen Weg hinuntergezogen hatte bis zu einem malerischen Strand. Kleine Kiesel, weiter unten weißer Sand, die Wasserkante: und dann Türkis, weiter hinten ein tiefes Blau, bis zum Horizont. Irgendwo dort hinten war Korsika. Papa. Sicherheit.

Die Hütte hatte sie fast übersehen, so ging die Farbe des grauen Holzes in den Stein über. Er schloss rasch auf und zerrte sie hinein, sie stieß einen leisen Schrei aus, doch da hatte er die Tür schon hinter sich zugeschlagen.

Sie hatte sich umgesehen in dem Dämmerlicht. Die Fensterläden waren noch geschlossen, durch die schmalen Schlitze fiel nur wenig Sonne hinein. Es gab ein Feldbett und einen kleinen Schrank aus altem Sperrholz, in der Ecke standen ein Gaskocher und ein winziger Kühlschrank. Sonst gab es nichts, es schien nicht mal Strom zu geben, dachte sie. Er zeigte auf die Liege, dann ging er hinaus und zog die Tür zu, sie hörte den Schlüssel, der sich von draußen im Schloss drehte. Sie spürte, wie sehr sie zitterte. Nach einer halben Stunde traute sie sich, aufzustehen. Sie ging zu den Fenstern, versuchte, sie aufzudrücken, doch sie sahen zerbrechlicher aus, als sie es in Wirklichkeit waren. Womöglich war es irgendein Spezialglas. Sie suchte ein Werkzeug, doch es gab in dieser Hütte nichts, nicht einmal Besteck. Auch die Tür saß fest in den Angeln. Die wenigen Möbelstücke waren festgeschraubt. Nach einer weiteren halben Stunde setzte sie sich wieder aufs Bett und fing an zu weinen. Sie hatte nicht vor ihm heulen wollen, keine Schwäche, keine Angst, doch nun brach es aus ihr heraus, sie schluchzte hemmungslos, rollte sich auf der Liege zusammen, und bald war das muffig riechende Kissen klitschnass. Irgendwann musste sie eingeschlafen sein.

Stunden später, sie wusste nicht, wie viele, war er zurückgekehrt. Draußen war die Nacht hereingebrochen. In der Hütte war es dunkel, doch der Mann holte Kerzen aus einer Tüte, zündete sie wortlos an und verteilte sie. Dann nahm er aus einer anderen Tüte zwei Plastikschüsseln und reichte ihr eine davon, dazu einen Löffel. Er öffnete seine eigene Schüssel, und sofort verteilte sich der Duft von Fisch und Tomaten in der kleinen Hütte. Sie spürte, wie hungrig sie war, dennoch sah sie immer wieder ängstlich zu ihm. Doch er aß, ohne sie anzusehen, also öffnete auch sie ihre Schüssel. Die Fischsuppe sah köstlich aus, der, der sie gekocht hatte, hatte die Croûtons und die Knoblauchmayonnaise, die Rouille, schon hineingetan.

Wenn er sie vergiften wollte, dann wäre es eben so. Sie nahm den Plastiklöffel und aß gierig, es war fantastisch, der dunkelrote Sud mit dem Knoblauch und dem Thymian, der Geschmack von Rascasse und Rotbarben, die krossen Brotstücke, die Würzigkeit, die Tiefe.

Als sie fertig war und die kleine Flasche Wasser ausgetrunken hatte, hatte sie neuen Mut.

»Sie wird dich töten.«

Er stellte seine Schüssel ab und sah sie lange und herausfordernd an. Sofort überfiel sie wieder die Angst, sie rieb sich die immer noch schmerzenden Arme und sah die blauen Flecken, dort, wo er sie vorhin so heftig gepackt und den Berg runtergezerrt hatte. Leise sagte er: »Du meinst die sagenumwobene Fürstin der Unterwelt?«

»Ich meine Zoë. Meine Schwester.«

»Ach, kleine Chiara, nicht mal für ihre leibliche Schwester würde Zoë etwas riskieren. Meinst du, sie riskiert für dich sogar ihr Leben?«

»Du wirst schon sehen. Sie ist auf dem Weg zu mir.«

»Du kennst sie schon so lange, hm?«

»Sie hat auf mich aufgepasst, als ich ein kleines Mädchen war. Sie wird mich niemals im Stich lassen. Und zwar nicht, weil sie mir wegen ihrer Geschäfte mit Papa verpflichtet ist. Sondern, weil sie mich liebt. Aber ich glaube, du weißt gar nicht, was das ist.«

Er stand plötzlich aus seinem Schneidersitz auf und trat ganz nah an sie heran.

»Ich kann dich mit einem Schlag töten«, flüsterte er.

»Aber dann ist dein Plan im Eimer«, entgegnete sie, mit mehr Mut als Verstand.

»Niemand weiß, dass du tot bist.«

»Mein Vater wird nie tun, was du sagst, ohne ein Lebenszeichen von dir.«

»Glaubst du, dein Vater wird überhaupt etwas tun, um dich zu retten?«

Sie senkte ihren Kopf.

»Wann hast du sie zuletzt gesehen?«

»Zoë?«

»Wen sonst?«

»Das werde ich dir nicht sagen.«

Er griff nach ihr, so schnell und grob, dass sie nichts machen konnte, er zog sie hoch, und sie versuchte, zu entkommen, doch er hielt sie so fest, dass sie sich nicht bewegen konnte, dann drückte er sie gegen die Holzwand, sein

Arm an ihrem Hals, er drückte zu, dass sie keine Luft mehr bekam, sie spürte die harte Wand und sah sein Gesicht ganz nah, seine wütenden Augen, sie roch seinen Atem, sie wandte den Kopf ab, er sagte leise und drohend: »Du redest, wenn ich dich etwas frage. Und du machst alles, was ich will. Verstanden?«

Sie ließ die Arme sinken, geschlagen, sie hatte Angst, nackte Angst vor seiner Kraft, vor seiner Gewalt, sie nickte, er ließ sie sofort los. Sie sank auf den Boden herab. Er trat einen Schritt zurück und setzte sich wieder im Schneidersitz auf den Boden wie ein Guru.

»Setz dich aufs Bett.«

Sie tat, wie er es befohlen hatte.

»Wann hast du sie zuletzt gesehen?«

»Vor zwei Jahren«, sagte sie leise.

»Vor zwei Jahren. Deine Schwester. Ich verstehe.«

»Sie hatte sich zurückgezogen. Und ich war nach Berlin gegangen.«

»Weißt du, was sie getan hat, deine Schwester?«

Sie sah ihn an, hörte den gezügelten Zorn in seiner Stimme, als stehe er kurz vor einer Explosion.

»Sie hat meinen Bruder umgebracht. Sie hat …«

Das Handy in seiner Tasche vibrierte. Er drehte sich weg, hob ab und ging hinaus. Sie sah ihn durch die Luken vor dem Fenster stehen, hörte seine gedämpfte Stimme.

»Ja?«

Er hörte zu.

»Oben bei dir am Leuchtturm?«

Wieder Stille.

»Wann?«

Gleich darauf: »Nein, du musst keine Polizei rufen, danke, ich kümmere mich darum. Ich kenne die Besucher, sie wollen zu mir. Einen schönen Abend für dich.«

Sie wusste nicht, ob sie hoffen oder bangen sollte, doch als er nach Sekunden wieder die Tür geöffnet hatte und sie sein Gesicht sah., überfiel sie die pure Angst. Er hielt die Waffe schon in der Hand und zischte: »Still, kein Wort.«

CARLOS ZUFFA

NIZZA, CÔTE D'AZUR, FRANKREICH
SECHS JAHRE ZUVOR

»Rémy«, schrie er, »nein, ich erlaube das nicht.«
»Brüll mich nicht so an. Du bist nicht Papa.«
»Aber ich bin dein Bruder, verdammt noch mal. Und ich verbiete dir, dass du das machst.«

Der andere riss sich los, seine Augen waren weit aufgerissen, sein Blick so wütend.

»Du bist ein junger, wütender Mann, Rémy«, sagte er, nun leiser, ruhiger, »ich weiß das, ich war auch mal so.«

»Rede doch keinen Unsinn, du warst schon immer erfolgreich. Verdammt, lass mich los, und lass mich in Ruhe.«

Rémy warf das fettige Papier in den nächsten Mülleimer und rannte los. Carlos hätte ihn gern in Ruhe gelassen, aber es ging nicht. Das hier war zu wichtig. Er folgte ihm, er musste natürlich aufpassen, er durfte nicht auffallen, nicht hier in der Altstadt, wo es vor Polizisten nur so wimmelte. Dort vorne neben dem Blumenmarkt auf dem Cours Saleya befand sich sogar die Wache der Police municipale.

Er wusste gar nicht, wie es so weit hatte kommen können. Sie hatten sich richtig gefreut, einander zu sehen, hatten sich sogar umarmt, als sie sich vor einer halben Stunde zum Socca-Essen bei *Chez Thérésa* getroffen hatten. Er hatte immer gefunden, dass ihre fettigen Kichererbsenfladen viel besser waren als die von *Chez René Socca*. Etwas Salz und Pfeffer darüber, und der braun gebackene Teig war eine Delikatesse. Schon als Jungs hatten sie sich für dieses Essen vom Schulhof geschlichen. Eigentlich heilte es alle Streitigkeiten, heute aber war es erst beim Essen richtig eskaliert.

Nicht rennen, mahnte er sich, versuchte aber, Rémy, der zügig in Richtung Strand ging, nicht aus dem Blick zu verlieren. Carlos erinnerte sich an die Worte seines kleinen Bruders, vorhin, nachdem sie den ersten Bissen genommen hatten.

»Ich geh nicht mehr in die Uni.«

»Was? Wieso denn nicht? Es hat dir doch gefallen.«

»Es ist Zeitverschwendung.«

»Ist es nicht. Du könntest der Erste aus der Familie sein, der es schafft.«

Rémys Lachen klang noch in seinem Ohr.

»So ein Unsinn. Was denn schaffen? Meinst du, so ein Studium macht aus mir einen anderen Menschen? Jeder weiß, wo ich herkomme, an meiner Sprache, an meiner dunklen Haut, an meiner Adresse auf dem Lebenslauf. Die Uni kann das nur überlackieren, aber die Grundierung, die ist der Vorort von Nizza. Und das kann ich niemals wegmachen. Also würde ich mich fünf Jahre abrackern und dann einen mies bezahlten Job in irgendeinem Unternehmen kriegen, bei dem ich über mir all die französischen Kinder aus feinem Hause habe, die das Zehnfache verdienen und allesamt auf mich herabsehen. Vergiss es – ich habe da keinen Bock drauf.«

»Und was willst du dann machen? Lieferdienstfahrer werden wie Papa?«

»Ich hab schon was in Aussicht.«

Aufgrund der Art, wie Rémy das gesagt hatte, war er hellhörig geworden.

»Was?«

»Sag ich dir nicht.«

»Sag es mir. Bitte.«

»Nein.«

Carlos war in diesem Moment der Appetit auf Socca vergangen.

»Hat es mit Al-Hamsi zu tun?«

Rémy hatte weggesehen und so getan, als beobachte er das Treiben auf dem Blumenmarkt, die aufgehübschten Touristinnen, die beiden Taschendiebe an der Ecke, die Carlos längst entdeckt hatte.

»Du willst für die Al-Hamsis arbeiten? Hör mir zu«, sagte er lauter und fasste Rémy am Arm, damit der sich ihm zuwandte, »die Al-Hamsis sind ganz neu im Geschäft und benehmen sich trotzdem, als würde alles schon ihnen gehören. Sie haben keine Ehre im Leib, sie haben keinen Kodex, sie halten sich an nichts. Sie sind nur brutal und wollen den Markt übernehmen, um jeden Preis. Du bist Kanonenfutter für die.«

»Shokran ist nicht so, wie du es sagst. Er ist gut zu mir.«

»Er will dich ködern, um an mich ranzukommen.«

Da war Rémy aufgesprungen und zischte: »Geht es immer um dich? Nur um dich? Kann es nicht sein, dass Shokran mich einfach in seiner Truppe will, weil er glaubt, dass ich Zukunft habe? Dass ich das Geschäft gut kann?«

»Willst du wirklich Drogen verkaufen? Geldtransporter überfallen? Dich ständig umdrehen, weil du Schiss hast, dass die Bullen dir folgen? Oder sonst wer? Willst du eine Waffe tragen und damit notfalls Leute erschießen? Denn das ist mein Leben, Rémy, das ist mein verdammtes Leben.«

»Ich will Geld verdienen, so viel Geld wie du. Und ich will mich nicht mein ganzes Leben lang herumkommandieren lassen.«

Da war er explodiert, hatte geschrien, er erlaube es nicht. Und nun folgte er seinem Bruder. Und endlich, an der Unterführung, die zu den Quais und hinüber zum Strand zeigte, während links der Weg in die Berge zum alten Schloss der Stadt und diesem unglaublichen Aussichtspunkt über die sichelförmige Bucht abging, an dieser Unterführung also erreichte er ihn und hielt ihn am Arm fest und zog ihn zu sich herum, er meinte sogar, dass Rémy absichtlich langsamer geworden war, damit er ihn einholen konnte. Carlos Gesicht war ganz nah an dem seines Bruders, es war beinahe eine zärtliche Geste, als er ihm über den Arm strich.

»Du darfst das nicht machen.«

»Wieso? Wovor willst du mich beschützen?«

»Der Pate will die Al-Hamsis zerstören. Er wird nicht zulassen, dass sie den Markt übernehmen, seinen Markt. Wenn er hört, dass du für sie arbeitest, wird er toben. Aber nicht nur das: Er plant den großen Gegenschlag. Die nächsten Wochen werden nicht lustig.«

Das Lächeln auf seinem Gesicht, diese Überlegenheit, die er immer ausgestrahlt hatte.

»Ich bin zu klug, als dass mir etwas zustoßen könnte.«

»Das ist nicht deine Welt. Da gelten andere Gesetze. Da geht es nicht um klug oder dumm. Da geht es um das Recht des Stärkeren.«

Rémy senkte den Kopf.

»Gut, ich überlege es mir.«

»Versprochen?«

Doch sein Bruder wandte sich ab und trottete mit hängendem Kopf hinüber zum Strand. Sollte er die Zeit für sich haben, dachte Carlos und wandte sich in Richtung Altstadt um.

ZARA

BANQUE DE FRANCE, PARIS, FRANKREICH

»Und Rui weiß Bescheid, dass du hier bist?«
»Natürlich«, log sie.
Sie wusste, dass er sich nicht trauen würde, sie auszuschließen. Die Frage nach ihrem gemeinsamen Chef war das höchste der Gefühle.
»Dann – wollen wir?«
Noch immer sah sie das Zögern in seinem Blick, aber schließlich gab er sich einen Ruck und ließ sie vorgehen in Richtung des großen Sandsteinbaus, dieser Trutzburg mitten in der Stadt, einen Katzensprung entfernt vom Louvre in einer kleinen Straße gelegen, vier Etagen, vergitterte Fenster, Überwachungskameras an jeder Wand. Zwei Polizisten in voller Kampfausrüstung und mit Maschinenpistolen standen davor, das war kein Standard, erinnerte sich Zara, bestimmt liefen schon die Vorbereitungen für den Transport und damit die höchsten Sicherheitsvorkehrungen.
Sie holte ihren Dienstausweis in der Tasche und zeigte ihn dem misstrauischen Beamten auf der linken Seite des Portals.
»Zara von Hardenberg, Europol, mein Kollege Isaakson.«
»Gehen Sie rein«, sagte der Polizist.
Sie durchschritten das Tor, die goldenen Lettern *Banque de France* prangten an der Wand. Am Empfang stellte sie sich erneut vor und erklärte: »Wir sind mit dem Sicherheitschef verabredet.«

»Oui, Madame, Monsieur de Trappier ist auf dem Weg.«
Sie stellten sich an den Rand des Eingangs und mussten kaum eine Minute warten, dann kam ein kleiner Mann im Anzug, er trug eine runde Brille und sah erfreulicherweise weniger nach einem Sicherheitsmann aus als nach einem Professor. Seine kleinen listigen Augen sahen von unten zu ihnen herauf.

»Mir waren nur Sie angekündigt, Monsieur Isaakson. Madame?«

»Ja, das stimmt«, sagte Zara schnell, »aber wir haben uns aufgrund der Dringlichkeit der Anfrage entschieden, dem Transport eine höhere Priorität beizumessen, deshalb haben wir unsere Unterstützung aufgestockt. Ich bin Monsieur Isaaksons Partnerin, zudem habe ich in Südfrankreich einen Heimvorteil.«

»Ich nehme an, dass Monsieur Vicentes in der Zentrale in Den Haag all das bestätigen kann?«

»Natürlich, Monsieur de Trappier. Auch wenn die Zeit drängt.«

»Dafür ist immer Zeit.«

Er führte sie zu einer Sitzecke, die in einem abgeteilten Raum lag. Dann holte er sein tragbares Festnetztelefon aus der Hosentasche. Zara erkannte das Modell, das sie auch bei Europol nutzten. Abhörsicher.

Er tippte eine Nummer ein, Zara sah die Zeilen aus der Ferne, als tippe sie selbst. Monsieur de Trappier konnte sie auswendig. Sie hätte sich vorher besser mit ihm beschäftigen sollen. Er war augenscheinlich ein bemerkenswerter Mann.

»Rui«, sagte er ohne Umschweife nach wenigen Sekunden, »hier ist Casimir von der Banque de France … *oui*, natürlich mein Lieber, wie geht es dir im kalten Norden? … Ja, alle wohlauf. Du weißt schon, natürlich sind wir lieber im Süden bei meinen Eltern, da ist die Luft besser als hier, aber nun ja, die Arbeit … Ja, der Transport, genau, eine große Sache, hör zu, darum rufe ich an … Wir hatten ja einen Beamten bei euch angefordert … Nein, alles gut, der junge schwedische Kollege ist da, aber nun steht hier auch noch eine junge Frau, die zu euch gehört. Und da frage ich mich … Nein, lieber Rui, sicher ist alles in Ordnung, sie heißt Zara von Hardenberg …« Wieder machte er eine Pause, weil der Gesprächspartner auf der anderen Seite dazwischenredete, sie kannten sich gut, so schien es, sehr gut sogar, Zara musste gute Miene zum bösen Spiel machen – sie verfluchte sich, weil sie zu wenig Zeit gehabt hatte, um sich vorzubereiten, das war ihr noch nie passiert –, und – bei Gott – es würde ihr nie wieder passieren. Diesmal hörte de Trappier länger zu, dann sagte er viel freundlicher: »Mein Lieber, wunderbar, ja, du hast recht, es wird uns sehr helfen. Du möchtest mit ihr sprechen? Gut, ich gebe sie dir. Eine gute Zeit für dich – und bleib gesund, wir sehen uns bald wieder.«

Dann reichte er Zara mit einem wissenden Lächeln das Telefon. »Er möchte mit Ihnen sprechen.«

»Danke«, sagte sie zu de Trappier und dann in den Hörer: »Rui?«

»Es ist eine sichere Leitung«, sagte er streng, »ich habe sie eben durchmessen lassen. Sag mal, Zara, was soll das? Was machst du da?«

Sie drehte sich mit dem Körper etwas weg, sie hoffte, sowohl de Trappier als auch der Schwede würden sie nicht richtig hören können.

»Mir war langweilig in Berlin, ich habe in Den Haag angerufen, und dann haben sie mir von dem Transport erzählt – und ich bin nach Paris geflogen, um Isaakson zu helfen. Ich dachte, er könnte mich brauchen.«

»Zara, ich weiß, dass du nicht lügen kannst. Und ich betrachte das als deine größte Stärke – erst recht, seitdem ich jetzt weiß, wie schlecht du lügst. Hör mal, ich gebe dir noch eine Chance, mir die Wahrheit zu sagen, ansonsten löse ich per Fernsteuerung den Alarm für die Banque de France aus, und dann vernehme ich dich persönlich hier in Den Haag.«

»Ich will Zuffa.«

»Was heißt das?«

»Carlos Zuffa will den Transport überfallen.«

»Er will *was?*«

»Du hast richtig gehört.«

»Und du willst ihn stoppen?«

»Das will ich.«

»Zara, ehrlich. Wir müssen die Banque de France informieren. Die müssen den Transport absagen. Es ist zu gefährlich.«

»Nein, Rui, das geht nicht. Ein Leben hängt davon ab!«

»Zara, was heißt das denn nun schon wieder?«

»Du weißt, ich bitte dich nie um etwas. Aber ich frage dich ganz ernsthaft, Rui: Vertraust du mir?«

»Bis zu dieser Lüge eben hätte meine Antwort gelautet: uneingeschränkt.«

»Und nun?«

»… denke ich, dass du entweder sehr verzweifelt sein musst – oder auf einer gefährlichen Spur. Oder du bist schlicht verrückt geworden.«

»Das ist es nicht, Rui, das verspreche ich dir. Es ist, wie ich gesagt habe: Ein Leben hängt davon ab, dass der Transport stattfindet, mindestens ein Leben. Ich verspreche dir, wir werden Carlos Zuffa schnappen und den Transport retten. Wir sind jetzt schon dabei, ihn aufzuspüren.«

»Wer ist *wir?*«

»Bitte, Rui, vertrau mir.«

Sie hörte ihn am anderen Ende schwer atmen.

»Du bringst mich um den Verstand«, sagte er nach einer Weile stöhnend. »Wenn das schiefgeht, sind wir alle geliefert.«

»Ich weiß. Also drück mir die Daumen.«

»Ich werde jetzt ein sehr großes Glas Wein zum Mittag trinken – und dann für dich beten.«

»Danke, Rui.«

»Zara? Pass auf dich auf. Du bist mir wichtig.«

Dann legte er auf, und sie war gerührt. Das hatte er noch nie zu ihr gesagt.

Sie gab dem kleinen Mann im Anzug und mit der Goldbrille das Telefon zurück.

»Danke. Kommen Sie bitte.« Er war nun viel freundlicher als vorhin. Er presste seine Finger auf ein Bord an der Wand, es piepte zweimal, als sein Fingerabdruck bestätigt wurde, dann öffnete sich die Tür zum Allerheiligsten.

ZOË

RAMATUELLE, PROVENCE, FRANKREICH

Der Knall, der von den Felsen zurückgeworfen wurde. Ein Schuss! Es war nur der erste, gleich darauf folgten weitere, Zoë ging in den Angriffsmodus. Sie war auf der kleinen Anhöhe hinter dem Haus, warf sich zu Boden und drehte sich gleichzeitig auf den Rücken, die Waffe hatte sie in Sekundenbruchteilen in die Höhe gerissen, doch sie sah, wie die Kugeln in der anderen Richtung in den Sand einschlugen.

Xavi, durchfuhr es sie. Er hatte hinter einem Felsen Deckung gesucht, für einen Moment war es ganz still. Der Scheißkerl musste entweder hinter dem Haus stehen – oder sich sein Ziel aus dem Inneren gesucht haben. Letzteres wäre besser – dann war er weniger beweglich.

Sie sah in beide Richtungen, der Strand war ansonsten menschenleer. Xavi hob den Kopf, er suchte sie, doch sofort schlug eine neue Salve in den Stein ein, die Kugeln spritzten herum, er musste aufpassen, dass ihn kein Querschläger traf. Runter, zeigte sie mit der Bewegung ihrer Hand an, doch er sah sie nicht.

Sie ging in der Hocke voran, nahm die wenigen Meter bis an die Nordseite des Hauses, niemand war hier, sie blieb auf den Knien, lugte durchs Fenster, doch die Vorhänge waren zugezogen. Sie konnte nicht hineinsehen, aber er konnte sie auch nicht sehen. Gut so.

War Chiara bei ihm? Sie konnte nicht warten.

»Carlos«, rief sie laut, »Carlos Zuffa, du Scheißmörder, komm raus und lass es uns zu Ende bringen.«

Es dauerte nicht mal eine Sekunde, dann hörte sie seine Stimme, verstand aber nicht, was er sagte.

»Lass Chiara da raus«, rief sie, dabei beugte sie sich vor und blickte vorsichtig um die Hausecke zur Tür, die aus der Hütte zum Strand führte. Sie war verschlossen.

»Lass das Mädchen raus«, rief sie erneut, und dann meinte sie, die Stimme zu hören. Ihre Stimme. *Chiara.* Nun hatte sie verstehen können, was gesprochen wurde – und sie musste kurz lächeln, weil sie jedes Wort verstanden hatte.

»Siehst du? Sie ist gekommen.« Das hatte Benitos Tochter gesagt.

»Chiara«, rief sie, »ich bin hier, ich hole dich raus.«

Wieder lugte sie hinter der Ecke hervor, dann wagte sie es, blitzschnell gab sie ihr Versteck auf und lief gebückt unter dem Fenster hindurch, und genau in diesem Augenblick …

Flog die Tür auf. Er stand direkt hinter Chiara, eng an sie geschmiegt, seine Pistole klemmte an ihrer Schläfe. Er sah Zoë an, sein Grinsen wie damals, als sie ihn mochte wegen seines fiesen Humors, heute aber sah sie alles, seine Bosheit, den Abgrund, der er selbst war.

»Du weißt, dass ich nicht zögere, Zoë.«

»Oh ja, das weiß ich«, sagte sie. »Bleib ruhig, lass sie gehen, und dann klären wir das.«

»Hör auf mit diesem Bullshit, Zoë. Ich bin kein Amateur. Geh mir aus dem Weg.«

»Du willst das Gold. Du willst Chiara nicht töten.«

»Ich werde dich töten.«

»Aber nicht, wenn ich die Waffe auf dich richte.«

Es war eine vertrackte Situation. Er hielt Chiara fest,

Zoë konnte fast nicht hinsehen, wie er so nah hinter ihr stand, es war obszön, dazu die Waffe, die er fest an ihren Kopf gedrückt hielt, es tat Chiara weh, sie sah es. Doch die junge Frau sah Zoë fest an, beinahe lächelte sie.

»Geh uns aus dem Weg«, befahl er.

»Erschieß ihn«, sagte Chiara, Zoë kannte sie zu gut, sie hörte, dass da Angst war in ihrer Stimme. »Erschieß ihn«, wiederholte sie. »Nun mach schon.«

Zoë schüttelte kaum merklich den Kopf, Chiara konnte es nicht sehen, aber es war nicht gut, dass sie Zuffa jetzt schon so nervös machte, seine Augen waren geweitet, alles an ihm war gespannt. Zoë hatte Xavi beobachtet, Sekundenbruchteile nur, aber zu lange, den guten alten Xavi, der sich von hinten angeschlichen hatte, verdammt, dachte sie, warum machte sie jetzt diesen Fehler, und gerade als Xavi die Pistole hob und zielte, reagierte Carlos, zog Chiara genau vor seinen Kopf und wandte sich um, er schien nicht mal zu zielen, er drückte nur ab, ein Mal, der Schuss wurde von den Felsen zurückgeworfen und hallte über den Strand, und dann ging Xavi zu Boden, sein Schrei ein Fanal.

»Xavi«, schrie Zoë, Chiara schrie auf, sie schrie, sie weinte, und Zuffa stand einfach da, die Waffe wieder an sie gepresst.

»Geh mir aus dem Weg«, schrie er. Und Zoë, die Chiara nun hätte retten können, indem sie Zuffa einfach eine Kugel in den Kopf jagte, mit all der Genauigkeit und Präzision, zu der sie fähig war wie sonst keiner, den sie kannte, konnte in diesem Moment nur denken: Nicht auch noch Xavi – er durfte nicht sterben –, sie konnte nicht schon wieder jemanden verlieren, den sie liebte. Nicht Xavi, nicht Xavi. Nein.

Sie gab ihren Platz auf, senkte die Waffe und rannte los, auf ihn zu. In ihrem Rücken zog Zuffa Chiara mit sich, die immer noch schrie. »Zoë«, schrie sie, »Zoë.«

Sie drehte sich um, sah sie nur noch von hinten, sie bogen in den kleinen Weg ein, der zu dem Parkplatz führte, dann waren sie verschwunden. Sie aber war bei Xavi, kniete sich zu ihm, er war ganz blass, das Blut kam aus dem Bauch, eine klaffende Wunde, es strömte daraus hervor, sie beugte sich zu ihm, flüsterte: »Xavi, alles gut, Xavi, bleib bei mir.«

Sie nahm das Handy aus der Tasche, wählte ihre Nummer, schrie: »Wir hatten sie fast, am Strand von Cap Camarat, aber nun hat er Xavi angeschossen. Schick uns Hilfe, bitte.«

Und Zara, am anderen Ende, sagte etwas, schnell und planvoll, es hatte Zoë immer aufgeregt, diese Kühle ihrer Schwester, nun aber half ihr dieser Ton, sie wurde ruhiger, drückte auf die Wunde, zog ihre Jacke aus und ihr weißes Trägertop und stopfte es auf die Wunde, presste mit aller Kraft darauf, er war bewusstlos, ansonsten wäre er vor Schmerzen verrückt geworden.

Zara, die einzigartige Zara.

Nach nicht mal zehn Minuten hörte Zoë das Geräusch des Helikopters, nach weiteren zwanzig Sekunden sah sie ihn auch, er setzte zur Landung auf dem Strand an, sie winkte wie wild mit den Armen, sie sah die Aufschrift »Gendarmerie«, sie würden ihn retten. Kurz bevor er aufsetzte, nahm sie die Waffe, die neben Xavi lag, dann durchsuchte sie seine Tasche nach seiner Geldbörse, sie fand keine, er war immer noch ein Profi. Sie nahm seine Pistole, versteckte sie, genau wie ihre eigene, in ihrer Hose, dann rannte sie los, weg vom Strand, in die Richtung, die Carlos Zuffa genommen hatte. Sein Bus war längst weg, wohin auch immer. Sie versteckte sich in Reichweite des Leuchtturms und wartete, bis der Hubschrauber nach Minuten wieder aufstieg und nach Osten bog, in Richtung Nizza. Er war nicht gestorben, Xavi lebte. Sonst wären sie nicht so schnell wieder abgeflogen.

ISAAKSON

BANQUE DE FRANCE, PARIS, FRANKREICH

Sie waren gerade durch die Galerie geschritten, die der Schwede eher in einem Château von Louis XIV. vermutet hätte. Alles war über und über mit Blattgold belegt, die Türen waren mit Spiegeln versehen, es gab an den Wänden gewaltige Bilder und über allem das Dach, ein Ensemble aus fünf riesigen Deckengemälden in unterschiedlichen Grundfarben, Himmelblau, Tiefrot, Sonnengelb, wiederum mit Gold eingefasst. Die Engel und Putten und Heiligen schwebten über ihnen, sie flogen und kämpften und liebten sich, und es war ein so schöner und gleichzeitig gewaltiger Anblick, dass der Schwede förmlich den Kopf einzog. Er hatte dergleichen noch nie gesehen, und er hätte diesen Reichtum niemals mit der trutzigen und ein wenig schnöden Fassade des Bankhauses zusammengebracht.

»Immer wieder ein Anblick, der mich erfreut«, hörte er den kleinen Mann mit der Goldbrille sagen, »und der einen auch einstimmt auf die Reichtümer etwas weiter unten. Es ist eben ein Haus des Goldes.«

Er ging immer noch voraus, über das alte Kassettenparkett. »Kommen Sie«, sagte er, »wir müssen zum Aufzug.«

In dem Moment klingelte Zaras Telefon so laut und blechern in dieser großen Halle, dass der Schwede zusammenzuckte. Sie blieb stehen und antwortete sofort, drehte sich dabei von den Männern weg. Dennoch hörte er sie gedämpft.

»Ich schicke dir sofort Hilfe. Bleib nicht dort. Das gefährdet unseren Plan.«

Sie legte auf und wählte sofort eine andere Nummer. Er hatte in der Zwischenzeit Französisch gelernt, ohne dass er ihr davon erzählt hatte. Deshalb verstand er, als sie sagte: »Von Hardenberg. Ich grüße Sie, Monsieur. Es gibt einen Notfall am Cap Camarat. Ein Mann schwebt in Lebensgefahr. Schusswechsel. Keine Hintergründe. Schaffen Sie es in zehn? Gut. Schicken sie ihn. Keine Nachfragen an Europol. Meldung über seinen Zustand nur an mich. Einen schönen Tag.«

Er wandte sich schnell ab, als sie auflegte.

Monsieur de Trappier runzelte die Stirn. »Gut, können wir?«, fragte er und setzte sich wieder in Bewegung. Isaakson aber grübelte über ihre Worte nach. Was war hier los? Er hätte für diese irrsinnig korrekte Frau seine beiden Hände ins Feuer gelegt – aber heute klang sie anders, verändert. Er wusste, dass es zwei Versionen von ihr gab. Diese hier schien ihr als die gesetzestreue Zara, die er schon so lange kannte. Der Inhalt ihrer Worte aber wirkte wie die andere, die wilde, die dunkle Zara. Schusswechsel. Keine Meldung an Europol.

Er würde sie danach fragen müssen. Wenn dieser Auftrag beendet war.

Wieder legte Monsieur de Trappier seine Hand auf ein Bord, wieder piepte es zweimal. Offenbar war die gesamte Banque de France mit dem gleichen aufwendigen Sicherheitssystem ausgestattet. Nach einer Minute schwang die Tür auf und gab den Blick auf einen großen Aufzug frei. Sie traten ein, und kurz bevor die Tür zuschwang, stieg noch eine junge Frau mit ein. De Trappier nickte ihr zu. Der Aufzug war mit gebürstetem Edelstahl ausgekleidet, der das Spiegelbild der vier Insassen von allen Seiten zurückwarf. Ohne dass eine Lüftung sichtbar gewesen wäre, spürte der Schwede einen kalten Lufthauch, der von unten zu kommen schien, ein regelrechter Sog.

»Ich müsste Sie bitten, sich einmal umzuwenden, meine Dame, mein Herr.«

Zara und der Schwede wandten sich um und schlossen die Augen, währenddessen piepte es unentwegt, sicher dreißigmal.

»Danke Ihnen«, sagte Monsieur de Trappier nach einer Weile, und sie drehten sich wieder um.

»Achtundzwanzig Ziffern. Ihr Code?«, fragte Zara sanft lächelnd. Die junge Frau blickte schüchtern zu Boden.

»Bemerkenswert, Madame von Hardenberg. Ich drücke so schnell, Sie sind die Erste, die hat mitzählen können. Richtig. Vierzehn Ziffern und Buchstaben von mir und noch mal vierzehn von meiner Kollegin. Das Vieraugenprinzip. Dazu der Fingerabdruck aller zehn Finger. Damit man mir nicht nur einen einzigen Finger abschneiden muss, um hier hineinzugelangen.«

»Welchen würden Sie auswählen?«

»Den Ringfinger, ehrlich gesagt.«

Er grinste in die Runde, sichtlich erheitert über seinen eigenen Witz.

Der Aufzug setzte sich in Bewegung, und er faltete die Arme auseinander, als sei er ein erfahrener Reiseführer.

»So, Madame, Monsieur, wir sind auf dem Weg. Es geht nun vier Etagen in die Tiefe.«

»Vier? Ich dachte, es wären acht«, sagte Zara.

Nach einigen Sekunden glitten die Türen auf, vor ihnen standen schwer bewaffnete Wachen.

»Hier entlang, Monsieur de Trappier.« Sie öffneten die dickste Tür, die Isaakson je gesehen hatte. »Sieben Tonnen Stahl«, sagte der Sicherheitschef erklärend, »und unten noch mal ein Zementblock von siebzehn Tonnen, den wir in der Nacht an der Tür befestigen.« Eine neue Aufzugtür öffnete sich, und die junge Frau und ihr Boss gaben wieder ihre Ziffern ein, verborgen von Zaras und seinen Blicken. Wieder glitt die Tür zu. »Und noch einmal vier Etagen. Dann kommen wir auf Ihre acht. Wir sind gleich achtundzwanzig Meter unter der Stadt.«

Der Schwede atmete einmal tief durch, er spürte echte Aufregung. Wieder schwang die Tür auf, und es war wie in einem Déjà-vu. Die gleiche Tür, wieder sieben Tonnen Stahl, dahinter wieder ein dicker Block.

»Im Alarmfall würde man hier nicht mal mit zehn Panzern reinkommen, das versichere ich Ihnen«, sagte de Trappier.

Die Wachen mit ihren Waffen im Holster öffneten die Tür mit einem Schlüssel, dann steckte der Sicherheitschef seinen Schlüssel hinein. Eine Wache wuchtete die Tür auf.

»Herzlich willkommen in der Goldkammer der *République Française*. Elftausend Quadratmeter für ein paar Goldbarren«, sagte er grinsend, »und wenn man nicht genau hinsieht, kann man gar kein Gold entdecken.«

Es stimmte, dachte Isaakson. Der ganze Raum bestand aus Hunderten von Säulen, hinter jeder war ein winziger Raum, immer vergittert, immer mit einem Schloss versehen. Darin Regale, wiederum mit Metallboxen. Darin musste es schlummern, das Ziel aller Träume.

»Früher lagen die Barren einfach so gestapelt, aber irgendwann wurden diese scheußlichen Käfige angeschafft. Ich mag das gar nicht, es ist nicht … nun ja, repräsentativ. Aber gut, ich bin ja ohnehin einer der wenigen, die es zu sehen bekommen.«

Er wies den Gang entlang, eine Reihe von metallenen Schränken, einer glich dem anderen, soweit der Schwede sehen konnte. »Wir verkaufen das Gold, das ganz hinten liegt. Das habe ich ausgesucht. Es ist sicher am meisten eingestaubt.«

»Sie haben aber gute Laune«, bemerkte Zara, ohne sich erkennbar zu mokieren.

»Wissen Sie, Madame von Hardenberg, das hier ist meine ganze Freude. Diese zweitausendvierhundertfünfunddreißig Tonnen, die heute Abend nur noch zweitausendvierhundertzwanzig Tonnen sind. Ich werde sie vermissen, diese fünfzehn Tonnen, die bald weit entfernt von hier ihren Glanz verteilen.«

»Wann kommt der Transport? Müssten Sie nicht längst alles vorbereiten?«, fragte Isaakson, der ganz erstaunt darüber war, wie ruhig hier alles wirkte. Er wusste nicht, warum, aber er hatte mit Dutzenden Arbeitern im Blaumann mit weißen Handschuhen gerechnet, die Barren von rechts nach links trugen.

»Wir sind bestens vorbereitet, Monsieur. Wir haben einen Gabelstapler hier unten. Nachher, am späten Nachmittag, kommt der Transporter, und dann bringen wir die fünfzehn Tonnen hinauf. Ein Barren wiegt zwölfeinhalb Kilo, also geht es gerade mal um tausendzweihundert Barren. Ein Kinderspiel. Das verladen wir in einer Stunde.«

»Wie wird der Transport begleitet?«

Ein Lächeln überzog das Gesicht des Mannes, als sei er von seiner List überzeugt.

»Da wir den Transport auf Geheiß des *Élysée* vorgezogen haben, gab es auch eine Veränderung der Taktik. Eigentlich wären wir mit einer riesigen Kolonne gen Süden gerollt, bestehend aus drei Lkws mit dem Gold und vorne und hinten je zehn gepanzerten Polizeifahrzeugen mit Sondereinsatzkommandos, dazu zwei Helikopter. Aber nun, da niemand weiß, wann wir fahren, haben wir alles geändert.«

»Was heißt das?«, fragte der Schwede und spürte, dass seine Stimme einen Hauch zu alarmiert klang.

»Ein Lkw mit dem Gold und ein ziviler Polizeiwagen in der Vorhut. Dann, in einem Kilometer Abstand, zwei Busse mit Kräften von uns und von der Police nationale.«

»Das ist alles?« Isaakson klang entsetzt. »Es geht um fünfhundert Millionen Euro.«

»Ja, das ist der Trick. Wir machen einen Blindflug. So kommt niemand darauf, was wir geladen haben. Genial, oder?«

»Wo fahren wir mit?«

»Wie es in der Anforderung des Präsidenten stand: Ein Europol-Mitarbeiter im Lkw. Mehr geht nicht. Einer von Ihnen muss in der Nachhut mitfahren.«

»Ähm, verzeihen Sie, Monsieur de Trappier«, sagte Isaakson mit drängender Stimme, »aber das klingt ganz anders als das, was in der Akte stand. Da war von einer großen Sicherheitsbegleitung die Rede – und ich rate dringend davon ab, einen Transport dieser Größenordnung ...«

»Ich werde im Lkw mitfahren, mein Kollege in der Nachhut«, unterbrach ihn Zara mit einem Ton, der keinen Widerspruch duldete. »Ich finde, es ist ein sehr guter Plan. Seien Sie versichert, es wird alles glattgehen.«

»Das denke ich, Madame von Hardenberg«, sagte de Trappier, ohne den Schweden eines Blickes zu würdigen.

ZOË

NIZZA, CÔTE D'AZUR, FRANKREICH

Wie unterschiedlich Nizza doch aussehen konnte. Sie war über die Promenade gerast, vor dem *Negresco* hatte sie den Blick vom Strand abwenden müssen. Sie wollte nicht sehen, wo das Unheil seinen Anfang genommen hatte. Wo sie den angeworben hatte, der jetzt um sein Leben kämpfte. Während die Urlauber auf der Promenade in Bikini und Badeshorts an den Strand strebten, ihre Rettungsringe und Wasserbälle unter dem Arm, fuhr sie immer bergan in Richtung Nizza-Nord. Die Berge bildeten die natürliche Grenze der fünftgrößten französischen Stadt – ihrer Heimat. Deshalb hatten sie die Häuser für die Armen praktisch in die Berge hineingequetscht, eine enge Ansammlung von Betonblöcken, die nur in die Höhe hatten wachsen können, durchzogen von der viel befahrenen Autoroute 8, die sich wie eine steinerne Schlange zwischen den Häusern entlangwand. Sie fuhr entlang des traurigen Flüsschens Paillon, sah gegenüber das alte Matisse-Museum, dessen hellblaue Fensterläden auf den karminroten Wänden erstrahlten, und weiter hinten den Turm des Klosters von Sainte-Claire. Dazwischen stand der ultramoderne Block des Hôpital Pasteur. Der Hubschrauber stand noch auf dem Landeplatz. Sie war wirklich schnell gewesen.

Sie hatte auch nur zwei Minuten damit verschwendet, Carlos Zuffas Hütte zu durchsuchen. Da war nichts. Kein Anhalt auf seinen Plan. Keine verborgenen Waffen, kein Sprengstoff unter dem Küchenschrank. Nur die Überreste einer Fischsuppe, zwei Portionen, beide waren aufgegessen. Das hatte sie erleichtert – weil er einerseits für das Wohl von Chiara sorgte, und weil sich die junge Frau andererseits nicht aufgegeben hatte.

Dann war sie losgerast, die A8 immer gen Osten. Es gab nur eine Klinik, in die sie Schwerstverletzte flogen. Sie hatte es bei Zara versucht, immer wieder, doch es war stets die gleiche Ansage gewesen: *Der gewünschte Teilnehmer ist vorübergehend nicht erreichbar.* Sie hatte geflucht, dann war es ihr eingefallen. Zara war beim Gold. Und dreißig Meter Tiefe unter Stahlbeton waren für ein Handynetz eine unüberwindbare Hürde.

Es war Fakt: Sie war allein. Zara war dabei, den Plan umzusetzen. Und Xavi, den sie so gern gefragt hätte, ob es da noch einen Ort gab, an dem sich Zuffa verstecken würde – eine andere Hütte – ein Zeltplatz, ein Hotel –, dieser Xavi, der Zuffa so gut kannte, war vielleicht gar nicht mehr am Leben. Sie schwitzte, weil sie bei geschlossenem Fenster nun schon seit zehn Minuten in der prallen Sonne in der kleinen Straße gegenüber dem Krankenhaus stand. Sie hatte Angst vor schlimmen Neuigkeiten.

Zoë stieg dennoch aus, setzte sich die Sonnenbrille auf und ging hinein in das Gewirr aus Fluren und Türen, es war ein moderner Bau, der Nizzas Ruf als Zentrum des Südostens bestätigen sollte.

Sie fragte nicht nach, sondern stieg die Treppen empor in Richtung der Notfallchirurgie. Sie fragte nicht bei den Schwestern am Counter nach, sie waren zu erfahren, sie hätten sofort die Polizei gerufen. Der alte Arzt, der in seinem grünen Kittel müde aus der Tür trat und sich die grauen Haare aus der Stirn strich, beim Blick auf Zoë aber sogleich um zwei Zentimeter zu wachsen schien, ihm stellte sie sich in den Weg.

»Monsieur«, sagte sie leise, »*excusez-moi*. Julie Leboyer von den Renseignements Généraux. Ich bin auf der Suche nach dem Mann, der vor einer Stunde hier eingeliefert wurde.«

Sofort nahm er noch mehr Haltung an, es ging nicht mehr um sie als Frau, sondern um ihre Tätigkeit. Geheimdienst. Das zog. Und niemand fragte nach dem Ausweis einer Geheimdienstoffizierin. Seine Stimme war so verschwörerisch wie ihre.

»Die Schussverletzung?«

Sie nickte. »Ich war zu spät am Strand von Cap Camarat. Wie geht es ihm? Kann ich zu ihm?«

»Kommen Sie«, sagte er, öffnete die Tür zu den Operationssälen und führte sie hinein. »Ich habe ihn operiert. Es war haarscharf.«

»Kommt er durch?« Sie musste sich beherrschen, sie durfte ihm nicht zeigen, wie wichtig das für sie ganz persönlich war.

»Die nächsten zwei Tage entscheiden. Es gibt unzählige Gefäße im Bauchraum, er hat viel Blut verloren. Die Kugel hat sich irgendwie einen Weg an Leber und Milz vorbeigebahnt. Das war sein Glück. Aber sehen Sie selbst.«

Sie hielten vor dem Aufwachraum, einem Fenster in der Wand, das mit einer Jalousie versehen war, die aber ein Stück geöffnet stand. Er lag dahinter, auf einem Bett, angeschlossen an Maschinen, sein Gesicht vor Kabeln und Beatmungsgeräten nicht zu erkennen. Sie sah seine nackte Hand unter der Decke hervorschauen. Sie hätte gern danach gegriffen.

»Hat er Familie, die wir informieren sollen?«

»Das machen wir«, antwortete sie schnell.

»Können wir Sie anrufen, wenn sich etwas ergibt?«

»Eigentlich ist das nicht möglich. Aber …« Sie streckte

die Hand aus, und er reichte ihr Zettel und Stift. Sie schrieb ihre Nummer darauf. Ein Fehler. Ein großer Fehler. Unverzeihlich gar. Sie könnten sie überall aufspüren, wenn der Arzt misstrauisch geworden war und die Polizei rief. Aber sie musste es riskieren. Sie musste wissen, wie es ihm erging.

»*Docteur?*«

»Ja, Madame?«

»Danke.«

SHOKRAN AL-HAMSI

CAGNES-SUR-MER,
CÔTE D'AZUR, FRANKREICH

»Bist du verrückt? Du kannst doch nicht herkommen. Das ist doch … Wahnsinn. Ich bezahle dich doch nicht, damit wir alle in den Knast gehen.«

Carlos Zuffa rückte mit dem Kopf nah an ihn heran, viel zu nah, sodass Shokran Al-Hamsi über seine Schwelle zurückwich.

»Für Ihre eigene Gesundheit empfehle ich Ihnen sehr, nicht so mit mir zu reden, Monsieur Al-Hamsi. Ich lasse nicht so mit mir reden, egal, wie viel mir Auftraggeber bezahlen.«

Al-Hamsi räusperte sich und atmete tief durch, er durfte keine Angst zeigen. Aber es war so: Dieser Mann war verrückt.

»Was machen Sie hier?«

»Wir hatten keine Wahl«, zischte er. »Wir mussten von der Straße.«

»Warum? … Warte…«

Al-Hamsi zählte eins und eins zusammen. Es war in allen Nachrichten.

»Verdammt. Hast du die Bullen erschossen?«

Zuffa zuckte mit den Achseln, aber senkte den Blick. Es war ihm unangenehm, es war ein Fehler gewesen.

»Sie haben uns angehalten, und in genau dem Moment ist die Kleine aufgewacht. Was sollte ich machen? Sie haben alles gefährdet.«

Al-Hamsi ließ einen arabischen Fluch los, er hätte diesen Kretin gerne erwürgt. Verdammt.

»Und dann kommst du direkt hierher? Das war doch gestern?«

»Nein, ich habe versucht, anderswo unterzukommen. Dann war ich sogar im geheimsten meiner Verstecke. Aber *sie* hat mich gefunden.«

»Sie? Die Fürstin?«

Carlos Zuffa nickte.

»Und ist sie ... tot?«

»Nein, sie lebt.«

»Was sagst du da? Verdammt, du ...«

Wieder fluchte er auf Arabisch.

»Ich habe ihren Partner erwischt, aber dann musste ich weg von dort. Ich musste das Mädchen bei uns behalten. Außerdem brauchen wir Zoë für den Transport.«

»Wir hätten den Transport doch ohnehin bekommen, verdammt.«

»Ich brauche jetzt einen sicheren Ort für das Mädchen. Niemand will mir helfen, weil alle Schiss vor Bolatelli haben.«

Al-Hamsi lachte, aber er glaubte sich seine Ironie selbst nicht.

»Bolatelli ist ein toter Mann. Aber trotzdem ist es Wahnsinn, herzukommen. Weißt du, wie die Bullen im Süden drauf sind, wenn man einen von ihnen umlegt? Die werden dich jagen. Und jetzt, wo du hier bist, werden sie uns jagen. Was sollen wir denn jetzt machen? Soll ich die Kleine etwa hier im Schloss verstecken?«

»Ehrlich gesagt: Fürs Erste wäre das die beste Idee.«

»Die Tochter des Paten in meinem Haus? Wenn das rauskommt, sind wir alle tot. Tot. Und zwar nicht auf die humane Weise.«

»Ich erlasse dir die Hälfte meines Honorars. Wir haben keine andere Chance. Draußen ist es zu gefährlich.«

»Mir geht es doch nicht um dein beschissenes Geld. Mir geht es um das Gold, um unseren Plan.«

»Genau. Und wenn sie uns draußen hopsnehmen, dann ist alles hinüber. Wir brauchen einen Platz. Bis wir die Sache starten.«

Al-Hamsi überlegte. Er blickte hinauf, in den ersten Stock, zu der Tür, hinter der sein Bruder dahinsiechte. Mehr Unglück konnte über dieses Haus nicht hereinbrechen. Er nickte.

»Gut. Bring sie herein. Aber dass euch nur niemand sieht.«

ISAAKSON

BANQUE DE FRANCE, PARIS, FRANKREICH

Zara? Wir müssen miteinander sprechen.«
»Wieso?«, fragte sie beiläufig.
»Was ist hier los?«, fragte er flüsternd, drängend.
Sie drehte sich zu ihm, sah ihn direkt an, der Sicherheitsabstand, den sie immer genauestens einhielt, war weg.
»Gar nichts ist hier los. Ich mache meinen Job.«
»Ich mache das nicht mit, ich muss wissen, was hier gespielt ...« Doch da hatte sie sich schon weggedreht und war wieder zu de Trappier getreten, der mit großer Geste den Gabelstapler einwies, die Hände ausgebreitet wie ein übermotivierter Fluglotse.
Er fasste es nicht. Sie behandelte ihn wie in ihrer ersten gemeinsamen Woche – schlimmer noch, wie einen dummen Schuljungen. Er erkannte sie erneut nicht wieder, diese Frau, die ihn einmal auf Abstand hielt, der er grenzenlos vertraut hatte, die ihn verführt hatte, einfach so, aus dem Nichts heraus. Und dann am nächsten Morgen wieder wie ein kalter Fisch gewesen war.
Er riss sich von den Gedanken los, weil die Arbeiter in diesem Moment einen der Schränke öffneten, wieder gab es das Vieraugenprinzip. Einer von ihnen steckte seinen Schlüssel in das Schloss, dann schloss der Sicherheitschef das andere Schloss auf. Erst dann sprang die Tür auf, sie knarzte in den Angeln, sie hatten sie lange nicht mehr geöffnet. Sie öffneten einen der stählernen Schränke, und

sofort legte sich eine Stille über den ganzen Bunker: Die Farbe, das Glitzern, die Anmut dieses schillernden Goldes schien allen Zuschauern die Sprache zu rauben, sie standen da und sahen andächtig die Barren an, fein übereinandergestapelt, in ihrer Gleichförmigkeit wie das penibel gezeichnete Bild eines Pedanten, Barren an Barren, unten breit, nach oben schmaler werdend, dann kam ein neuer, daneben ein weiterer, darüber ein nächster und immer so weiter. Isaakson konnte gar nicht sagen, was es war. Die Schönheit dieses Stoffes in so großer Menge – oder das Gefühl, dass jeder dieser Barren so viel Geld wert war, dass dieser Schrank die pure Sorglosigkeit signalisierte. Obwohl, in seinem Fall signalisierte dieser Schrank eher pure Sorgen, denn seit der Ankündigung des Sicherheitschefs, wie der Transport ablaufen sollte, war der Blutdruck des Schweden in schwindelerregende Höhen geklettert, so fühlte es sich an. Es konnte doch nicht sein, dass sie das wirklich durchzogen. Doch Zara, die er genau darauf hatte ansprechen wollen, sah gar nicht mehr zu ihm her. Sie betrachtete lächelnd, wie der Gabelstapler heranrollte, wie Arbeiter die einzelnen Barren heraushoben und auf eine simple Europalette stapelten, so unprätentiös, als seien es Hundefutterdosen.

»Gut, meine Herren«, rief de Trappier, »wir haben eine Stunde. Der Lkw kommt in genau siebzig Minuten mit den Sicherheitskräften oben an. Dann verladen wir. Wir sollten uns an die genaue Zeit halten, weil die Fahrtzeit in den Süden exakt kalkuliert ist.«

»Gibt es eine Straßensperrung auf der Autobahn?« Ein neuer Versuch von Isaakson.

»Monsieur, wie schon gesagt: Wir wollen nicht auffallen. Wir könnten ja dann gleich draußen *Gold* dranschreiben, wenn wir die ganze Autobahn sperren.«

»Monsieur de Trappier, gibt es hier unten ein Telefon?«

»Ja, dort vorne, im Dienstraum.«

Isaakson ging in die Richtung, die der Sicherheitschef ihm gewiesen hatte, und bat um den Hörer, dann wählte er die bekannte Nummer.

»Ja?«

»Senhor Vicentes?«

»Isaakson, was gibt es?«

»Wahrscheinlich ist es gar nichts, ich will auch nicht, dass Sie mich für verrückt erklären.«

»Du arbeitest mit Zara, manchmal wird man da sicher verrückt«, lachte sein Chef.

»Ich weiß nicht, was hier abgeht. Zara ist, als sei sie programmiert. Und der Sicherheitschef der Bank, ich verstehe das alles nicht. Sie führen den Transport jetzt quasi ungeschützt durch. Und niemanden scheint das zu stören.«

Ruis Stimme veränderte sich, wurde härter, prüfender.

»Zara weiß davon und befürwortet es?«

»Ja, das tut sie. Können Sie es glauben? Madame von Hardenberg, die es mit den Regeln immer am genauesten nimmt? Es wirkt beinahe so, als wollen alle, dass der Transport schiefgeht.«

»Ich weiß nicht, was Sie da andeuten wollen, Isaakson, aber ich sage es Ihnen in aller Deutlichkeit: Wenn Zara es so will, dann machen Sie es so. Haben Sie mich verstanden?«

»Ja, Senhor Vicentes.«

»Gut. Viel Glück.«

Er wollte gerade auflegen, da rief Rui: »Und Isaakson?«

»Ja?«

»Passen Sie auf Zara auf.«

Dann endete das Gespräch. Er erschrak, als er bemerkte, dass seine Partnerin ganz dicht hinter ihm stand.

»Zara«, sagte er mit gesenktem Kopf, »es tut mir leid.«

»Nein«, sagte sie kopfschüttelnd und ganz leise, »das muss es nicht. Ich kann es dir jetzt nicht erklären. Noch nicht. Mach einfach, was Rui gesagt hat.«

ANRUF AUF MOBILTELEFON +33 84629467

»Ich glaube, Monsieur, wir haben uns da missverstanden.«
»Was soll das heißen? Wie geht es meiner Tochter?«
»Noch geht es ihr gut. Ich weiß aber gar nicht, warum. Denn Sie halten sich nicht an unsere verdammten Ansagen.«
»Sagen Sie mir, was los ist, Al-Hamsi.«
»Oh, ich höre Angst in Ihrer Stimme, Monsieur. Ist es endlich so weit? Der große Bolatelli fürchtet sich?«
»Ich freue mich auf den Moment, wenn ich vor Ihnen sitze, Sie Bastard. Ihre Hände sind gefesselt, und ich kann mit Ihnen machen, was ich möchte. Sie wollen den Tag verfluchen, an dem Sie auf die Idee kamen, sich an meiner Familie zu vergreifen. Aber Sie können den Tag nicht mehr verfluchen, weil Ihre Zunge nicht mehr in Ihrem Mund ist.«
»Sie sollten nicht vergessen, Benito, dass Ihre Tochter in meiner Gewalt ist. Und ich sage es ein letztes Mal: Sie spielen unser Spiel mit, oder sie stirbt. Noch heute Nacht.«
»Sagen Sie mir zur Hölle, wovon Sie reden. Was ist passiert?«
»Ihre Killerin sollte sich eigentlich längst um unser Gold kümmern. Stattdessen versucht sie, mit einer völlig unsinnigen Aktion, Ihre Tochter zu befreien. Legen Sie Ihren Kampfhund an die Leine.«
»Das kann nicht stimmen. Sie ist auf dem Weg zum Goldtransport.«

»Wieso sollte sie das sein? Es dauert doch noch Tage? Oder stellt sie ein Team zusammen?«
»Haben Sie es noch nicht gehört?«
»Was?«
»Der Transport findet in der kommenden Nacht statt.«
»Was sagen Sie da?«
»Der Präsident persönlich hat es angeordnet. Zoë ist auf dem Weg nach Marseille.«
»Verdammt. Das ändert alles. Aber Zoë ist eben nicht auf dem Weg nach Marseille gewesen, nicht heute Morgen. Sie war am Strand von Ramatuelle. Sie hat uns angegriffen – und dabei Ihre Tochter in Gefahr gebracht.«
»Wirklich, Monsieur Al-Hamsi, Sie müssen mir glauben, das wusste ich nicht.«
»Stoppen Sie sie. Ein nochmaliges Abweichen vom Plan wird Ihre Tochter nicht überleben.«
»Verstanden, Monsieur. Ich werde es ihr befehlen. Bleibt es beim ursprünglichen Treffpunkt?«
»Keine Änderungen im Plan. Auch wenn nun alles schneller geht.«
»Gut. Es wird klappen, Al-Hamsi. Aber tun Sie Chiara nichts.«
»Es liegt in Ihrer Hand, Bolatelli.«

Ende des Gesprächs.

»Zuffa«, schrie er, »Zuffa.«

Der Mann erschien nach Sekunden im Türrahmen. Al-Hamsi hätte ihm für diesen genervten Gesichtsausdruck gerne in den Kopf geschossen.

»Was ist?«

»Sie müssen los. Alles besorgen. Der Transport geht heute Nacht.«

CHIARA

CAGNES-SUR-MER, CÔTE D'AZUR, FRANKREICH

Sie erwachte von Stimmen vor ihrem Fenster. Nur langsam öffnete sie die von der Schminke verklebten Augen, seit dem Berghain hatte sie nicht mehr geduscht. Sie stank, fand sie. Langsam sah sie sich um. Er hatte sie am Mittag in das Haus geführt, das einem Schloss glich. Sie hatte niemanden gesehen. Es ging endlos die alte Treppe aus Holz hinauf, jeder Schritt knarzte. Dann war sie in den Raum gekommen, er hatte hinter ihr die Tür zugemacht, sie hatte sich auf das Himmelbett gelegt und war sofort eingeschlafen.

Die Angst machte sie dermaßen müde.

Nun sah sie sich um. Das Fenster stand offen, von draußen wehte frische Luft herein. Von dort kamen die Stimmen. Sie stand auf und ging die paar Schritte bis zu dem kleinen Fenster in der dicken Steinwand. Sie konnte gerade so den Kopf hinausstrecken. Es ging tief hinab, sicher zwanzig oder dreißig Meter. Die Menschen, die sie gehört hatte, waren offenbar die letzten Gäste auf der Terrasse des Restaurants auf dem Dorfplatz. Sie sah nur die offenen Sonnenschirme, und sie hörte das Lachen. Wie gern sie jetzt da unten sitzen würde.

In der Ferne sah sie das Mittelmeer, tief unten am Ende des abfallenden Berges. Eine endlose hellblaue Fläche.

Sie hatten sie ins Turmzimmer gesperrt. Herrgott, was wollten sie von ihr? Sie ging zurück zum Bett, legte sich hin und dachte nach.

Natürlich war sie ein Ziel, sie hatte nie etwas anderes angenommen. Ihr Vater war der größte Mafiaboss Frankreichs, er hatte mehr Feinde als der Staatspräsident – und das war eine echte Kunst. Doch dass sie sie in Berlin gefunden hatten, überraschte sie. Sie studierte nun schon zwei Jahre dort, in absoluter Vertraulichkeit, unter anderem Namen. Dass sie in den angesagtesten Techno-Klub der Welt ging, wusste nicht mal ihr Vater. Dass dieser Typ ihr dort aufgelauert hatte, hieß, dass sie exzellent vorbereitet waren. Und das wiederum sprach dagegen, dass sie Geld wollten. Sie wollten etwas anderes. Es durchfuhr sie: Sie wollten ihren Vater. Seine Macht. Sein Geschäft. Die Angst ergriff sie, und sie rollte sich zusammen wie ein Embryo. Denn die Erkenntnis war elementar: Egal, was sie wollten – sie würden es nicht bekommen. Benito Bolatelli verhandelte nicht. Niemals. Er war zwar alt geworden – und sicher nicht mehr auf dem Höhepunkt seiner Macht –, doch jetzt aufzugeben, wäre das Eingeständnis, dass seine Zeit abgelaufen war. Da könnte er auch gleich die Waffe gegen sich selbst richten.

Chiara hegte keinen Zweifel daran, dass er sie opfern würde, um seine Macht zu erhalten. Seinen Reichtum.

Langsam beruhigte sich ihr Atem. Die Erkenntnis, dass sie ohne ihn auskommen musste, hatte sie beruhigt. Weil die nächsten Schritte alternativlos waren. Sie durfte nicht auf ihn warten. Sie musste hier aus eigener Kraft rauskommen. Und dafür musste sie mehr erfahren.

Sie richtete sich wieder auf und stellte die Beine auf den Boden. Das Parkett knarzte auch in diesem Raum ganz oben. Sie würde vorsichtig sein müssen.

Chiara Bolatelli erhob sich und ging leise zur Tür. Sie war fest davon überzeugt, dass sie verschlossen war, doch als sie die Klinke leise herunterdrückte, sprang sie geräuschlos auf. Sie hatten sie nicht eingesperrt.

Der Flur vor der Tür war winzig, sie war wirklich ganz oben in dem Château, die Treppe führte nur noch hinab, in eine düstere Tiefe. In diesem Flur war es, als wäre längst Nacht und nicht helllichter Tag. Das Haus schien in tiefer Siesta zu liegen. Sie nahm eine Stufe nach der anderen, hielt immer wieder inne, um zu lauschen, ob sie ein Geräusch hören würde, jemanden, der nach ihr sah, der gleich die Waffe auf sie richten würde – oder Schlimmeres.

Sie musste zugeben, dass sie keine Angst hatte zu sterben – auch wenn sie es nicht wollte. Aber sie hatte pure Angst davor, dass sie ihr Gewalt antaten, sie sogar vergewaltigten.

Doch sie vernahm nichts, da war niemand. Sie stieg eine Etage hinab, dann noch eine, überall waren Türen, doch sie wollte es nicht riskieren, ins Schlafzimmer des Entführers zu treten.

Irgendwo unter ihr sah sie einen Lichtschein.

Sie nahm Stufe um Stufe, eine weitere Etage, da war es, das Licht unter der Tür. Viel zu laut, da war sie sich sicher, dachte sie, jeder Schritt tönte in ihren Ohren wie ein Knall. Sie lauschte an der Tür, da war ein Rasseln, ein mechanisches Geräusch, wie ein Pumpen.

Sie drückte gegen das Holz, die Tür war nur angelehnt, sie glitt auf, die Fenster waren alle geschlossen, der Raum war von zwei Nachtlichtern beleuchtet, hinter einem durchsichtigen Vorhang stand das Bett wie auf einer Intensivstation. Der Mann darin war an Maschinen angeschlossen, sie kannte sic alle beim Namen: Da waren eine Herz-Lungen-Maschine, der Messer für die Vitalwerte, daneben eine Dialysemaschine. Nur neue Geräte. Es musste Unsummen gekostet haben, sie hätte sich gewünscht, dass das Krankenhaus auf Korsika so ausgestattet wäre.

Sie trat langsam näher. Ob der Mann schlief oder wachte, war nicht zu sagen. Sein Atem war rasselnd, aber es war ja auch der Atem der Maschine, nicht sein eigener. Der Schlauch im Mund, die Kanülen in den Armen, die bleiche Haut. Sie hätte ihn beinahe nicht erkannt. Aber nun, da sie genau neben ihm stand, sah sie, wen sie da vor sich hatte. Das Geräusch hinter ihr ließ ihr Herz aussetzen.

ZOË

HAFENVIERTEL, MARSEILLE, PROVENCE, FRANKREICH

Die ganze Fahrt über hatte sie sich kopflos gefühlt, wütend, traurig, verloren sogar. Wie hatte sie es so weit kommen lassen können? Nach der großen Trauer um ihren Papa hatte sie sich endlich wieder berappelt, hatte angefangen, ihr Leben in dem Strandort ein wenig genießen zu können. Doch nun steckte sie inmitten eines neuen Wahnsinns, der schon ein Opfer gefordert hatte. Xavi lebte, immerhin. Aber er wäre fast gestorben.

Vielleicht wäre es besser, hatte sie gedacht, während sie auf der fast leeren Autoroute von Nizza aus hierher gerast war, wenn sie sich von aller Welt fernhielt, besonders aber von den wenigen Menschen, die ihr etwas bedeuteten. Sie brachte alle in Gefahr, so war es schlicht und einfach.

Doch nun hatte sie auf dem Boulevard Garibaldi geparkt und war ins Dickicht der kleinen Gassen der Marseiller Altstadt gelaufen, und sofort hatte sie dieses Gefühl erfasst, welches diese Stadt immer in ihr auslöste: eine Ruhe, ein Gefühl von Heimat, aber auch diese Lebenseinstellung, die den Provenzalen wie wenig anderen Menschen zu eigen war: Das Leben war hart, es gab nichts geschenkt – aber hey, sie lebten in der wohl schönsten Region der Welt, und irgendwie ging es weiter, mit ein wenig Härte, aber mit ganz viel Herz.

Sie ging durch die kleine Rue du Marché des Capucins und betrachtete die Männer hinter ihren Fischständen, ihre alten, sonnengegerbten Gesichter, die verkniffenen Mienen, die Vorsicht, aber auch die Freude, wenn sie in der Masse von Menschen ein vertrautes Wesen entdeckt hatten. Sie musste lächeln über diesen Anblick, den sie so sehr liebte. Sie sah, wie das Eis von den großen Markttischen auf die Straße tropfte und im Rinnstein versickerte, sah die aufgerissenen Münder der Drachenköpfe, die auf die Straße ragenden Schwerter der *espadons,* all die Doraden und Tintenfische und Rotbarben, die darauf warteten, in Tüten verpackt und in kleine alte Wohnungen getragen zu werden, wo sie arabische Frauen mit Ras el-Hanout und Couscous zubereiteten.

Es war ein Gewirr von erzählenden Stimmen und von litaneihaften Rufen, ein Verhandeln um den besten Preis für Händler und Kunde, ein Singsang aus tausend Kehlen, Französisch, Persisch, Arabisch, Farsi, nur wenige westliche Touristen waren hier, die meisten kauften ihre teureren und älteren Fische an den Touristenständen unten am Hafen oder gingen gleich in eines der nobel übertünchten Restaurants an den Quais.

Sie hatte immer penibel darauf geachtet, dass niemand wusste, wie sie aussah, dass es weder bei den Verbrechern noch bei der Polizei Fotos von ihr gab, keine aktuellen zumindest. Und nun war sie schon so lange drüben in Italien, dass nur noch ihr Ruf geblieben war, die meisten Legendengeschichten, die von ihr handelten, waren schon fünf Jahre alt.

Deshalb war es kein Problem, hier umherzulaufen. Niemand würde sie finden, aber sie würde die finden, die sie suchte.

Sie wich auf die ruhigere Rue Pavillon aus und strebte weiter in Richtung Westen, in Richtung Hafen. Als sie das Ende der Straße erreichte, tat sich das Panorama des *Vieux*

Port vor ihr auf: der Fischmarkt für die Touristen, genau wie das überdimensionierte Schattendach von Sir Norman Foster, das die Stadtoberen genau an die Promenade gesetzt hatten, um die, die auf Schiff und Bus warteten, vor der erbarmungslosen Sommersonne zu schützen. Vor ihr wartete die Fähre zum Hafen von l'Estaque auf Gäste und die zum Château d'If, der geheimnisvollen Gefängnisinsel des Grafen von Monte Christo.

Sie wandte sich um und betrachtete all die pastellgelben Gebäude hinter ihr, die sie sich wieder in Italien wähnen ließen, die strahlend weiße Kirche von Saint-Férreol-les-Augustins, dann ging sie nach links zum Quai de Rive Neuve.

Sie würde die Anlegestelle nie vergessen. Ganz einfach, weil sie seine Idee so genial gefunden hatte. Steg 3, Nummer 463.

Es war malerisch: auf der Linken die Terrassen der Cafés, die Sonnenschirme, die hölzernen Tische, die bezogenen Stühle mit dem Rohrgeflecht. Früher waren das die Herbergen für den Feierabend der Fischer, nun saßen hier die Touristen, doch immer noch reservierten sich die Arbeiter und Seeleute ihren Platz an der Bar, wo der *café serré* ein Viertel vom normalen Preis kostete.

In der Mitte verlief die Straße, früher eine rumpelige Piste, heute eine glänzende Promenade, belegt mit glatten Steinen, auf der die Autos und Busse nur noch in Schrittgeschwindigkeit fahren durften. Und gleich rechts daneben schloss der Fußweg an, der direkt zu den Stegen führte, eine lange Reihe von einem ganzen Kilometer, auf beiden Seiten des Hafens, Steg an Steg, an jedem lagen Hunderte Boote, weiße Jachten, kleine bunte Fischerboote. Sie öffnete die Tür zu Steg Nummer 3, eine kleine weiße Metalltür, und betrat den Holzsteg, der unter ihr ein wenig vibrierte, bei jedem Schritt, ein angenehmes Gefühl, beinahe ein Wiegen.

Die Nummern der Bootsanleger standen auf kleinen Platten auf dem Steg, sie arbeitete sich nach vorne, bis ganz kurz vor der Wasserkante. Da war Nummer 463. Sie wunderte sich, seit dem letzten Mal hatte er sich verändert. Er sah sie und fing sofort an zu lachen.

»Welch hoher Besuch.«

»Du hast dich aber vergrößert, Abdul.«

»Ach, weißt du, es war doch etwas zu wenig Platz für meine Körperfülle.«

Es stimmte. Er hatte nicht nur ein größeres Boot besorgt, eine kleine Jacht sogar, weiß und sicher über sechzehn, siebzehn Meter lang, mit einem Holzdeck und einer Kabine, von der aus eine Treppe nach unten in den Schiffskörper führte. Auch er selbst hatte ordentlich zugelegt, sein brauner Bauch spannte über den kurzen Shorts, er schrubbte gerade das Deck, deshalb hatte er sich obenrum frei gemacht, so schien ihr, doch ihm war es nicht die Spur peinlich. Sie kannten sich schon zu lange. Er sah gut aus, das hätte sie sagen sollen, dachte sie, weil es stimmte: Er sah gut aus, so, als hätte er ein gutes Leben.

»Das Leben auf dem Wasser bekommt dir.«

»Solltest du auch mal probieren«, gab er zurück, doch dann sah er gleich betreten drein. »Sorry, so meinte ich es nicht. Nur, weil ich gehört habe, was alles passiert ist.«

»Schon gut, Abdul. Es war wirklich kein gutes Jahr.«

»Komm, nun komm schon.«

Er reichte ihr die Hand, und sie ergriff sie und ließ sich von ihm an Bord ziehen. Von keinem anderen Mann hätte sie derlei Hilfe akzeptiert, außer von Xavi. Und eben von Abdul.

»Hältst du immer noch die Füße still?«

Es war sein Plan gewesen, so einfach wie genial. Nach ihren letzten gemeinsamen Drogengeschäften waren ihm die Bullen reichlich nahe gekommen. Also hatte sich Abdul mit Zoës Hilfe ein kleines Fischerboot gekauft und lieferte den Fisch – beinahe ausschließlich für das Restaurant von Zoës Vater. Auch Maman hatte den Großhändler aus Marseille ohne weitere Nachfragen akzeptiert. Im Sommer brauchte die Gastronomie am Strand so viel Fisch, dass der Maghrebiner manchmal gar nicht hinterherkam, im Winter, wenn *Chez Fred* geschlossen war, machte Abdul Urlaub in der Heimat.

Es war einträglich – und er konnte es so lange ehrlich betreiben, bis die Hafenpolizei nicht mehr ständig sein Boot und die Lagerhalle draußen in Castellane durchsuchte. Wenn es so weit war, in ein bis zwei Jahren nämlich, könnte er sein altes Geschäftsmodell wiederaufnehmen. Wenn er denn wollte.

Sie versank für einen Moment in dieser Szenerie, die Boote, die durch die sanften Wellenbewegungen hin und her schwankten, die Masten und Leinen, die aneinanderstießen und dieses charakteristische Klacken verursachten, der Geruch nach Schiffsdiesel und Fisch und die Brise, die vom offenen Meer in den alten Hafen drückte. Hier waren es nur kleine Boote, die Fischer, die Segler, die Reichen – während einige Kilometer nördlich von hier die großen Kähne anlegten, die Containerschiffe, die Kreuzfahrtriesen, die Tanker, die aus allen Weltmeeren im wichtigsten Hafen des Landes anlandeten. Es war eine Industriezone sondergleichen, ein Lärm und ein Schmutz herrschten dort, wo die Vororte wie La Castellane in Sichtweite lagen.

»Na, hier und da mache ich wieder ein paar kleine Dinger, aber nur so viel, dass die Bullen mir abnehmen würden, es wäre zum Eigenbedarf. Es ist noch zu früh für große Dinger.«

»Und wenn ich dich für ein Ding bräuchte, das so groß ist, dass es für immer reicht?«

»Für *mein für immer* oder für *dein für immer*?«

»Was meinst du?«

»Siehst du, du hattest immer das neueste Motorrad, das beste Essen, und ich will nicht wissen, in was für einer Hütte du wohnst. Mir reicht es, einfach und zufrieden zu sein. Aber wenn ich noch einmal ein dickes Ding drehe, dann brauche ich *dein für immer*. Dann muss es wirklich dafür reichen, dass ich für immer von hier verschwinden kann. Und auch noch die Kohle habe, genug Bullen zu schmieren, dass sie nie wieder nach mir suchen werden.«

»So ein Ding wäre das.«

Er setzte sich auf die Bank an Deck und wischte sich den Schweiß von der Stirn.

»Puuh, Zoë, du schaffst mich. Was ist es?«

Sie erzählte es ihm.

Er wurde erst blass, dann dunkelrot im Gesicht, und sein Atem ging schwer.

»Und da kommst du zu mir?«

»Ich wüsste nicht, zu wem sonst.«

»Was ist mit Xavi?«

Sie trat nervös von einem Bein aufs andere. Er erwischte sie immer. »Er war mit im Boot. Aber es hat ihn gestern erwischt.«

»Was? Wie *erwischt*?«

»Man hat ihn angeschossen. Wir haben ein Problem gehabt, mit einem, der auch auf den Transport aus ist.«

»Wie geht es ihm?«

»Besser. Er liegt im Krankenhaus.«

Er schlug sich mit der Hand an den Kopf.

»Verdammt, Zoë. Das kann doch nicht dein Ernst sein.«
»Doch, das ist es. Der Preis ist hoch. Aber der Gewinn ist höher.«
»Was ist mit dem, der auf Xavi geschossen hat?«
»Ich kriege ihn.«
»Er lebt also?«
»Noch.«
»Wer ist es?«
»Weiß ich nicht.« Die Lüge musste sein. Er würde nie mitmachen, wenn er wüsste, wer der andere war.
»Okay. Was brauchst du, Zoë?«
Sie blickte auf, als überlege sie, doch sie beobachtete in Wahrheit das riesige Boot, diese Jacht, die eben aus dem offenen Meer in den alten Hafen der Stadt einscherte. Es war, als würden alle Blicke von der Energie dieser Jacht angezogen, sie war so lang wie die, die ständig in den Glamourzeitschriften abgebildet waren, irgendwelche Oligarchen-Kähne. Sie sah niemanden an Deck, sicher standen sie alle hinter der verspiegelten Brücke und passten auf, dass der spitze Rumpf des Bootes nicht gegen irgendein Hindernis fuhr. Sie sah den Namen *Prince Oriental*, sie sah die Flagge am Heck, der rote Balken vertikal, der grüne, weiße und schwarze horizontal – die Vereinigten Arabischen Emirate. Es konnte kein Zweifel sein. Überpünktlich, sie waren überpünktlich.
»Männer. Waffen. Eine Truppe, die mich absichert.«
»Wie lange Vorlauf habe ich? Ich denke, ich brauche eine gute Woche.«
»Der Transport ist heute Nacht.«
Die Überraschung auf seinem Gesicht hätte nicht größer sein können. Sein Mund verzog sich nach einer Weile, und er fiel in ein Lachen ein, das ein wenig verrückt klang.
»Du verarschst mich wirklich bei so einer Sache? Ach,

Zoë, du bist wirklich unverbesserlich. Machst dich über mich lustig ...«

»Es ist kein Scherz, leider.«

»Heute Nacht? Sieben Stunden Vorbereitung für den größten Bruch seit dem Postraub von 1963?«

Seine großen Augen würde sie nicht mehr vergessen – und hinterher schwor sie, dass er in diesem Moment das Vertrauen in sie verloren hatte. Und dennoch war da dieses Glühen, als hätte sie noch einmal den Pioniergeist in ihm geweckt, das Unmögliche möglich werden zu lassen.

»Schaffst du das?«

»Nein, verdammt. Es ist nicht zu schaffen.«

»Machst du es trotzdem? Mit dem, was du bis dahin auftreiben kannst?«

»Du musst mir alles ganz genau erklären. Jede Einzelheit. Minute für Minute.«

»Das werde ich.«

»Wo wirst du sein?«

»Auf dem Transport.«

CARLOS ZUFFA

CAGNES-SUR-MER, CÔTE D'AZUR, FRANKREICH

Als er eintrat, traute er seinen Augen nicht. Da saßen sie. An dem großen Tisch im Salon des Katarers, der früher sicher für die gewaltigen Gelage im Schloss genutzt worden war. Ein ausladender Saal mit hölzernen Balken an der Decke, schweren Lüstern und dieser langen Tafel, an der sie sich gegenübersaßen.

Dieser merkwürdige Butler, den er schon am Mittag kennengelernt hatte, stand stumm in der Ecke und lauerte geradezu darauf, dass er irgendetwas abdecken oder servieren konnte. Die Tafel war mit silbernem Geschirr gedeckt, Zuffa sah tiefe Teller mit einer dampfenden Suppe darin, daneben stand eine Schüssel, aus der Salatblätter ragten und ein frischer Brotkorb mit Baguette. Beide tranken Rotwein aus dickbauchigen Gläsern, die Flasche stand in der Mitte des Tisches. Er meinte, das Etikett zu erkennen: Château Margaux. Unverkennbar.

Chiara hatte kurz zu ihm aufgesehen und sich dann wieder ihrem Teller zugewandt, er meinte, ein kurzes Lächeln gesehen zu haben, als mache sie sich über ihn lustig.

»Oh, Monsieur …«, sagte Al-Hamsi, »wollen Sie mit uns zu Abend essen? Es gibt eine Hummer-Velouté. Kommen Sie.«

Carlos Zuffa blieb stehen, unentschlossen, was er mit dieser absonderlichen Situation anfangen sollte. Er spürte, wie er sauer wurde.

»Nein, ich habe keinen Hunger. Können wir kurz reden?«

»Ich werde ungern beim *dîner* gestört«, begann der Katarer, aber er schien Zuffas Blick zu spüren, deshalb schob er seinen Stuhl zurück und stand auf, »aber gut, gehen wir nach nebenan.«

Sein Blick ruhte auf dem Mädchen, doch dann löste er sich, ging voran auf den Flur, hörte, wie Al-Hamsi die Tür zuzog, und wandte sich dann erst um.

»Was soll das? Sind Sie irre? Jetzt weiß sie alles …«

Der Araber legte ihm seinen Zeigefinger an die Brust, Zuffa wich zurück.

»Sie waren es, die sie hierhergebracht haben. Also ist sie mein Gast. Entführung hin oder her. Ich will mit ihr sprechen, mal sehen, was sie so zu sagen hat. Und ich gehe ohnehin davon aus, dass sie keine gute Zeugin sein wird, wenn die ganze Sache hier vorüber ist. Wenn Sie verstehen …«

Zuffa schüttelte entschieden den Kopf.

»Ich habe einen Fehler gemacht, hierherzukommen. Ich werde sie nachher mitnehmen und an einem anderen Ort unterbringen.«

»Wie Sie wollen. Es war Ihre Entscheidung, nicht meine. Wie steht es mit den Vorbereitungen?«

»Ich habe die Waffen gecheckt und die anderen Utensilien. Logistisch gibt es kein Problem.«

Al-Hamsi schien aufzuhorchen. »Gibt es denn anderweitig ein Problem?«

Zuffa räusperte sich. »Ich möchte nicht mit den Kids aus der Banlieue arbeiten. Es ist mir zu heiß. Ich habe keine Lust darauf, dass mir Amateure in die Parade fahren.«

»Was heißt das?«

»Ich habe es genau durchdacht. Wenn es so ist, wie Sie

es geplant haben, dann schaffe ich es allein, mit der Hilfe Ihrer größten Feindin.«

Shokran Al-Hamsi begann, auf den Holzdielen auf und ab zu laufen. Er schien tief in sich versunken zu sein, doch nach einer Weile hob er den Kopf.

»Wenn es schiefgeht, sind Sie tot. So oder so.«

»Es wird nicht schiefgehen.«

»Sie muss sterben.«

»Das wird sie.«

»Okay. Dann machen wir es so.«

»Das Mädchen muss hierbleiben. Ich muss noch etwas vorbereiten.«

»Abgemacht.«

»Ach, Monsieur Al-Hamsi?«

»Ja?«

»Sind Sie dafür verantwortlich, dass der Transport vorgezogen wurde?«

Der Katarer sah ihn wütend an.

»Ich habe keine Ahnung, was da vor sich geht. Aber wir müssen das Gold kriegen. Je früher, desto besser.«

Zuffa wandte sich ab und ging die Treppe hinunter. Eins stand für ihn fest: Wenn das hier vorbei war, wollte er nur noch zurück auf seine Karibikinsel – und diesem Land für immer den Rücken kehren.

ANRUF AUF
+39366046829

»*Pronto?*«
»Ich bin es.«
»Hallo, Zara.«
»Du klingst betrübt. Was ist passiert?«
»Das ist egal ...«
»Sag es mir.«
»Verdammt. Warum kannst du so schlecht über Gefühle sprechen und selber fühlen, aber wenn ich etwas auf dem Herzen habe, dann hörst du es über tausend Kilometer?«
»Vielleicht ist das diese Zwillingssache, über die alle reden.«
»Du hast wirklich an deinem Humor gearbeitet.«
»Zoë, was ist los?«
»Das mit Xavi macht mich fertig.«
»Zuffa wird dafür bezahlen.«
»Ja.«
»Xavi wird es schaffen. Hör zu, wenn du deinen Plan weiter durchziehen willst, dann musst du gleich losfahren, wir sind sehr gut in der Zeit. Ich habe dir den genauen Zeitplan eben aufs Handy geschickt.«
»Ich sehe es mir gleich an.«
»Hast du alles vorbereiten können?«
»Wir haben noch einige Stunden Zeit, bis der Transport hier unten ist, ich hoffe, das reicht.«
»Wo ist Zuffa jetzt? Und das Mädchen?«
»Keine Ahnung. Wir haben ihn verloren, weil ich mich um Xavi gekümmert habe. Aber Zuffa wird sich wohl auf den Überfall vorbereiten.«

»Dann fährst du jetzt los?«
»Ich bin schon unterwegs.«
»Gut so. Dann sehen wir uns in sechs Stunden?«
»Ich hoffe, ehrlich gesagt, dass nur wir uns sehen – und niemand anders.«
»Hm, na, wenn wir irgendetwas bewiesen haben, dann, wie gut wir die Rollen tauschen können.«
»Ich denke, ich sollte nervös werden, wenn du cooler bist als ich.«

SHOKRAN AL-HAMSI

SAINT-LAURENT-DU-VAR,
CÔTE D'AZUR, FRANKREICH
SECHS JAHRE ZUVOR

Er trat hinaus auf den Balkon, weil er sich immer noch nicht sattsehen konnte an seiner neuen Heimat. Vor den Fenstern gab es nur noch eine schmale Promenade, und dann begann schon der Strand, schlugen die Wellen des Mittelmeeres auf die Kiesel des Plage Goélands. Die Flugzeuge, die zum Landen auf dem Aéroport Nice Côte d'Azur ansetzten, flogen hier schon so tief, dass man meinte, sie berühren zu können, und jeder, der in Nizza ankam, sah schon vorher sein Haus, gesäumt von den Palmen vor der Tür. Er war so froh, diese Wohnung gekauft zu haben, die allen Besuchern gleich zeigte, dass sie mit einem standesgemäßen Mann verhandelten. Es war der Anfang – und es war wichtig, um hier im alten Europa Fuß zu fassen.

Die Anlage war ganz neu gebaut worden, es war der luxuriöseste Apartmentblock an der ganzen Côte. Zwei sichelförmige Häuser, die gebaut waren wie Kreuzfahrtschiffe, mit Balkonen, die sich übereinanderschoben, sodass jeder Besitzer einen unverbauten Meerblick genoss. Hier lebten keine Franzosen, nur Russen, Chinesen, Amerikaner. Und er. Der erste Mann vom Golf. Er hatte es geschafft. Und wusste dennoch, dass er noch einen weiten Weg zu gehen hatte. Die ersten Monate waren erfolgreich gewesen. Und doch hatte er erst einen Bruchteil der Geschäfte an Land gezogen, die er brauchte, um die Macht des Paten zu brechen. Er wollte alles, den ganzen Kuchen. Dafür war er bereit, alles zu tun. Die Preise kaputt zu machen, mit dem billigen Koks, das er in einer extra gebauten Fabrik drüben in der Sahara so lang strecken ließ, bis der Stoff zwar wahnsinnig dreckig war, dafür aber knallte, wie es die Feierwütigen hier unten noch nicht erlebt hatten. Er würde Prostituierte aus Afrika holen, die den Markt überschwemmten, sodass die Klubs des Paten am langen Arm verhungern würden. Und er würde über Leichen gehen, er würde es müssen, er hatte gar keine andere Wahl.

Es lief gut, sehr gut sogar. Shokran Al-Hamsi hatte viel gearbeitet, aber er hatte auch die Zeit genutzt, um sein europäisches Leben richtig zu beginnen, mit allem, was dazugehörte, mit allem, was drüben in Katar nicht möglich war.

So besann er sich und wandte sich wieder um, ging durch die riesige Tür in der Glasfront zurück ins offene Wohnzimmer, das direkt ins Schlafzimmer überging.

Nächste Woche würde Silas kommen, er hatte noch Probleme mit dem Visum gehabt, aber dann würden sie gemeinsam durchstarten. Doch der junge Gast würde nur bis zu dem Tag von Silas Ankunft hier wohnen dürfen. Nicht einmal sein Bruder wusste von Shokrans wahren Gelüsten.

Er ging zu dem Bett und betrachtete die schlafende Gestalt, seinen dunklen Rücken, die wilden braunen Locken, den muskulösen Rücken, den festen Po. Letzte Nacht, als sie sich aneinander abreagiert hatten, waren sie noch lange wach geblieben, Arm in Arm, hatten die Flugzeuge beobachtet und nicht miteinander gesprochen. Shokran war überzeugt, noch nie so etwas gefühlt zu haben.

Klar, es gab viele Schwule am Golf, aber niemand sprach darüber, und für einen Mann in seiner Stellung war es fast unmöglich, dergleichen auszuleben, ohne dass seine Familie ihn verstieß.

Er stieg ins Bett und kuschelte sich an den Rücken des jungen Mannes, der zu stöhnen begann und dessen Hand nach Shokrans Geschlecht zu suchen begann. Er hielt sich nicht lange mit Nebensächlichkeiten auf, das gefiel Shokran. Doch gestern Nacht war es besonders heftig gewesen, er war ein regelrechtes Raubtier gewesen, hatte gekratzt und gebissen, er war so leidenschaftlich, doch als Shokran ihn gefragt hatte, was los sei, hatte er nichts sagen wollen.

»Halt, Rémy, warte«, sagte er nun und schob die Hand des Jungen von seinem Schwanz, hielt sie jedoch fest. »Wir müssen erst noch etwas klären.«

Er hatte keine Ahnung, wie alt Rémy Zuffa genau war, er schätzte ihn auf Mitte, Ende zwanzig. Die hohen Wangenknochen, die Locken, der ganze Körper, all das hatte ihn vom ersten Tag ihres Kennenlernens an in einer Bar in Nizza sofort gereizt.

»Erzähl«, sagte Rémy.

»Du willst es immer noch?«

»Für euch arbeiten? Klar.«

»Darauf hatte ich gehofft. Weil wir uns dann noch öfter sehen können.«

»Das würde ich sehr gern. Ich liebe es, mit dir zusammen zu sein.

Shokran Al-Hamsi musste die Rührung über diese Worte gut verstecken, er schwor sich, diesen Satz in sich einzuschließen und ihn nicht mehr zu vergessen.

»Pass auf, wir planen nächste Woche eine große Sache in Saint-Tropez. Ein Bruch, der von uns reden macht. Es ist ein Freund und Financier des Paten, der in seiner Villa große Mengen Bargeld und Schmuck hat. Wir wollen ihn ausnehmen wie einen Wolfsbarsch, wir wollen alles mitnehmen. Du kriegst zehn Prozent der Beute.«

»So viel? Für einen Anfänger? Wie viele Leute sind wir denn?«

»Vier Leute. Aber du musst keine Angst haben. Du hast erfahrene Männer an deiner Seite. Sie passen auf dich auf. Und: Ja, jeder kriegt das Gleiche. Ich habe gar nicht so viel Interesse an dem Geld. Ich will vielmehr ein Zeichen setzen: Wer mit dem Paten zusammenarbeitet, den haben wir ab sofort im Visier. Nur der, der mit uns arbeitet, wird sicher leben und seinen Reichtum mehren. Also, bist du dabei?«

»Ich bin dabei.«

ZARA

BANQUE DE FRANCE, PARIS, FRANKREICH

»Alle bereit?«, rief de Trappier und besah sich den kleinen Konvoi, der auf der Rue du Colonel Driant stand. Das gesamte Straßenkarree war für die Dauer der Beladung von der Polizei weiträumig abgesperrt worden, und sie war überrascht, wie konzentriert und planvoll die Arbeiter bei der Sache gewesen waren. Der Lkw sah von außen wie ein gewöhnliches Fahrzeug zum Transport von Gütern aus. Als die Ladetüren geöffnet waren, hatte Zara aber die dicken Stahltüren und die Panzerung im Inneren gesehen. Die Sicherheitsleute hatten das hintere Tor der Banque de France geöffnet, im Portal hatten vier schwer bewaffnete, vermummte Soldaten Stellung bezogen. Dann war ein zweiter Gabelstapler an den Fahrstuhl in der Bank herangefahren und hatte nacheinander die zwölf Europaletten verladen, auf jeder lagen einhundert Goldbarren, fein säuberlich übereinandergestapelt; die Paletten waren in dicke Folie verpackt. Nicht ein Barren war während der Ladeaktion verrutscht, es hatte alles zusammen höchstens eine halbe Stunde gedauert. Am Ende hatten die Arbeiter die Ladeluke verschlossen, und de Trappier hatte eine Plombe angebracht. Dann hatte er eine kleine Klappe am Heck des Lkw geöffnet und wieder seine Hand aufgelegt. Verdammt, das hatte sie nicht gewusst. Auch der Transporter verfügte über das Sicherheitssystem der Bank. Doch sie hatte keine Zeit mehr, darüber nachzudenken. Isaakson kam auf sie zu, er wollte noch einmal reden, so schien es.

»Zara«, begann er.

»Nicht jetzt«, entgegnete sie schroff, »es geht los.«

Sie standen alle an den Wagen: vorne eine schwarze Limousine der Marke DS, daneben zwei Polizisten in Zivil. Am Lkw der Fahrer sowie ein maskierter Polizist, der eine Maschinenpistole um den Hals hängen hatte, und sie, Zara. Dahinter zwei schwarze VW-Busse mit je vier Polizisten in Uniform, auch de Trappier würde dort mitfahren, genau wie Isaakson, natürlich in Zivil. Er konnte noch immer seine Augen nicht von ihr lassen, und sie hatte Mühe, seinem vorwurfsvollen Blick auszuweichen.

»Bereit«, sagte der Lkw-Fahrer, ein älterer Mann mit einer Brille und einer Jacke, die ihn als Angehörigen der Banque de France auswies.

»Bereit«, bestätigten die Polizisten in der Vorhut.

Der maskierte Mann hob nur den Daumen.

»Gut, dann aufsitzen. Wir halten Verbindung über Funk.«

Sie stiegen ein, der Fahrer ans Lenkrad, Zara in die Mitte, der Bewaffnete an die Beifahrertür, er nahm sofort die Maske ab und wischte sich den Schweiß von der Stirn. Er war ein Mann Mitte vierzig, der schon komplett graue Haare hatte. Er sah gut aus, braun gebrannt, graue Augen. Er sah sie lächelnd an.

»Na, dann wollen wir mal.« Er verstaute die Maschinenpistole unter seinem Sitz.

»Genau, ab in den Süden«, bestätigte der Fahrer, auch er schien bester Laune zu sein. »Das ist doch mal was anderes, als immer nur ein bisschen Bargeld von Bank zu Bank zu fahren.«

»Das ist Ihre Arbeit?«

»Ja, die Banque de France hat fünfundneunzig Filialen im ganzen Land, und wir beliefern sie alle mit Bargeld, von Paris und den Druckereien. In Bordeaux werden die Münzen geprägt, in der Auvergne und der Bretagne die großen Scheine. Ich kann Ihnen sagen, das Land wird dann ganz schön groß. Aber ich fahre die Strecken blind, ich mach das immerhin seit dreißig Jahren. Mir bleibt ein Jahr bis zur Rente, dann fahre ich nur noch Wohnmobil.«

»Das klingt wie ein guter Plan«, sagte der Polizist.

»Na ja, wenn ich es mir leisten kann. Sie wissen ja, die staatliche Rente ist ein Witz. Ich bin übrigens Serge.«

»Artur«, sagte der Polizist.

»Wie verlassen wir die Stadt?«, fragte Zara, ohne auf die Plauderei einzugehen, und verfolgte, wie sich die schwarze Limousine in Bewegung setzte und aus dem Kordon um die Banque de France herausfuhr. Die Uniformierten auf der Straße salutierten für den ungewöhnlichen Konvoi.

»Wir nehmen die Pont Alexandre III. und fahren dann am Invalidendom vorbei, ein Stück die Sèvres entlang, um dann über die Avenue du Maine und Alésia an der Porte d'Orléans auf die Périphérique zu fahren, und von da aus geht es auf die Autoroute 6.«

»Wir unterlassen alles, was auf uns aufmerksam machen könnte, Blaulicht und dergleichen, deswegen werden wir uns an der Porte in den normalen Feierabendstau einreihen. Es wird uns eine Stunde kosten, aus Paris herauszukommen. Aber das ist in unseren Zeitplan eingetaktet. Denn nachts sind alle Katzen grau – keine Verbrecher mögen die Zeit zwischen zwei und fünf. Und genau wenn die Sonne aufgeht, werden wir in den Hafen von Marseille einfahren. Also hoffe ich, Sie haben alle ausgeschlafen.«

BOLATELLI

HÉLIPORT VON MARSEILLE, PROVENCE, FRANKREICH

Er sah die Limousine unter ihnen, den Fahrer, der seine Augen mit der Hand beschirmte. Der Helikopter glitt immer tiefer, bis er schließlich unsanft auf dem Boden aufsetzte. Der Pilot musste seine Ungeduld gespürt haben – und ein ungeduldiger Chef konnte wahnsinnig ungemütlich werden, das wusste er. Bolatelli öffnete die Tür und grummelte: »*Merci.*«

»Warten oder zurück?«

»Warten. Ich muss jederzeit nach Hause können.«

»Ich hoffe, Sie reisen zu zweit zurück.«

»Beten Sie für uns.«

Er hatte keine Geheimnisse vor seinen engsten Angestellten, es brachte nichts, sie im Unklaren zu lassen. Er wusste, dass sie ihm gegenüber hundertprozentig loyal waren, erst recht jetzt, während dieser Tragödie. Wer sich in dieser Phase von ihm abwandte, war für die Zukunft verbrannt.

Er kletterte mühsam hinaus und ging, noch während die Rotorblätter kreisten, schnell zu der schwarzen S-Klasse.

»Wohin geht's, Monsieur Bolatelli? Ich nehme an, wir fahren in die Stadt?«

»Für Sie geht es nirgendwohin, Victor.«

»Wie meinen Sie?«

»Sie bleiben hier. Ich fahre allein. Es ist zu heikel.«

»Sie sollten wirklich nicht allein in Marseille auftauchen. Die Fronten sind derzeit zu unklar. Selbst ich weiß nicht immer, wer Feind und wer Freund ist.«

»Na, dann sind Sie mir ja auch keine große Hilfe.« Es sollte ein müder Scherz sein, doch der Chauffeur sah ihn ängstlich an, als prüfe er seine geistige Fitness und habe ein schlechtes Urteil gefällt. »Nein, im Ernst, Victor, ich muss das allein machen. Und: Nein, ich fahre nicht nach Marseille. Darf ich, bitte?«

Er wollte sich am Fahrer vorbeidrängen, doch der machte sofort Platz und sagte kopfschüttelnd: »Der Schlüssel steckt.«

NAVARRO

HÔTEL DE POLICE, MARSEILLE, PROVENCE, FRANKREICH

Sie standen gemeinsam vor den Schränken mit der Ausrüstung, die sich im Keller des Polizeipräsidiums befanden. Es roch modrig hier unten, weil der Raum so selten benutzt wurde, die meisten Kollegen nahmen ihre Waffen mit nach Hause. Wer in den Keller ging, sah zu, dass es nicht so lange dauerte.

Doch der Schein der baufälligen Anlage trügte: In den metallenen Schränken gab es alles, was das Herz eines Waffennarren begehrte: Einfache Pistolen, Maschinenpistolen, Maschinengewehre, Elektroschocker, Plastikgeschosse, sogar Sprengstoff und einige Handgranaten lagerten hier, deren Herkunft aber unklar war. Dazu kugelsichere Westen in allen Größen, Helme, Ganzkörperausrüstungen, Schilde. Es war das am besten ausgestattete Lager der französischen Polizei, ohne Zweifel, vielleicht mit Ausnahme des Fundus der RAID, der Antiterroreinheit, die zwanzig Kilometer südlich von Paris in Bièvres residierte.

Und doch, auch das wusste Navarro, war das hier ein Witz gegen die Waffenstärke, die ihre Gegner hatten. Wenn man alle Knarren und alle Munition zusammenkehren würde, die in La Castellane, La Cayolle, Frais Vallon oder all den anderen heißen Banlieues versteckt wurde, dann könnte man die komplette Polizei Frankreichs ausrüsten – und die einiger kleiner Nachbarstaaten dazu.

Die Clans, die Banden, die Islamisten, sie hatten alles: Schnellfeuergewehre, Handfeuerwaffen, Sprengstoff, versteckt in den Wohnungen, den Lagerhallen oder einfach in den Hosen der Späher, die überall herumstanden.

Er machte sich keine Illusionen: Sie würden nie alle Waffen zusammenkehren können, sie kamen mit ihren Truppen ja zumeist nicht mal an den Spähern vorbei.

Genau deshalb war der Auftrag des heutigen Tages ein Wahnsinn: Falls die Bosse der Vororte von dem Transport Wind bekommen hatten, dann würden sie feuern – und zwar aus allen Rohren. Dann wäre das Gold verloren.

Ihm war das Gold sogar herzlich egal – er wollte nur sein Leben nicht verlieren und keinen seiner Kollegen.

»Hier, Commissaire«, sagte der Leiter der Festnahmeeinheit, »hier haben Sie Ihre Weste. Nehmen Sie Ihre eigene Waffe?«

»Die einzige, mit der ich umgehen kann«, sagte Navarro und zog eine Augenbraue hoch.

»Ich weiß, wie Sie schießen können.«

Er wandte sich zu seinen Kollegen um, die allesamt schon ihre Westen über der Uniform trugen, den Helm mit Visier hielten sie unter den Armen.

»Auf geht's, Kollegen. Zu den Autos.« Und dann wieder zu Navarro gewandt: »Also, wie gehen wir vor?«

Sie gingen die Treppen hinauf, die schweren Stiefel hallten in ihrem Rücken.

»Der Transport wird um sechs Uhr im Hafen erwartet. Wir übernehmen ihn an der Mautstelle von Lançon. Mit der Hälfte der Kräfte. Die andere Hälfte wartet am Hafen. Das Schiff ist vor einer halben Stunde eingetroffen.«

»Das Schiff der Abholer?«

»Genau. Unter der Flagge der Vereinigten Arabischen

Emirate. Wir haben unsere Truppen in Reichweite, sichern es aber noch nicht direkt ab, damit wir niemanden nervös machen.«

Nun standen sie im Innenhof des Präsidiums, dort standen Mannschaftswagen und mehrere Zivilfahrzeuge, es war eine richtige kleine Armee, die nun synchron alle Türen öffnete und Platz in den Fahrzeugen nahm. Navarro und der Vorgesetzte der Uniformierten stiegen in die Limousine des Commissaire, der sofort den Motor anließ und die Kolonne hinaussteuerte auf die abendlich beleuchtete Straße der Altstadt, dann nach rechts und vorbei am futuristisch beleuchteten *MuCEM,* dem Museum der Zivilisationen Europas und des Mittelmeeres, diesem Glaskubus mit seiner aufsehenerregenden Betonnetzkonstruktion, der in jedem Reiseführer stand und wegen dem die Preise fürs Mittagessen rund um das Polizeipräsidium gleich um einen Euro erhöht worden waren.

»Gibt es Erkenntnisse über eine Gefahrenlage?«

»Nicht offiziell.«

»Was heißt das?«

»Ich habe einfach ein beschissenes Gefühl.«

Es durfte nichts schiefgehen, nicht jetzt, wo sein Leben endlich wieder einen Sinn hatte.

AHMED SHALID AL-HAROUN

HAFEN VON MARSEILLE, PROVENCE, FRANKREICH

Die Einfahrt war majestätisch gewesen: Die Stadt hatte gefunkelt wie ein Sternenmeer, all die Lichter der Promenade, des Hafens – und über allem Notre-Dame de la Garde, diese unglaubliche Erscheinung einer Kathedrale.

Er hatte auf der Brücke gestanden und dabei zugesehen, wie der Italiener kurz und knapp seine Kommandos gab, er hatte verdammt viel Fahrt wegnehmen müssen, um die Kurve in den alten Hafen zu kriegen.

Sie waren wirklich in Rekordgeschwindigkeit hierhergefahren, er hatte immer die vollen vierundzwanzig Knoten gehalten, die dieses Monstrum mit seinen vielen Motoren ins Wasser brachte.

Und dann waren sie in den Hafen eingefahren, vorbei am steinernen Fort Saint-Jean und all den anderen alten Gemäuern, und sein Herz hatte höhergeschlagen, weil er endlich hier war, in dieser anderen Welt, in der er sich so viel mehr zu Hause fühlte. Mit all der Geschichte, den alten Schätzen, mit diesen Menschen voller Kultur und Riten. Ein gewachsenes Volk.

»Wir ankern neben dem Liegeplatz der Fähren. Dort wird auch die Verladung stattfinden«, erklärte der Kapitän. »Wir fangen gleich an, den Kran zu montieren.«

»Haben Sie vielen Dank«, sagte der Scheich.

Sie kamen den Häusern an der Promenade immer näher, es war so, als würden sie mitten in die Stadt hineinfahren. Ein unwirkliches Schauspiel. Ahmed Shalid Al-Haroun sah die Menschen am Ufer, die wiederum zu seiner Megajacht herübersahen, manche winkten, und er hätte in diesem Moment des Glücks gerne zurückgewinkt, aber natürlich entsprach das nicht der Etikette. Also wartete er still das Manöver ab, sie ankerten exakt hundert Meter vor der Hafenmauer. Als dies erledigt war, fragte er: »Schicken Sie Männer von Bord?«

»Ja, eine kleine Vorhut. Aber sehen Sie …«, antwortete der Italiener.

»Was denn?« Er sah gar nichts.

»Sie sind überall.«

»Wer? Verbrecher?«

»Nein, die Polizei. Dort, dort, dort.«

Er hatte in drei Richtungen gewiesen, und nur durch das Auge des Italieners sah der Scheich nun, was ihm völlig entgangen war. In was für einer Scheuklappenwelt er doch lebte. Dort oben auf dem Berg standen Scharfschützen, in zwei zivilen Transportern konnte er behelmte Polizisten erkennen, und überall auf der Hafenpromenade standen kleine Gruppen herum, die aussahen, als würden sie kurz ausruhen. Doch sie hatten alle Knöpfe im Ohr, und ihre Taschen waren ausgebeult, Polizisten, wirklich.

Sie waren hier, um das Gold zu schützen.

Sein Gold.

Er sah auf die Uhr. Kurz vor elf.

Nur noch sechseinhalb Stunden.

Er hatte Hunger.

»Lassen Sie den Koch an Deck kommen.«

»Natürlich, Scheich.«

XAVI

SAINT-TROPEZ, PROVENCE, FRANKREICH
SECHS JAHRE ZUVOR

Die drei Musketiere. Das waren sie, wie sie hier saßen. Jeder unwissende Beobachter hätte gemeint, es wären einfach drei Freunde, die auf den roten Stühlen des *Senequier* saßen, vor sich eine eiskalte Flasche Rosé in einer dieser eisgefüllten durchsichtigen Tüten, die gerade der letzte Schrei der Wirte hier unten waren. Sie tranken nur wenig, nahmen mehr vom Perrier-Wasser, denn sie waren keine Touristen und auch keine Einheimischen, die nur noch den freien Abend vor sich hatten, um gleich am Plage de Pampelonne in einen der Strandklubs einzufallen – und den Kater am nächsten Morgen mit Champagner hinunterzuspülen.

Nein, sie hatten noch etwas vor. Carlos Zuffa hatte sie am Mittag angerufen. Mehr Vorlauf hatte der Boss ihnen nicht gegeben. Offensichtlich ein Hinweis in allerletzter Minute. Jemand hatte gequatscht. Jemand in Nizza.

Es sollte einen Bruch geben, ein richtig dickes Ding. Bei einem der engsten Freunde des Paten. Es sollte der Anfang vom Ende Bolatellis sein, hieß es. Der Beginn der Übernahme der westlichen Provence. Nach Saint-Tropez kam für die Verbrecher nur noch Marseille. Es sollte ein Zeichen sein. Ein Zeichen der neuen Gangster, dass die Zeit der alten Ehrenleute vorbei war.

Nun lag es an ihnen dreien, die alte Ordnung zu manifestieren. So hatte Carlos den Paten zitiert.

Noch gestochener ging es wohl nicht.

Der Informant war sehr klar gewesen, Adresse, Uhrzeit, alles war da.

Wie dumm konnte man eigentlich sein. Oder: wie unvorsichtig. Offenbar fühlten sich die Araber schon so stark und sicher, dass sie begannen, eitel zu werden. Eitelkeit war in ihrer Branche ein Todesurteil. Wenn man nicht ganz oben in der Nahrungskette stand. Nur Bolatelli konnte sich Eitelkeit leisten. Wenn sie heute zuschlugen, dann blieb das auch so.

»Wie viele sollen es sein?«, fragte Zoë.

»Drei«, sagte Carlos.

»Der große Vorteil ist, dass wir wissen, dass sie da sind, während sie nicht wissen, dass wir da sind.«

»Ja, es müsste eine sichere Sache sein.«

»Geht's dir gut, Zoë?«

»Wieso?«

»Du bist so schweigsam.«

»Du weißt doch, dass ich solche Nummern eigentlich nicht mehr machen wollte.«

»Du bist die Beste.«

»Kann sein. Aber weil das so ist, würde ich mir gern aussuchen, was ich mache.«

»Es sind alles Dinge, für die du in den Knast gehst«, beharrte Carlos.

»Mann, Alter, was ist denn los, hast du 'nen Abschluss in Philosophie?« Sie fauchte ihn wütend an. Sie war ein Diamant, die vielleicht beste Verbrecherin weit und breit, die ruchloseste, die wildeste – doch sie war ein ungeschliffener Diamant. Ihre Herkunft war gleich: Die schlimmsten Vororte des Südens, doch nur ihr merkte man sie uneingeschränkt an. »Es ist was anderes, ob ich Leuten Drogen liefere, die dafür bezahlen, weil sie ihr Leben nicht auf die Reihe kriegen – oder ob ich Leuten den Schädel wegpuste, weil sie nicht nett zum Chef sind.«

Carlos lehnte sich zurück und grinste sie an, und Xavi wunderte sich, dass sie nicht aufsprang, um ihm den Kopf auf die Tischplatte zu schlagen. Er dachte seit Langem, dass Zuffa tierisch auf Zoë stand, er wollte sich ständig mit ihr messen, er neckte sie, er versuchte, mit ihr zu flirten. Doch sie ließ sich auf nichts ein, und er spürte, dass sie ihn nach und nach auf die Plätze verwies. Weil die Qualität ihrer Arbeit makellos war und weil der Pate langsam, aber sicher begann, Zoë dem erfahreneren Carlos vorzuziehen. Das Ganze steuerte auf etwas hin – und Xavi fürchtete, dass es nichts Gutes war.

Aber noch waren sie die drei Musketiere.

»Wie lange brauchen wir dort hinüber?«, fragte er so beiläufig, als habe er die letzte Sequenz schlicht verpennt.

»Acht Minuten. Wir fahren jetzt los, dann kommen wir nicht in den Stau der Restaurantgäste.« Saint-Tropez hatte nur eine Straße, die hinein- und hinausführte. Die war in Urlaubszeiten generell verstopft, zu den Stoßzeiten – morgens an den Strand, abends in die Restaurants – aber hoffnungslos zugestaut, manchmal brauchte man zwei Stunden für fünf Kilometer.

Xavi zahlte bar, und dann gingen sie den Menschenmassen entgegen, die in der Sichel des alten Hafens flanierten, die Jachten der oberen Zehntausend betrachteten und sich anschließend den unzähligen Restaurants und Bars zuwandten, in denen man den majestätischen Blick zigfach mitbezahlte.

Ihr Auto stand am Rande des großen Parkplatzes der Altstadt. Sie stiegen ein und waren nahezu die Einzigen, die zu dieser Stunde Saint-Tropez verließen.

»Wo wird der Besitzer sein?«

»Es ist sein Geburtstag, und er gibt eine große Soiree im *Club 55*. Er hat das halbe Cap eingeladen. So werden die Al-Hamsis darauf gekommen sein, diesen Abend auszuwählen.«

Der *Club 55*. Xavi rümpfte die Nase. Niemals würde man ihn in so eine Bar hineinbekommen, selbst wenn er eines Tages richtig viel Geld machen würde. In allen Strandbars entlang des Plage de Pampelonne trafen sich die Schönen und Reichen, doch nirgendwo war die Gucci- und Aufgespritzte-Lippen-Dichte höher als im *Club 55*. Wo der Fisch als Hauptgericht einfach mal fünfzig Euro kostete – und das Glas Bier viermal mehr als in seiner Hafenkneipe in Nizza.

»Weiß er, dass wir vor den Einbrechern in sein Haus einbrechen?«

»Ja, er ist über alles informiert. Er hat extra den Alarm nicht eingeschaltet, falls die Amateure wirklich alles versauen. Nicht, dass uns noch die Bullen auf den Pelz rücken.«

»Sehr gut.«

Während der Verkehr in die Stadt hinein- und auf den Parkplatz nur im Schritttempo vorankam, fuhren sie ungehindert hinaus. Sie bogen hinter Saint-Tropez nach links ab in Richtung Pampelonne, dann nach einer Weile wieder nach rechts. Die Straße wurde enger, die Vegetation wurde dichter, überall standen Palmen und Zypressen, es ging in dichten Kurven den Berg hinauf. Auch die Zäune wurden höher, weil entlang der Straße die größten Villen der Provence standen, allerdings so gut abgeschirmt, wie es nur ging. Die Eitelkeiten wurden am Strand ausgelebt, der wahre Reichtum hingegen wurde gut gehütet.

Carlos fuhr am Haus mit der Nummer 32 vorbei und hielt einige Meter weiter in einer Einfahrt zu einem *cham-*

bres d'hôtes. Sie stiegen aus und verhielten sich wieder wie harmlose Touristen, die dem Apéro zu gut zugesprochen hatten, schlenderten die kleine Straße entlang, und dann war es Zoë, die sich mit einem Satz an die Mauer warf, er sah, wie ihr Bizeps hervorkam, sie zog sich empor, und er hörte sie auf der anderen Seite auf dem Boden aufkommen, es hatte alles in allem kaum vier Sekunden gedauert. Er kannte sie nun schon lange, und doch war er immer wieder aufs Neue überrascht von ihrem Können und ihrer Abgeklärtheit, obwohl sie noch so jung war.

Die beiden Männer gingen noch ein Stück weiter zu einer Stelle an der Mauer, an der eine überhängende Weide die Sicht von der Straße aus nahm, dann half Carlos Xavi mit einer Räuberleiter, bevor er selber auf die andere Seite kletterte.

Sie sahen sich in dem Garten um, die Sonne warf schon lange Schatten, war kurz davor, zu versinken. Sie zogen sich synchron ihre Masken über, Zoë versteckte ihr langes blondes Haar komplett darin, nun sahen sie wirklich aus wie die drei Einbrecher, die sie auch waren. Nur noch ihre Augen waren durch die Schlitze zu sehen.

Dass die Villa von der Mauer verdeckt war, konnte Xavi nicht wirklich schlimm finden, besonders wegen seines ästhetischen Empfindens: Es war ein kitschiges Monstrum von einem Haus, eine Ansammlung von Säulen und Löwenfiguren und Erkern an einem neu gebauten Pastellschloss. Rechts neben der Villa leuchtete ein blauer Pool, der so groß war, dass man nicht umhinkam, festzustellen, wie lukrativ die Geschäfte des Besitzers mit dem Paten sein mussten. Darauf wies zudem der gelbe Ferrari hin, der blank poliert in einem Carport stand.

Er selbst war es, der zur Tür ging, aus der Tasche das wenige Werkzeug holte, das er benötigte, und zur Sicher-

heit dennoch einmal die Alarmanlage von außen prüfte. Nach einer Minute, in der ihn die anderen schweigend machen ließen, stellte er fest, dass der Eigentümer Wort gehalten hatte – die Anlage war nicht scharf. Nach einer weiteren Minute, in der er vorsichtig arbeiten musste, damit die folgenden Einbrecher nichts bemerkten, schwang die Tür auf, und Zoë pfiff anerkennend durch die Zähne.
»Du bist eben doch der David Copperfield unserer Zeit.«

»Los geht's«, drängte Zuffa zur Eile und war zuerst im Haus, in dem es schummrig war, weil zum Schutz vor der Sonne alle Rollläden heruntergelassen waren. Als sich seine Augen an die Dunkelheit gewöhnt hatten, konnte er nicht anders, er musste Zoë in die Seite knuffen und ein kleines Glucksen ausstoßen, und sie antwortete in dieser trockenen Art, die ihr eigen war: »Ja, das ist der Geschmack der oberen Zehntausend.« Es war auch wirklich zu komisch: Was das Haus von außen versprach, hielt es von innen. Ein wildes Gemisch aus Einrichtungsgegenständen, Epochen und Stilen: dort eine goldfarbene Bulldogge, die Wache vor dem Salon hielt, da ein Schrank im afrikanischen Stil, darüber eine Armbrust und ein Elefantenstoßzahn an der Wand – er hoffte, dass es nur ein nachgemachter war, allerdings fürchtete er, dass seine Hoffnung in diesem Punkt unangebracht war – und dazu ein scheußlicher Akt an der Wand, eine Frau in Neonfarben, die so dermaßen auf ihre Geschlechtsmerkmale reduziert war, dass er hoffte, Zoë würde das Gemälde nicht mit bloßen Händen zerreißen.

»*Alors*«, begann Zuffa, »wir teilen uns auf, du, Xavi, gehst hoch, falls sie über den Balkon einsteigen. Dann pfeifst du, und wir kommen. Ansonsten siehst du durch die Fensterläden, wenn sie unten ankommen, gibst du uns ein Zeichen und anschließend von der Treppe Feuerschutz. Zoë, du gehst in den Salon, dort hinter der Kommode ist ein gutes Versteck. Die ist massiv und bietet dir Feuerschutz.« Xavi bezweifelte, dass sie derlei Aufklärung benötigte. Er war sich sicher, dass sie all die Eigenheiten des Hauses in sich aufgenommen hatte, während er noch die Bulldogge ausgelacht hatte. »Und ich gehe in die Küche. Dort ist die Hintertür, wenn sie dort reinkommen, kann ich sie in einem Atemzug ausschalten.«

Die beiden anderen nickten, es war abgemacht. Xavi beobachtete, wie Zoë hinter der Kommode in Deckung ging. Er selbst nahm die Treppe hinauf. Er musste dringend pinkeln. Aber da sie nicht genau wussten, wann die Einbrecher kommen würden, verkniff er es sich lieber. Er ging in das schreckliche Schlafzimmer und musste schon wieder den Kopf schütteln. Sich auf das runde Designerbett zu setzen, um dort abzuwarten, kam nicht infrage, es ekelte ihn schlichtweg. Also setzte er sich hinter das Fenster und spähte hinaus in das schwindende Licht. Er hörte die Zikaden durch das geschlossene Fenster. Es war ein merkwürdiges Gefühl. Er war angespannt, und doch überkam ihn das Verlangen, den Tag abzuschütteln, die Augen zu schließen. Einen Moment nur. Er konnte nicht sagen, wie lange er dort saß, es musste eine Weile gewesen sein, denn als er aufstand, waren seine Beine eingeschlafen. Aber es ging nicht anders, er musste einfach pinkeln.

Er verschwand in dem luxuriösen Masterbad, das direkt an das Schlafzimmer abgrenzte. Er atmete tief durch, als er sich endlich erleichtern konnte. Doch als er den Lärm hörte, zuckte er zusammen. Er griff nach seiner Pistole auf dem Waschbecken und stürzte fast, weil er vergessen hatte, sich die Hose wieder hochzuziehen. Verdammt. Ausgerechnet jetzt.

ZARA

AUTOROUTE 7, RASTPLATZ DES MORIÈRES,
PROVENCE, FRANKREICH

Rastplatz und Tankpause in fünf Minuten. Vorhut und Nachhut schirmen ab. Alle verstanden?« De Trappiers Stimme über Funk klang so freundlich und beseelt, als sei er der Reiseführer auf einem Sonntagsausflug.

Zara zwang sich zur Ruhe. Sie durfte sich nichts anmerken lassen.

Zwischenzeitlich hatte sie gedacht, sie kämen von ihrem Plan ab. Sie hatten viel zu lange aus Paris hinaus gebraucht. Der Feierabendverkehr war wie stets eine Katastrophe gewesen, die ewige Baustelle an der Porte d'Orléans hatte ihr Übriges zu einer Ausweitung der Verzögerung getan. Als sie endlich auf der Autoroute 6 angekommen und die Hochhäuser der südlichen Banlieue hinter sich gelassen hatten, war die Stimmung in dem Lkw gewesen, wie sie stets war, wenn Franzosen Paris nur noch im Rückspiegel sehen: Es wurde tief durchgeatmet, und dann endlich fiel der Stress von allen ab, sie hatten gelächelt und geplaudert – und sogar Zara hatte mitgespielt, obwohl sie wusste, dass die größte Aufgabe noch vor ihr lag.

Mittlerweile war es zwei Minuten nach drei Uhr nachts. Der Polizist hatte vor zwei Stunden seine Jacke ausgezogen und sich unter den Kopf geklemmt, nach drei Minuten hatte sie nur noch sein rhythmisches Atmen gehört. Auch der Fahrer hatte vor einer halben Stunde mehrfach herzhaft gegähnt. Seitdem hatte sie ihn immer wieder argwöhnisch beobachtet – das hätte noch gefehlt: eine Stunde vor dem größten Raub durch Sekundenschlaf in der Leitplanke zu landen und dann zwei Jahre Reha-Urlaub auf Kosten der Banque de France.

Aber gut, lange würde sie das hier ja nicht mehr mitmachen müssen.

Die Autobahn war seit Stunden fast gänzlich leer, ab und zu überholte sie eine dunkle Limousine mit hoher Geschwindigkeit, noch seltener überholten sie irgendeinen belgischen Wohnwagen, der mit siebzig Stundenkilometern vor sich hin zuckelte. In der Ferne sah sie die roten und blauen Lichter der Raststätte, denen sie rasch näher kamen. Der Polizist neben ihr hatte sich wieder aufgerichtet, wuschelte sich durch die grauen Haare, dann legte er die Waffe ordentlich im Fußraum griffbereit. Noch eine Minute später setzte der Fahrer den Blinker und ließ den Wagen auf der rechten Spur auf den Parkplatz rollen, sie überholten die schwarze Limousine aus der Vorhut, dann hielten sie an einer der Zapfsäulen für Lkws. Neben ihnen stand ein dunkelgrüner Truck aus Spanien, laut der Aufschrift hatte er Orangen geladen.

»Eigentlich müsste der Sprit reichen«, sagte der Fahrer, »aber ich tanke lieber, nicht, dass wir ausgerechnet irgendwo vor Marseille stehen bleiben.«

»Gut, ich bleibe bei Ihnen«, sagte der Polizist. »Die große Flinte lass ich natürlich drinnen.«

»Das wäre gut. Eine Ballerei an der Zapfsäule wäre nicht zielführend«, antwortete der Fahrer grinsend.

Zara sah auf die Uhr, dann wandte sie sich um. Hoffentlich waren sie nicht zu früh. »Ich bleibe hier«, sagte sie.

Die Männer stiegen aus, der Polizist ging um die Kabine herum und sicherte das Fahrzeug von vorne ab, während der Fahrer den Tankdeckel aufschraubte und der Diesel hörbar in den Tank lief. Immer wieder sah sie sich um, doch sie entdeckte niemanden. Es durfte nicht schiefgehen. Sie genoss die Einsamkeit in der Kabine, nur für eine Minute die eigenen Gedanken sammeln.

Sie beobachtete, wie der Polizist hineinging, um zu bezahlen. In diesem Moment sah sie den einsamen Scheinwerfer hinter sich aus dem Dunkel auftauchen, dann hörte sie das schwere Röhren, und ihr war bewusst, dass sich alle Augen in der Limousine und in dem VW-Bus auf dieses Gefährt richten würden. Es war die größte Gefahr.

Der Fahrer des Motorrades stieg ab und ging zielstrebig auf die Raststätte zu, behielt den Helm aber auf, bis er in diesem hell erleuchteten Glaskasten verschwand. Sie sah den Polizisten wieder herauskommen, er hielt eine Dose mit einem Energydrink in der Hand und einige Schokoriegel. Er stieg pfeifend wieder ein, auch der Fahrer hatte einige Meter von der Zapfsäule entfernt seine Zigarette ausgedrückt und kam wieder auf den Lkw zu.

»So, dann kann es ja weitergehen.«

»Hm«, sagte Zara zögernd, »tut mir ja leid, aber jetzt muss ich irgendwie doch mal auf die Toilette.«

Die beiden Männer sahen sie belustigt an, dann winkte der Polizist mit der Hand. »Na, dann mal los.«

Er drehte sich zur Seite weg und öffnete die Tür, sodass sie an ihm vorbeiklettern konnte, dann stand sie draußen in der dunklen Nacht und atmete die kühle Luft. Zielstrebig ging sie auf das Gebäude zu, die Schiebetür öffnete sich, und dann durchmaß sie mit schnellem Schritt diesen Prototyp einer Raststätte, der von Lille bis Nizza gleich aussah: die Selbstbedienungsautomaten für Kaffee links an der Wand, das Sammelsurium von Reisebedarf bis zu fertigen Sandwiches in den Tiefkühltruhen zur

Rechten, die Bedienungstheke für Sandwiches und Kaffee für jene, die mit den Automaten nicht klarkamen, und – weiter hinten – die Sanitäreinrichtungen. Darauf steuerte sie zu, erst kamen die Männer, dann die Frauen, sie trat ein, weiße Fliesen, weiße Waschbecken, die Spiegel in dem fahlen Neonlicht. Sie ging schnurtracks durch den Raum und machte alles, wie sie es besprochen hatten. Die dritte Tür auf der rechten Seite, ein schmales Brett aus Sperrholz, sie griff nach dem schwarzen Hebel und öffnete sie. Und da – stand sie selbst. Wieder einmal. Und auf einmal hatte sie dieses unglaubliche Verlangen danach, ihren jüngeren Zwilling in den Arm zu nehmen, sie wollte sogar lächeln, weil sie sich wirklich freute, oder war es die Anspannung? Doch sie hielt sich zurück, setzte ihre professionelle Miene auf und sagte: »Ich dachte, du bist zu spät.«

Und Zoë, die sie gar nicht richtig ansah, sondern die sich auf die rechte Seite der engen Kabine drückte, während sich zwischen ihnen nur die weiße Toilette befand, sagte: »Ja, ich musste so weit auf der Autobahn zurückfahren, um die Richtung zu wechseln.«

»Aber nun ist ja alles gut«, sagte Zara und ärgerte sich über den relativierenden, nichtssagenden Satz. Sie betrachtete die andere, sie hatten es bis ins Detail besprochen, die Haarlänge, Zara hatte in Berlin noch zwei Zentimeter abschneiden lassen müssen, die Haare zu einem Zopf gebunden, Zopfgummi in Hellbraun, die schwarze Jeans, das weiße T-Shirt, die schwarze Jacke aus leichtem Stoff.

»Gibt es etwas zu beachten? Irgendwelche Besonderheiten?«

»Ich habe auf dem Weg nicht viel gesagt. Der Fahrer und der Polizist sind beide sehr gesprächig.«

»Bei dir klingt das, als wären sie Schwätzer. Wahrscheinlich sind sie einfach nur gut gelaunt.«

»Das meinte ich. Und der Polizist sieht sehr gut aus.«

»Warum sagst du mir das?«

»Na, du fängst doch gerne was mit meinen Kollegen an.«

Zoë verzog keine Miene. »Sonst noch was?«

»Nichts. Viel Glück.«

Zoë hielt Zara den Helm hin, und die nahm ihn.

»Fahr mir die Maschine nicht kaputt.«

»Habt ihr eine Spur von dem Mädchen?«

»Ich hoffe, der Plan läuft glatt. Dann kriegen wir sie wieder. Das zumindest glaube ich den Al-Hamsis. Chiara ist denen doch völlig egal. Also, ich muss los. So lange kannst nicht mal du pinkeln.«

Sie öffnete die Tür, doch Zara fasste schnell nach ihrer Hand. Zoë war völlig überrascht und drehte sich abrupt um, als wolle sie angreifen, doch Zara sah sie nur sanft an.

»Bitte, pass auf dich auf.«

Zoë nickte, dann ging sie, und Zara schloss schnell die Tür hinter ihr.

ISAAKSON

AUTOROUTE 7, RASTPLATZ DES MORIÈRES, PROVENCE, FRANKREICH

Isaakson kam eigentlich gut mit vielen Menschen klar, er fand sich sogar untypisch unterhaltsam für einen Mann, der aus einem kleinen Kaff kurz vor dem Polarkreis stammte. Bei Europol war er beliebt, weil er kollegial war und alle Mitarbeiter der Zentrale gleichbehandelte, egal, ob es sich um den Boss oder die Sekretärin handelte.

Doch die Fahrt in diesem VW-Bus war bis hierher die Hölle gewesen. Die beiden Bullen versuchten seit dem Start in Paris, sich mit einer Auswahl an Heldengeschichten zu übertrumpfen: Wer bei welcher Geiselnahme schneller zum Maschinengewehr gegriffen hatte, wer bei der Razzia in der Banlieue die Kids besser zusammengeschlagen hatte, wer die scharfe Kollegin von der Staatsanwaltschaft schneller rumbekommen hatte. Es war fürchterlich. Nach drei Stunden Fahrt war er so froh gewesen, bei Europol zu arbeiten, statt für eine durch und durch militarisierte Polizei wie die französische. Es schien, die Mitgliedstaaten schickten wirklich nur die smartesten Kollegen nach Den Haag. Ein Glück.

Er war jedenfalls froh, wenn dieser Einsatz in ein paar Stunden beendet war. Als sie vor fünf Minuten auf den Rastplatz gefahren waren, hatten die Bullen entgegen der Anweisung ihre Masken aufgesetzt und die Maschinenpistolen auf den Schoß genommen, so, als stünden sie nicht an einer Esso-Tankstelle im französischen Hinterland, sondern auf dem Marktplatz von Mogadischu. Er hingegen war ausgestiegen und hatte ein paar Meter neben dem Wagen an einen Zaun gepinkelt, der den Rastplatz von einem großen Feld trennte, das komplett im Dunkeln lag. Kurz bevor er wieder einsteigen wollte, hatte er das Rasseln der schweren Maschine gehört und sich leise die Marke aufgesagt, bevor er das Ungetüm gesehen hatte: *Ducati Panigale V4 Speciale*.

Er hatte Motorräder immer geliebt. Wer fuhr auf solch einer Maschine durch die Nacht? Und warum? Er sah den Rennboliden vor der Raststätte scharf bremsen, sah den Fahrer absteigen und hineingehen, ohne sich umzudrehen.

Er kratzte sich am Kopf. Etwas stimmte hier nicht.

Dann tat sich etwas am Lkw. Die Tür öffnete sich wieder, obwohl sie schon geschlossen worden war. Zara stieg umständlich heraus. Was war da los? Er setzte sich wieder in den Bus, gerade machten sich die Bullen am Funk zu schaffen.

»Alles okay bei euch, Artur?«

»Alles bestens. Unsere Passagierin hat nur 'ne schwache Blase.«

»Typisch ...«, murmelte der Beifahrerbulle im Bus.

»Funkdisziplin, Kollegen«, schalt de Trappier im Vorauskommando.

»Spießer«, murmelte der Fahrerbulle.

Isaakson aber starrte in die Dunkelheit. Nach Minuten sah er Zara wieder aus der Raststätte treten. Sie ging schnurstracks auf den Lkw zu und stieg ein. Er wusste nicht, was es war, was ihn ansprang, was ihn zusammenfahren ließ, was ihn so dermaßen an etwas erinnerte, als wäre er wieder in dem abgedunkelten Raum in dem Hotel in Südspanien, und als würde er sie spüren, ihre Haut, ihre Lippen, ihre Gestalt, die so geschmeidig und gleichzeitig gespannt war, wie er es noch nie bei einer Frau erlebt hatte. Er betrachtete, wie der Lkw den Motor anschaltete, die Rücklichter leuchteten tiefrot, dann wollten auch die Bullen anfahren.

»Nein, wir warten noch«, sagte er.

Der Beifahrer drehte sich zu ihm um.

»Verrückt geworden?«, fragte er schroff. »Wir müssen dranbleiben. Der Lkw hat kein GPS-Tracking. Wenn wir den verlieren.«

»Ich sage, wir warten noch«, entgegnete Isaakson. »Europol ist die übergeordnete Behörde für diesen Transport – und das ist ein Befehl.«

Die beiden Polizisten sahen sich durch die Masken an, dann zuckte der Fahrer mit den Schultern.

»Auf dein Risiko, Kollege.«

Die beiden auf den vorderen Sitzen sahen dem Lkw hinterher, der sich auf die Autobahn einfädelte, Isaakson aber beobachtete pausenlos den Eingang zur Raststätte. Es dauerte zwei oder drei Minuten, dann sah er die Gestalt durch die Schiebetür treten, sie trug wieder den Helm, der Gang war derselbe wie vorhin. An der Ducati blieb der Fahrer stehen, steckte nach kurzem Zögern den Schlüssel ins Schloss und drehte ihn um, drückte dann den Starterknopf, und der Motor röhrte los. Doch was dann geschah, war mehr als eigenartig. Zweimal ging der Fahrer um die Maschine herum, prüfte alles, dann nahm er den Lenker und hob sie vom Ständer, als prüfe er ihr Gewicht. Erst dann setzte er sich darauf, ruckte mehrfach auf dem Sitz herum, stellte das schwere Motorrad schließlich aufrecht. Es dauerte weitere vier Minuten, Isaakson hatte die Uhr des Busses im Blick, bis der Fahrer alle Einstellungen der Spiegel vorgenommen hatte und mehrfach vom Leerlauf in den ersten und offenbar versehentlich in den zweiten Gang geschaltet hatte. Erst dann mühte er sich mit dem Schleifpunkt ab, fuhr langsam an, bremste wieder, fuhr wieder an, bremste wieder. Dann erst beschleunigte er und fuhr nach Sekunden auf die Autobahn, allerdings nur mit etwa achtzig Stundenkilometern.

Es war unmöglich. Und war es doch nicht. Er wusste nicht, was hier geschehen war. Und wieso. In einem aber war sich Isaakson sicher: Das hier war nicht dieselbe Person, die die Maschine zehn Minuten früher mit hohem Tempo auf den Rastplatz gefahren hatte.

Er behielt seine Entdeckung für sich. Es war besser so.

»Fahren wir. Holen wir den Lkw ein.«

»Echt jetzt? Was haben wir hier gemacht?«

»Fahren wir«, wiederholte der Schwede.

ZOË

AUTOROUTE 7, RASTPLATZ DE CABANNES, PROVENCE, FRANKREICH

Sie sah das Schild immer näher kommen. *Aire 1000 mètres.*

Im Lkw dudelte Cliff Richard auf *Nostalgie,* Serge hatte das Radio direkt nach der Raststätte eingeschaltet, als wolle er die Müdigkeit vertreiben.

Serge.

Zoë hatte Mühe gehabt, nicht in sein Plaudern einzusteigen, sie verstand nicht, warum Zara nicht sofort angesteckt worden war von der Freundlichkeit und der Redseligkeit dieses Mannes. Doch sie musste den Schein wahren, dass es immer noch ihre Schwester war, die hier saß, ihre Schwester, der kalte Fisch.

Artur, der Bulle, war nicht wieder eingeschlafen. Vielleicht durch das Radio, vielleicht, weil der Morgen graute. Es war egal, es änderte nichts.

Sie musste an Chiara denken. Es gab keine andere Chance. Sie musste diesen Irrsinn mitmachen. Sie hätte sich gerne in den kleinen Finger gebissen, doch sie tat es nicht mehr – nicht seit damals. Sie brauchte es auch nicht mehr. Alles Adrenalin, das sie aufbringen konnte, war hier, hier in dieser Fahrerkabine in der Dunkelheit.

Sie sah zu Serge und lächelte ihn an, er aber blickte konzentriert aus der Windschutzscheibe, was den Vorteil hatte, dass sie sich unbemerkt an der linken Seite ihrer Hose zu schaffen machen konnte, dann, als das Schild *aire 500 mètres*, vorbeiraste, drehte sie sich mit einer fließenden Bewegung um und ließ die Waffe genau an der Stelle niedersausen, die sie sich vor zwei Minuten eingeprägt hatte. Es dauerte nicht einmal eine Viertelsekunde, da war die Druckwelle von der Schläfe ans Gehirn gemeldet worden, das sofort in den Notfallmodus fuhr und den Betrieb erst einmal einstellte. Artur, der wackere Polizist, sackte in sich zusammen und fiel einfach auf dem Sitz zurück, als sei alles Leben aus ihm gewichen.

Sie hielt Serge die Waffe an den Kopf, der das Lenkrad auf einmal ganz festhielt, so, als sei es seine einzige Sicherheit, die ihm geblieben war.

»Ich bin eine Killerin. Ich bin schneller, klüger und härter als du. Keine Mätzchen, verstanden?«

Er nickte mehrfach und zuckend. Sie sah in den Rückspiegel.

Rechts hatte der Bremsstreifen für den Parkplatz schon begonnen.

»In zweihundert Metern Licht aus und rechts rüberziehen. Verstanden?«

Er nickte wieder.

Sie presste die Waffe stärker an seinen Kopf.

»Du wirst nicht sterben. Verstanden?«

Sie betrachtete seine Hände, es war, als übertrage sie ihr Adrenalin an ihn, er war nun ganz ruhig. Die weißen Streifen flogen vorbei, gleich wäre die letzte Chance, ohne einen Crash auf den Rastplatz zu kommen.

Er machte es wie im Film. Zwei Handgriffe: die linke Hand am Lichtschalter, ohne ein Zucken von Abblendlicht über Standlicht zur Aus-Stellung, sofort war es vor ihnen dunkel, stockduster.

Dann der zweite Handgriff, das Lenkrad nach rechts, auskuppeln, im Leerlauf rollte der schwere Lkw beinahe lautlos von der Bahn, er hatte noch genug Tempo drauf, um sofort vom Beschleunigungsstreifen zu verschwinden und unter die Bäume zu fahren, sodass er von der Autobahn aus nicht mehr zu sehen war.

Er war wirklich ein erfahrener Fahrer, dieser Serge, auf einer dunklen Autobahn schlagartig das Licht auszuschalten und dann trotzdem die richtige Spur zu finden, grenzte an ein Wunder.

Sie atmete durch. Nun würde sie ihn wiedersehen.

Sie sah den VW-Bus auf der Autobahn vorbeirasen, blickte den roten Lichtern nach, bis er aus ihrem Sichtfeld verschwand.

Dann sah sie schon den alten VW-Bulli, der verborgen hinter dem Toilettenhäuschen stand.

»Dort, halten Sie dort an, bitte«, sagte sie.

ISAAKSON

AUTOROUTE 7, PROVENCE, FRANKREICH

Seit seiner schroffen Ansage saßen die beiden Bullen vorne im Wagen und schmollten. Ihm war es recht.

Das Navigationssystem zeigte noch dreiundachtzig Kilometer Strecke an und kalkulierte dafür eine Stunde und sechs Minuten. Dann war der Quatsch hier Geschichte.

Was der reiche Scheich mit dem Gold wohl machte, daheim in den Emiraten? Packte er es in seinen Keller und schloss es ein? Oder wurde es in einem großen Plexiglascontainer in einem dieser irrsinnigen Wolkenkratzer ausgestellt, wie es die Jungs vom Golf mit ihrem absurden Reichtum so gerne machten?

Ihm war es egal, er wollte dem Gold nur nicht mehr hinterherfahren. Sie waren immer noch ein Stück hinter dem Lkw zurück, aber gleich würden sie ihn eingeholt haben, schätzte er. Natürlich wollten sie nicht zu nah auffahren. Weit vor ihnen waren zwei Rücklichter in der Dunkelheit, auf der Gegenspur flogen ab und zu helle Scheinwerfer vorbei. Es war die ruhigste Stunde auf der Autobahn.

Das Schild eines Parkplatzes, sie mussten kurz vor Cavaillon sein. Cavaillon. L'Isle-sur-la-Sorgue. Erinnerungen an einen seiner schlimmsten Einsätze wurden wach. Der Terroranschlag, er neben Zara, die Schüsse aus dem *Café de France*. Sie wären fast gestorben, sie beide. Was für ein abgekartetes Spiel. Welche Kreise es hinterher gezogen hatte, wie viele Menschen es in den Abgrund gezogen hatte.

Er sah wieder auf die Straße, die Rücklichter vor ihnen waren verschwunden. Sie flogen an dem Parkplatz vorbei, der gänzlich verlassen war, wie es schien. Nur glänzende Schatten unter dem Mond.

Der Fahrer trat das Gaspedal etwas weiter durch, die Tachonadel stand nun bei hundertvierzig. Sie fuhren an der Ausfahrt nach Cavaillon vorbei.

»Komisch«, sagte der Beifahrer.

»Was denn?«, fragte Isaakson.

»Der Lkw fuhr konstant fünfundneunzig. Wir müssten ihn längst wieder eingeholt haben. Wir waren nur drei Minuten hinter ihm.«

»Das stimmt. Frag über Funk«, sagte der Fahrer.

Der Beifahrer griff zum Funkgerät.

»De Trappier für die Nachhut.«

»Ich wollte mich auch gerade bei euch melden. Hat sich die Beute zurückfallen lassen? Wir bremsen schon die ganze Zeit, aber er schließt nicht auf.«

»Ihr meint, die Beute ist nicht hinter euch? Wir rasen die ganze Zeit, aber wir holen ihn nicht ein.«

»Was sagt ihr da?«

Auf einmal waren wieder zwei rote Scheinwerfer vor ihnen, ein Fahrzeug, das langsam fuhr.

»Was ist eure Position?«

»Zwei Kilometer hinter der Ausfahrt von Cavaillon.«

»Verdammt.«

»Was denn?«

»Unsere auch.«

Nun sahen sie alle drei das langsam fahrende Fahrzeug. Es war die schwarze Limousine von de Trappier.

»Wir sind genau hinter euch.«
»Und wo zur Hölle ist nun dieser verdammte Lkw?«
»De Trappier für Serge Clignancourt. Wo steckt ihr?«
Doch der Ruf des Sicherheitschefs wurde nicht beantwortet.

ZOË

SAINT-TROPEZ, PROVENCE, FRANKREICH
SECHS JAHRE ZUVOR

Erst war es ein Kratzen an der Tür gewesen, wie von einer Katze, aber ihr war gleich klar gewesen, dass es jemand war, der nichts von Schlössern verstand. Nicht jeder hatte Xavis Erfahrung.

Sie hatte geflüstert: »Sie kommen.«

Carlos hatte aus der Ferne geantwortet: »Hier auch.«

Erst hatte sie gezögert, dann hatte sie es auch gehört. An der anderen Tür, der Hintertür. Grobere Geräusche.

Sie kamen von zwei Seiten.

Zoë schloss für einen Moment die Augen und holte tief Luft – sie füllte ihre Lungen ein letztes Mal komplett, für ihr Gehirn und dafür, dass sie gleich nicht mehr atmen musste, um beim Abgeben der Schüsse ganz ruhig zu sein. Sie sah links an der Kommode vorbei, hinter der sie sich verbarg. Sie hatten das Schloss immer noch nicht aufgekriegt. Amateure.

Sie biss sich voller Wucht in den kleinen Finger der Hand, die nicht die Waffe hielt, er war der empfindlichste. Es tat höllisch weh, aber sie gab keinen Mucks von sich. Sofort war sie absolut im Hier und Jetzt und nicht nur ihr Geist, sondern auch ihr Körper war durch den Schmerz voller Adrenalin.

Endlich, endlich hatten sie die Tür offen.

Wir warten, wonach sie suchen. Das war die Ansage gewesen.

Draußen war es immer noch ein kleines bisschen heller als drinnen, deshalb zeichneten sich die zwei Personen, die hereinschlichen, als dunkle Schatten im Flur ab. Es war eigentümlich, wie viel Lärm Menschen machten, die versuchten, besonders still zu sein. Was für Laien hatten die Al-Hamsis denn hier an Bord geholt?

Die beiden Gestalten schlichen durch den Flur und kamen immer näher, gingen hinein in den Salon, sie konnte sie atmen hören. Sie lugte wieder an der Kommode vorbei. Die beiden Männer trugen Masken, sie waren groß und massiv, beide. Nun richtete sich einer von ihnen auf und ging auf die Wand zu.

»Guck dir mal die Schlampe an«, flüsterte er, und sie hörte seine ganze Primitivität in dem einen Satz, »los, damit fangen wir an.« Er griff danach und hob das riesige Gemälde mit geradezu spielerischer Geste von seiner Wandaufhängung. Der andere holte etwas aus seiner Tasche, sie erkannte am metallischen Glanz das lange Messer. Er ging auf das Bild zu, während der andere auf das große Bücherregal zuging und anfing, die alten Werke, die garantiert nie gelesen wurden, mit beiden Händen aus dem Bord zu ziehen. Es machte einen Heidenlärm, genau wie der Mann, der mit lautem Ratschen das Bild zerschnitt. Sie hatten alle Vorsicht fahren lassen. Um das Bild war es wirklich nicht schade, dachte Zoë, so lange könnte sie noch warten. Sie versuchte, zu erlauschen, was Carlos nebenan tat – und der Mann, der bei ihm eingestiegen war. Doch es war absolut still in der Küche.

»Feuerchen?«, fragte der Mann, der bisher die Bücher bearbeitet hatte. Er zog ein kleines Fläschchen aus seiner Tasche und vergoss den Inhalt auf dem Fußboden. Nun war es genug. Zoë erhob sich, es ging sekundenschnell, und schoss, der Schalldämpfer verschluckte den Knall, es war nur ein Ploppen, kurz und wirkungsvoll. Die Maske des Riesen verbarg das Blut, aber sie wusste, wo sie getroffen hatte, etwas oberhalb der Augen, genau in der Mitte der Stirn, kein Schrei würde mehr seinen Mund verlassen, keine Chance. Er wurde nach hinten gerissen und fiel um wie ein Stein, und der andere, der gerade die letzten Schnitte an dem Bild vorgenommen hatte, fuhr herum, nestelte an seiner Hose herum, doch bevor er die Waffe zitternd gefunden hatte, schoss sie noch einmal. Das gleiche Ploppen, der Schuss in die Schläfe, er fiel auf die Seite, dann war Stille. Sie ging leise auf die beiden Leichen zu, sie wollte sehen, wer sie waren, man musste die Feinde kennen, auch die ehemaligen.

»Laif? Claude?«

Das Krachen der Bücher musste anders geklungen haben als das Geräusch der aufschlagenden Körper, die Stimme kam aus dem Nebenraum, und sie klang besorgt.

»Alles in Ordnung bei ...«

Sie hatte sich zwei Jahre antrainiert, das Ploppen zu hören, auch des Nachts, auch aus weiter Entfernung, sie wusste, dass es eines Tages ihr Leben retten könnte – deshalb hörte sie es natürlich, sie wusste, aus welcher Richtung es kam, wusste, wessen Waffe es gewesen war. Und dann, nach einer Sekunde, hörte sie Carlos' Stimme: »Drei von drei. Alle erledigt. Bastarde.«

Sie zog eine Augenbraue hoch. Sie redete nicht gern schlecht über Menschen, die sie gerade getötet hatte. Sie nahm die Maske ab und ging in die Richtung, aus der die Stimme gekommen war. Immer noch lag das Haus im Dunkeln, sie wunderte sich, wo Xavi war, im Türrahmen zur Küche blieb sie stehen. Carlos war über den Leichnam gebeugt, er wollte dem Mann eben die Maske abziehen, doch Zoës Blick wurde wie magisch von ihm abgezogen, und dann sah sie den Schatten, den zitternden Schatten, in der Hintertür des Hauses, er stand nur vier oder fünf Meter von Carlos entfernt, die Hand mit der Waffe war wie Espenlaub, sie visierte den maskierten Zuffa an, es gab einen vierten Mann, verdammt, und Zoë, wie elektrisiert, wie gebannt, rief: »Stopp, Carlos!«, und der Schatten fuhr auf, doch dann drehte sich Carlos um, bewegte sich schnell, und der Schatten bewegte sich auch, sie sah seinen Finger ab Abzug, er drückte ab, und sie drückte auch ab, im selben Moment, und die Kugel aus seiner Waffe war laut und ungedämpft, raste durch die Küche und schlug irgendwo in einem Schrank ein, es gab ein lautes Scheppern und Knallen, und irgendwo brach ein Brett zusammen, ihre schallgedämpfte Kugel aber ging direkt in seine Brust, sie hatte den Kopf treffen wollen, aber er hatte sich bewegt, sich aufgerichtet, in panischer Angst, und dann brach er zusammen, blutüberstömt, und Zoë und Carlos sahen sich an, er riss sich die Maske vom Kopf.

»Verdammt, danke, Zoë, was für ein Bastard«, stieß er hervor, und dann ging er auf den Mann zu, der nur noch röchelte, und irgendetwas an dem Röcheln ließ Carlos innehalten und sein Gesicht verziehen, und Zoë sah zu ihm, fragend, und dann, nach Sekunden, machte auch sie ein paar Schritte auf ihn zu, weil sie besser hören wollte, nein, weil sie die Worte nicht glauben konnte und sie erst wie durch einen Schleier verstand, »*mon frère, mon frère*«. Mein Bruder.

Sie kamen zeitgleich bei dem Mann an, dessen Blut über den Marmorboden lief und in den alten Steinritzen versickerte, der Boden war eiskalt, als sie sich hinkniete, ebenso wie Carlos neben ihr es tat, und er war es, der die Maske abnahm von dem verzerrten Gesicht, und sie, die Rémy Zuffa nur einmal in ihrem Leben gesehen hatte, bei einem Fest bei Carlos' Familie, schloss sofort die Augen, und in ihrem leeren Kopf flimmerte es, und es war, als hätte sie sich selbst angeschossen, erschossen.

Sie sah Carlos dabei zu, wie er den Kopf seines Bruders in die Hand nahm und ihn hielt, er senkte seinen Kopf und küsste ihn und flüsterte: »Rémy, Rémy«, und sie selbst nahm ihre Hände und drückte fest auf seine Brust, sie zog ihre Jacke aus, wollte irgendetwas abbinden, doch sie sah das dunkle Blut, mehr und mehr, und sie wusste, dass da nichts zu retten war, nichts, nichts, doch Carlos fuhr herum, als er wieder hochkam, schlug ihre Hand weg und schrie: »Fass ihn nicht an, lass ihn los!« Er glühte, sein Gesicht hochrot, er zitterte, schrie: »Verschwinde, verschwinde«, und sie ließ den Körper los, ohne aber den Blick von seinem Gesicht lösen zu können, diesem fahlen Gesicht mit den bittenden Augen, diesem Gesicht eines Jungen, und sie stand auf und ging langsam rückwärts, ohne jedoch ihre Augen abzuwenden, die Anklage sollte für immer bleiben, die Anklage in Rémys Augen, und sie blieb an der Außentür stehen und sah genau den Moment, in dem Rémys Schmerz zu viel wurde und gleichzeitig verschwand, weil er sich auflöste, und sie sah Carlos, der zerbrach, genau jetzt, das letzte bisschen, das ihn noch zu einem Menschen gemacht hatte, zerbrach, und dann blickte sie hoch und sah Xavi, der an der Treppe stand und auf die ganze Szenerie blickte, und in seinem Blick fand sie nichts, nur Leere und Trauer, sonst nichts. Leise ging sie aus der Tür und verschwand in der Dunkelheit.

ZOË

AUTOROUTE 7, RASTPLATZ DE CABANNES,
PROVENCE, FRANKREICH

»Fahren Sie rückwärts.«
»Aber da ist die Gehwegkante!«
»Das soll für Sie ein Problem sein?«
Serge legte den Rückwärtsgang ein, das Fahrzeug fing an zu piepen, dann setzte er zurück, holperte über die hohe Kante und ging gewissermaßen hinter der Toilette in Deckung. Zoë prüfte währenddessen den Puls des Polizisten. Er war schwach, aber er lebte. Nach ihrer Erfahrung sollte er mindestens noch zwanzig Minuten außer Gefecht sein. Das sollte reichen. Wenn sie dann noch nicht von hier verschwunden waren, waren sie ohnehin tot.

Sie wäre gern noch im Wagen sitzen geblieben. Sie hatte sich auf alles vorbereitet. Auf fast alles. Das Treffen mit *ihm*, darauf war sie doch nicht gefasst. Sie musste sich regelrecht einen Ruck geben. »Aussteigen«, befahl sie. Dann kletterte sie selbst aus der Kabine und ging vorne um den Lkw herum, Serge stand an seiner Tür und wusste nicht so recht, was er tun sollte.

»Kommen Sie, gehen wir. Nach hinten …«, sagte sie und wies ihm den Weg. Sie wollte ihn nicht mehr verängstigen, jetzt, wo alles glattging.

Er ging voran, sie hinterher, und als sie die Rückseite erreicht hatten, fummelte er schon in einer Kiste und befestigte das Zeug an der Ladebordwand.

Carlos.

»Carlos«, sagte sie leise.

»Pünktlich auf die Minute«, sagte er tonlos. »Los, hilf mir. Und du«, zischte er Serge an, »bleib da stehen und rühr dich nicht vom Fleck.«

Sie stellte sich neben ihn und half ihm, die Kabel an dem Sprengstoff zu verbinden. Sie überschlug die Menge, die sie anbrachten. Ja, das sollte locker reichen. Er hatte beide Seiten der Ladetür mit Sprengsätzen von je einem Kilo versehen, gerade brachte er die Zeitschaltuhr an und tippte mehrfach darauf herum. Gleich darauf zeigte sie: dreißig Sekunden.

»Alles bereit?«, fragte der Mann, den sie so sehr hasste, wie niemanden sonst auf dieser Welt. Sie nickte. Leise fragte sie: »Wo ist Chiara?«

»Nicht jetzt«, zischte er. Stattdessen drückte er den Knopf, und sie sah die Uhr herunterzählen. Carlos Zuffa aber rannte los, hinter das Klohäuschen. Sie packte Serge am Arm und zog den ängstlich dreinblickenden Mann mit sich.

»Bitte, tun Sie mir nichts«, presste er hervor, »ich werde nächstes Jahr Opa. Und meine Frau, ich will meine Frau wieder …«

»Ich habe gesagt, Ihnen passiert nichts. Oder etwa nicht?«, fragte sie. »Aber nun kommen Sie. Weg hier.«

Auch sie gingen in Sichtweite von Carlos hinter dem Haus aus Beton in Deckung, dann schrie Zoë, die im Kopf mitgezählt hatte: »Runter«.

Eine Sekunde später gab es einen Knall, einen enormen Krach, die Wände des Häuschens gerieten in Schwingung, eine Scheibe zerbarst, sie hörten Glas splittern. Die Druckwelle lief einmal um die Toilette herum, sie spürten die Kraft der Detonation. Carlos war zuerst wieder auf den Beinen. Er rannte zurück, Zoë folgte ihm, genau wie Serge.

Die Explosion war zielgenau gewesen: Die beiden Türen des Laderaums wurden nur noch von den Angeln gehalten, in der Mitte klaffte ein riesiges Loch. Auch das Touchpad war verkohlt, de Trappiers Handabdruck spielte nun keine Rolle mehr.

Sowohl Carlos als auch Zoë blieben einen Moment stehen, als sie erkannten, was da nackt, nur in etwas Folie verpackt, in dem Wagen war: die Goldbarren, fein säuberlich übereinandergeschichtet, deren Glanz sprichwörtlich die Nacht erhellte.

»Wie gehen wir vor?«

»Wir nehmen die Hälfte heraus und laden sie um. Das schaffen wir zu dritt in fünfzehn Minuten. Ich nehme den Bus mit der Hälfte, du nimmst den Lkw. Das Ziel ist eine Lagerhalle, gleich hier in Cavaillon. Dort warten wir ein paar Stunden, dann laden wir wieder um, verteilen das Gold auf vier Wagen, und dann sind wir auf und davon.«

»Und Chiara kommt frei.«

»Mach, was ich dir sage, dann kommt sie frei.«

»Wo ist sie?«

»Dort, wo du sie niemals befreien kannst.«

Er sah sie nur kurz an, dann trat er näher an den Lkw heran, nahm einen Trennschleifer aus seiner Tasche und fing an, das übrig gebliebene Blech herauszuschneiden. Die Funken sprühten, das Kreischen wurde von den Bäumen zurückgeworfen. Zoë und Serge sahen ihm zu. Nach einer Minute ließ er ab. »Los, umladen«, befahl er und öffnete die Hecktür seines Busses.

Zoë stieg hinein und nahm einen Barren, sie hatte das Gewicht des Goldes unterschätzt. Über zwölf Kilo für ein so kleines Stück Metall, es würde eine elende Bucklerei. Sie reichte Serge zwei Barren, und er ging zu dem Bus und reichte sie Carlos. Doch gerade, als der sie in den Laderaum des Busses betten wollte, hörte sie die Stimme: »Stehen bleiben, ihr seid verhaftet.«

Sie sah ihn erst, als er um die Ecke trat, er blutete aus seinem rechten Ohr und hielt seine Maschinenpistole im Anschlag, seine Augen waren angstgeweitet, Serge riss sofort seine Arme hoch und hielt sie ganz steif nach oben, Zoë ging an die Ladekante, doch in diesem Moment plärrte das Funkgerät: »De Trappier für Serge Clignancourt. Wo steckt ihr?«

Die Ablenkung war minimal, Artur wandte nur ganz leicht den Kopf ab, doch das reichte. Carlos ließ den rechten Barren fallen, dadurch war die Ablenkung fundamental, er riss die Waffe aus seiner Hose, wobei er den Vorteil hatte, voll bei Sinnen zu sein und nicht vor Kurzem in einer Lkw-Kabine zunächst bewusstlos geschlagen worden zu sein und dann eine TNT-Explosion überlebt zu haben. Er zielte in Sekundenbruchteilen, nur ein Schuss, sie sah, wie Arturs Körper zurückgerissen wurde, sah, wie der Polizist fiel und dann die Waffe auf ihm aufschlug und wie er leblos im Staub des Rastplatzes liegen blieb. Dann war Stille.

ISAAKSON

AUTOROUTE 7, PROVENCE, FRANKREICH

»Sie antwortet nicht«, rief er in den dahinrasenden Bus hinein. »Es klingelt, aber Zara antwortet einfach nicht.«
»Verdammt, was ist da los? Er kann doch nicht vom Erdboden verschluckt sein«, rief der Fahrer.
»Wo ist dieser Lkw?«, rief de Trappier über Funk. Seine Stimme war pure, nackte Panik.
Isaakson öffnete das Fenster, dass die kühle Nachtluft hereindrang, schloss die Augen und lehnte sich in seinem Sitz zurück. Was hatte ihn gestört in den letzten Minuten? In seinem Kopf rasten die Gedanken, er holte die Bilder zurück, wie er es sich angewöhnt hatte, weil er immer wieder Zara beobachtet hatte, die in allem, was mit Bildern und Erinnerungen zusammenhing, eine außergewöhnliche Gabe besaß. Er sah die Autobahn, die dunklen Spuren, er sah die Lichter.
Die Lichter.
Die verschwundenen roten Lichter.
Und er sah den Schatten. Den glänzenden metallischen Schatten. Was sollte da glänzen? Er fuhr auf, riss die Augen auf und rief: »Die nächste Ausfahrt. Wir müssen sofort von der Autobahn runter.«
»Dort vorne, die nächste Ausfahrt ist Sénas.«
»Fahrt da ab und wendet.«
»Wohin wollen wir?«
»Zurück zu dem Rastplatz, an dem wir vorhin vorbeigerast sind. Der Lkw ist dort.«

ZOË

RASTPLATZ DE CABANNES, AUTOROUTE 7, PROVENCE, FRANKREICH

»Du«, schrie Carlos, »komm hier rüber, raus aus dem Lkw. Weg von dem Gold.«

»Ich?« Serges Stimme klang aufgelöst, immer noch starrte er zu dem toten Artur im Staub hinüber.

»Du, raus da.«

»Ich …«

»Ein letztes Mal, raus da, sonst knall ich dich inmitten der Barren ab.«

»Lass ihn in Ruhe, Zuffa.«

Carlos sah um die Ecke zu ihr.

»Er stirbt, und zwar jetzt. Ich will keine weiteren Überraschungen. Von dem Bullen im Lkw hast du mir nichts gesagt. Raus da.«

Serge stieg langsam aus, sein Gesicht zu Boden gerichtet, seine Schultern hingen schlaff herunter. Das Urteil über ihn war gesprochen, so schien es. Zuffa hob seine Waffe und legte auf den Fahrer an. Doch Zoë zog ihre Pistole und sprang mit einem Satz durch das Loch in der Ladetür, stellte sich vor Serge und richtete ihre Waffe wiederum auf Carlos.

»Ich habe gesagt, du lässt ihn in Ruhe. Er wird nicht sterben.«

»Und was willst du mit ihm machen?«, fragte Zuffa und lachte höhnisch. »Meinst du, wir machen den größten Raub seit hundert Jahren, und er marschiert hier einfach von dannen? Und sagt den Bullen nichts? Bist du jetzt total durchgedreht? Ist der alte Sack jetzt dein Maskottchen? Du hast doch sonst kein Problem damit, Leute über den Haufen zu knallen.«

Er zielte, statt auf Serge nun auf Zoë.

»Oder erschießt du nur noch Verwandte von mir?«

»Du weißt, dass es zwischen uns nur noch darum geht.«

»Darum, dass du meinen Bruder erschossen hast?«

Sie hatte ihn noch nie so gehört wie in diesen sieben Worten, sie hörte an dem Vibrieren seiner Stimmbänder, dass es ihm ernst war, dass der ganze Zynismus aus seinem Wesen verschwunden und tiefem Schmerz gewichen war.

»Ja, und es war ein Versehen. Ich wollte dein Leben retten. Ich hätte nie geschossen, wenn ich ihn erkannt hätte. Wenn er nicht diese Maske getragen hätte.«

»Aber du hast. Es ist passiert. Er ist tot.«

Sie stand da, die Waffe hochgereckt, vor Serge, ihr gegenüber stand Carlos, seine Waffe auf sie gerichtet, neben ihnen der Lkw mit dem Gold, daneben die Leiche des Polizisten, ein Stillleben in der Mitte dieses dunklen Parkplatzes, von allen anderen Menschen verlassen, auf der Autobahn rauschte ab und zu ein Fahrzeug vorbei. Es war der denkbar schlechteste Moment für diese Abrechnung.

»Es war ein Versehen«, sagte sie leise, doch dann hob sie ihre Stimme, als hätte auch sie der Schmerz wieder erreicht. »Aber du hast meinen Vater nicht aus Versehen erschossen, sondern weil du genau das wolltest. Du wolltest nie meinen Tod. Du wolltest nur, dass ich genauso leide, wie du es tust.«

»Es hat mir etwas Linderung verschafft, dich zusammensinken zu sehen, neben seiner Leiche.« Seine Stimme. Wieder purer Hohn.

»Das glaube ich dir nicht«, sagte sie, nur mit Mühe konnte sie sich zusammenreißen und drückte nicht ab. »Das glaube ich dir nicht. Nichts kann dir Linderung verschaffen, so wie nichts meinen Schmerz lindern kann. Du bist genauso kaputt, wie du es schon immer warst. Du entführst ernsthaft Chiara. Meine kleine Chiara. Wo ist sie? Sag es mir.«

»Sie ist weg. Und wenn wir das hier nicht zu Ende bringen, dann stirbt sie wie eine lästige kleine Fliege.«

»Wie lange kennst du Chiara …«

»Erspar mir deine Sentimentalitäten, Zoë. Du bist doch die Eiskalte von uns. Erspar es mir einfach. Und geh mir aus dem Weg. Ich werde ihn jetzt …« Er ging ein Stück zur Seite, sie machte es ihm nach. Er wurde wütend. »Die Kugel reicht für euch beide«, schrie er. Sie sah, wie er auf ihren Kopf zielte, sie kannte seine Waffe, ihre Durchschlagskraft, er hatte recht, es würde reichen, für Zoë und Serge in ihrem Schatten. Sie drückte ab.

Er stand da, als habe er die Kugel schon lange erwartet, vielleicht schon seit Jahren, und dennoch schaffte er es noch, überrascht dreinzuschauen, das kleine Loch in seiner Brust, der Schrei von Serge hinter ihr, der sicher dachte, es sei die Kugel gewesen, die für ihn bestimmt war, dann drehte sich Carlos zur Seite und fiel neben dem Polizisten auf den Boden, blieb liegen, verkrampft, die Beine irgendwie übereinander, die Waffe neben ihm.

Zoës Augen füllten sich mit Tränen. Augenblicklich. Verdammt. Sie hatte ihn erschossen. Da war alles. Trauer. Wut. Erleichterung. Sie lebte. Wie auch immer.

Sie drehte sich zu Serge um, er stand hinter ihr und zitterte, die Augen geschlossen, die Hände an den Ohren, sie nahm ihn in die Arme, flüsterte: »Alles ist gut, wirklich, alles ist gut, es ist vorbei.«

Und er, sein Mund an ihrem Ohr: »Warum tust du das?«

»Wir haben nicht viel Zeit«, sagte sie, »wir müssen sie hier wegschaffen. Ich brauche das Gold. Ich muss jemanden retten.«

»Wen? Diese Chiara? Was ist mit ihr?«

»Sie wurde entführt. Sie ist die Tochter meines Chefs.«

»Aber ...«

»Ich muss ihn anrufen. Dann fahren wir weg von hier. Okay? Bleibst du hier stehen?«

»Ich bewege mich nicht ...«

Der Schuss hallte durch die Nacht wie eine Wiederholung, eine Wiederholung des Knalls von vor zehn Minuten, die Kugel, die Artur aus dem Leben gerissen hatte. Doch das Echo dieser zweiten Kugel legte ein Gefühl des Schocks auf ihr Gesicht, weil sie sah, wie Serge sie ansah, voller Schreck, voller Angst, sein Blick, und das war ihr größtes Leiden, sah so aus wie jener von Xavi auf der Treppe, die Erinnerung war ganz plötzlich da, so wie jede Nacht, diesmal aber kam sie Sekundenbruchteile vor dem Schmerz, der ihr in die Eingeweide fuhr, sie war noch nie angeschossen worden, noch nie in ihrem ganzen Leben, sie hatte keine Vorstellung davon, aber jetzt, jetzt wusste sie, wie es war, wenn sich die Kugel einen Weg bahnte, irgendwo unterhalb ihrer Brust, Adern zerriss, Venen, Sehnen, Organe, sie hätte nicht zu sagen vermocht, welche, es war nur, als sei ein großer Klumpen Blut in ihr zerplatzt und würde alle Nervenenden zusammenpressen, bis da nur noch Schmerz war, Schmerz und Angst, kalt und heiß gleichermaßen. Aus Serges Gesicht wurde der dunkle Himmel, und kurz bevor ihr die Sinne schwanden, sah sie die Hand von Carlos Zuffa, die sich mit der rauchenden Waffe ein letztes Mal senkte und auf dem Boden aufschlug.

ANRUF AUF
+31 6423236223

Das Klingeln mitten in der Nacht riss sie schon lange nicht mehr aus dem Schlaf. Eigentlich. Doch heute war es, als hätte Magda eine Vorahnung. Sie erwachte und setzte sich im Bett auf, sie war sogar ein paar Sekunden schneller wach als Rui, der erst den Hörer von dem Telefon auf dem Nachttisch abnahm und sich dann aufrichtete.

»Ja?«
»Senhor Vicentes? Hier ist Isaakson.«

Er war schlecht eingeschlafen und ständig aufgewacht, vor anderthalb Stunden das letzte Mal. Nun wusste er, warum. Die verdammten Vorahnungen. Er konnte die Panik in seiner Stimme nicht verbergen.

»Was ist passiert?«
»Der Lkw war verschwunden, ich meine ... das heißt, er ist immer noch verschwunden. Aber ... wir sind jetzt auf dem Parkplatz, und hier ist ein Schlachtfeld, Zara ...«
»Isaakson, was ist passiert?«
»Wir haben eben den Rettungswagen gerufen. Sie liegt hier, sie wurde angeschossen. Sie ist nicht ansprechbar.«
»Was sagst du da?«

Alle Förmlichkeit war dahin, er bestand nur noch aus Angst.

»Sie hat eine schwere Bauchwunde. Es sieht nicht gut aus.«
»Verdammt ...«
»Es gibt zwei weitere Opfer. Zwei Männer. Einer davon ist Artur Gavalier, der Polizist, der den Transport im Lkw begleitet hat.«
»Und der andere?«
»Negativ. Keine Papiere.«
»Schick mir sofort ein Foto von dem zweiten Toten.«
»Klar.«
»Wo ist der Lkw?«
»Wie vom Erdboden verschluckt.«
»Kümmere dich um Zara. Sie darf nicht sterben. Hast du verstanden? Sie darf nicht sterben.«
»Ja, Chef, ich ...«
»Was ist das für ein Lärm?«
»Ein Hubschrauber. Ein Rettungshubschrauber. Haben Sie uns den geschickt?«
»Du hast mich doch eben erst angerufen.«
»Moment, er landet.«

Ohrenbetäubender Lärm im Hintergrund, Rui hielt den Hörer vom Ohr, nach einer Minute hörte er wieder Isaaksons Stimme.

»Hier, hierher. Hier ist das Opfer.«
»Gehen Sie aus dem Weg, Monsieur.«
»Isaakson, Europol. Wer hat Sie gerufen?«
»Der Anruf war anonym. Uns wurde eine Schusswunde gemeldet, wir sind sofort in Avignon gestartet. Und nun lassen Sie uns unsere Arbeit machen, okay?«

Rui hörte, wie Isaakson sich von dem Hubschrauber entfernte, bevor er sich wieder meldete.

»Keine Ahnung, wer die Kollegen informiert hat.«
»Wir werden versuchen, den Anrufer zu orten. Aber Zara hat jetzt Vorrang. Ich sehe euren Standort über meine Fangschaltung. Sie fliegen sie sicher ins Krankenhaus nach Marseille. Ich werde Hilfe schicken.«
»Was für Hilfe?«

Doch da hatte Rui schon aufgelegt. Unter den sorgenvollen Blicken von Magda wählte er eine andere Nummer. Er hatte sie noch nie angerufen. Doch er kannte sie auswendig. Weil er sich immer davor gefürchtet hatte, dass der Tag kommen könnte, an dem er sie wählen müsste. Es dauerte eine Weile, erst beim sechsten oder siebten Klingeln hob der andere ab.

»Ja, Herrgott? Es ist mitten in der Nacht. Was gibt's denn? Michael hat Bereitschaft.«
»Verzeihen Sie, Herr von Hardenberg, es ist nicht das Krankenhaus. Ich bin es, Rui Vicentes, der Chef Ihrer Frau.«

Sofort war der Ärger aus der Stimme am anderen Ende der Leitung verschwunden. Rui war so, als höre er erst das Rascheln einer Bettdecke und dann eine Kinderstimme. Er hoffte, dass er sich irrte.

»Ja? Was ... was ist mit ihr?«
»Ich bin kein Freund von langen Ausflüchten, und Sie sind Arzt, Herr von Hardenberg, deshalb sage ich es ganz knapp: Ihre Frau wurde bei einem Einsatz angeschossen und schwebt in höchster Lebensgefahr. Ich war bei dem Einsatz nicht zugegen, aber der Partner Ihrer Frau. Er hat mir eben versichert, dass die Lage sehr ernst ist. Ich weiß, wie ungewöhnlich das ist, aber es ist ein Bauchschuss, und

ich frage mich, ob Sie als die Koryphäe auf dem Gebiet nicht selbst ...
»Ich werde sie operieren. Wo ist sie?«
»*Sie wird in etwa fünfundvierzig Minuten im Krankenhaus von Marseille eintreffen. Ich werde Ihnen einen Helikopter schicken, der Sie zum Flughafen fliegt, dort wird eine Privatmaschine stehen. Auf diese Weise sollten Sie es in zweieinhalb Stunden nach Marseille schaffen. Einverstanden?«*
»Ich suche meine Arztsachen zusammen.«
»*Gut. Haben Sie vielen Dank.«*
»*Wofür? Dafür, dass ich den Menschen retten will, der mir am wichtigsten auf der Welt ist? Verdammt ... was ist da passiert?«*

Rui beendete das Gespräch und wählte die Nummer seiner Leitstelle, bestellte den Helikopter und den Learjet nach Berlin und sich selbst einen Helikopter, der in einer halben Stunde am Strand von Scheveningen landen würde.

»Wird sie es schaffen?«, fragte Magda leise.

»Wenn er sie operiert, hat sie eine winzige Chance.«

Jetzt erst betrachtete er das Foto des zweiten Mannes, das Isaakson ihm auf sein Handy geschickt hatte. Carlos Zuffa. Er hasste diese Vorahnungen.

NAVARRO

ALTER HAFEN, MARSEILLE, PROVENCE, FRANKREICH

Er fror. Wie gerne hätte er jetzt einen Pastis zum Aufwärmen getrunken. Verdammter Wind vom Meer.

Navarro kratzte sich am Kopf und betrachtete die kleine Armee am Quai, all seine Männer und Frauen in voller Kampfmontur, die eher unschlüssig herumstanden, aufgereiht, als wollten sie wer weiß was beschützen. Die Jacht des Scheichs lag als einziges Schiff ganz nah an der Hafenmauer. Es war geplant, dass sie in dem Moment näher herantreiben sollte, wenn der Lkw um die Ecke bog. Er sah auf die Uhr. Sie waren zwei Minuten über der Zeit.

Er hasste es, von allen Informationen abgeschnitten zu sein. Zu einem bloßen Befehlsempfänger degradiert zu werden. So war es stets, wenn die Pariser Polizei und die Regierung irgendeine Rolle spielten. Dann lief alles über deren Kommunikationsstränge, über eine Funkfrequenz, zu der die örtliche Polizei keinen Zugang hatte. Es war alles Chefsache – und er konnte am Ende nur wieder die Kohlen aus dem Feuer holen. Deshalb war das Misstrauen auch derart riesig, wenn die Hauptstädter sich mal wieder in irgendetwas einmischten.

Drei Minuten.

Er wünschte sich ins Bett zu Isabel, er wünschte sich an den Frühstückstisch zu Sophie, er wünschte sich bloß weg von hier, von diesem kalten Beton und dem Wasser, das nach Schiffsdiesel roch.

Er hörte die Motoren, bevor er sie sah. Erst kam die

Limousine um die Ecke geschossen, dann der VW-Bus. Kein Lkw.

»Achtung«, rief Navarro, und seine Kollegen nahmen ihre Waffen hoch. Gleichzeitig gingen Scheinwerfer auf der Jacht an, und er hörte, dass der Schiffsmotor leise zu rasseln begann.

Die Autos holperten über die Bordsteinkante und kamen auf der Freifläche zu stehen, direkt neben Navarro. Isaakson und de Trappier sprangen zeitgleich aus den Fahrzeugen.

»Sind Sie hier verantwortlich?«, fragte der Sicherheitschef.

»Commissaire Navarro, Police nationale de Marseille«, sagte Navarro nickend, dann sah er den Schweden.

»Sie …«, begann er.

»Keine Zeit für das Aufwärmen alter Feindschaften«, unterbrach ihn Isaakson, »kam der Lkw hier entlang?«

»Was soll das heißen?«, fragte Navarro und spürte, wie ihm trotz der Kälte der Schweiß ausbrach.

»Er ist weg«, sagte de Trappier, nahm seine kleine Brille ab und rieb sich die Augen, als suche er immer noch nach dem Truck. »Er wurde gestoppt, dann gab es eine Schießerei, und nun ist der Lkw verschwunden.«

»Wo?«

»Mit kurzen Worten setzte Isaakson Navarro in Kenntnis, dem vor Schreck der Mund offen stehen blieb. »Das ist eine Katastrophe«, stieß er mühsam hervor. »Und Ihre Kollegin?«

»Auf dem Weg ins Krankenhaus.«

»Ist es Madame von …«

»Ja, es ist Zara, die Sie von damals kennen.«

Navarro kannte sie besser, als der Schwede glauben mochte, dachte er. Er wusste sogar, dass sie nicht allein war. Aber das würde er niemals zugeben. Wer von beiden war hier wohl angeschossen worden?

»Warum haben Sie mich nicht früher informiert?«

»Meinen Sie, ich lasse in der Provence über Funk herumtönen, dass uns ein Lkw mit Gold im Wert von einer halben Milliarde abhandengekommen ist? Damit Ihnen die Kollegen reihenweise von der Flagge gehen?«, blaffte de Trappier.

»Ach, weil wir in Marseille ja alle viel korrupter sind als ihr in Paris?«

De Trappier antwortete nicht, vielmehr schaute er Hilfe suchend zu Isaakson.

Mittlerweile war das Boot beinahe unbemerkt an den Quai getrieben, ein Mann in Uniform und mit dunklem Bart trat über einen Steg an Land, er hatte ein Maschinengewehr an einem Riemen um den Hals, hinter ihm folgte ein Mann in einem weißen Gewand, der auf die Polizisten zuging.

»Guten Morgen, meine Herren«, sagte der Mann, der offensichtlich der Scheich war, sein Französisch war wohlklingend, der Akzent nur ganz leicht hörbar, er hatte zweifelsohne eine hohe Bildung genossen. »Darf ich fragen, wann der Ladeprozess beginnen kann? Wir hängen ein wenig in der Zeit.«

»Entschuldigen Sie, Scheich, mein Name ist Monsieur de Trappier, ich bin der Sicherheitschef der Banque de France. Ich muss Sie um Entschuldigung bitten, wir hatten auf der Anfahrt ein kleines Problem.«

Der Mann im weißen Gewand räusperte sich und trat einen Schritt zurück.

»Was heißt das, Monsieur?«

»Es gab einen Versuch, das Gold zu stehlen, und wir sind uns nicht ganz sicher, wo …«

»Sie meinen, die Lieferung ist weg?«

»Wir sind sicher, dass wir sie in den nächsten Stunden finden werden, wir bitten Sie nur ...«

Doch der Scheich riss seine Hände hoch, der Kapitän trat ganz dicht neben ihn, was Navarro dazu veranlasste, sich vor den Sicherheitschef zu stellen.

»Sie sind nicht befugt, auf französischem Boden eine Waffe zu tragen, Sie müssen wieder an Bord gehen, verstanden?«, fuhr er den Kapitän an.

»Ein Hinweis, den nicht nur der Führer meiner Jacht beherzigen wird. Auch ich werde mit an Bord gehen«, sagte der Scheich laut und deutlich, »das ist doch alles unglaublich. Wir haben eine minutengenaue Verabredung, und Sie schaffen es nicht, die Sicherheit der Lieferung zu gewährleisten? Wie wollen Sie dann unsere Sicherheit gewährleisten?«

»Scheich, ich bitte Sie, beruhigen Sie sich doch, wir werden ...«

»Vergessen Sie unser Geschäft, vergessen Sie es. Und schöne Grüße an den Herrn Finanzminister.«

Mit diesen Worten drehte er sich um und schritt vor dem Kapitän über den Steg hinauf auf seine Jacht. Navarro betrachtete das Gesicht des verdutzten Sicherheitschefs. Er musste sich bemühen, nicht zu lächeln. Es dauerte nur eine Minute, dann wurden die Leinen gelöst, und das riesige Schiff wendete in dem engen Hafen, warf die Schrauben an und nahm Fahrt auf. Die Bugwelle schlug in leisem Klatschen gegen die Mauer.

»*C'est une catastrophe*«, schluchzte de Trappier, und Isaakson fügte leise hinzu: »Ich hasse diese Stadt.«

STEFAN VON HARDENBERG

HÔPITAL DE LA TIMONE, MARSEILLE, PROVENCE, FRANKREICH

Seine Gedanken überschlugen sich. Was nicht gut war. Weil er nie aufgeregt war. Nie. Es nicht sein durfte. Nicht jetzt, wo er gleich vollkommen ruhige Hände brauchen würde. Aber in seinem Kopf rasten die Gedanken, die Bilder.

Amélie, die nicht wach geworden war, was ein Wunder war, bei dem Lärm, den der Helikopter gemacht hatte, als er vor ihrem Fenster auf dem Kollwitzplatz gelandet war. Die Babysitterin hatte Gott sei Dank ohnehin bei ihnen übernachtet, weil er am Morgen sehr früh in die Klinik gemusst hätte. Nun würde seine OP jemand anderes übernehmen.

Zara. Seine Zara. Die er einfach so gefunden hatte, damals, an der Bar dieses Hotels in Portugal. Sein Leben hatte nur aus Arbeit bestanden, aus seiner Arbeit in dem sterilen Saal, unter dem grellen Licht, in dem grünen Kittel. Doch da war sie gewesen, hatte ihn einfach zu lieben begonnen und nicht mehr damit aufgehört. Genau das hatte er für sie empfunden. Er hatte gewusst, was sie tat. Und war doch immer davon ausgegangen, dass es gänzlich ungefährlich war. Weil sie nur dachte und nicht schoss.

Er hatte sich getäuscht, das war ihm in den letzten drei Stunden klar geworden. Der Flug hier herüber war unruhig gewesen, doch längst nicht so unruhig wie er selbst. Sie waren auf dem Flughafen von Marseille gelandet, von dort hatte ihn eine Limousine abgeholt, die mit Blaulicht durch die schlafende Stadt gerast war. Nun stand es da, dieses Krankenhaus, der Klotz aus hellem Stein, so modern wie abweisend. Ihm war es egal, wo er operierte, all die Säle sahen immer gleich aus. Doch nun, da er mit raschen Schritten auf den beleuchteten Eingang zuging, fing er an, alles als schlechtes Omen zu sehen. Er, der niemals abergläubisch gewesen war.

Seine Frau. Zara. Er lief schnell an den Empfang, doch da kam schon der kleine Mann mit der dunklen Haut auf ihn zu – er hätte schwören können, ihn noch nie gesehen zu haben, doch seine warme Stimme sagte in fließendem Deutsch: »Herr von Hardenberg, ich bin Rui Vicentes. Kommen Sie, ich bringe Sie hinauf.«

»Was ist mit ihr passiert?«

»Etwas Unverzeihliches. Ich habe nicht damit gerechnet, dass die Dinge bei diesem Einsatz derart eskalieren würden. Wirklich, es tut mir leid.«

»Sparen Sie sich das«, entgegnete der Arzt leise, ohne es wirklich böse zu meinen. »Entschuldigen Sie sich erst, wenn ich sie nicht ...«

Sie rannten zusammen die Treppe hinauf, Rui drückte den Schalter zu den Operationssälen, als sei er hier zu Hause. »Sie liegt schon auf dem Tisch. Die hiesigen Ärzte versuchen alles. Sie haben ein Team, in dem jeder Englisch spricht. Glauben Sie mir, das war schwer genug. Jeder hört auf Ihr Kommando, Professor. Wollen Sie sich umziehen?«

»Das mache ich im Vorraum.«

»Kann ich noch etwas tun?«

»Zara sagt, Sie beten viel, Senhor Vicentes. Also: Beten Sie.«

ISAAKSON

ALTER HAFEN, MARSEILLE, PROVENCE, FRANKREICH

Er konnte sich nur wundern, was aus diesem Commissaire geworden war. Bei ihrem ersten Zusammentreffen war Navarro ein grummeliger Säufer gewesen, den er für korrupt und gewalttätig gehalten hatte. Doch nun hatte der Provenzale blitzschnell reagiert, schon nach einer halben Stunde hatten seine Kollegen eine provisorische Einsatzzentrale am Hafen installiert, und nun rasten unentwegt Polizeiautos mit Sirenen über den Quai und beschallten den herannahenden Morgen. Die ersten Pendler in den Bussen sahen irritiert aus den Fenstern, überall wurden Straßensperren aufgebaut. Sie hatten die Autobahnen gesperrt, genau wie den Hafen der Stadt. Auch der Flughafen wurde gesperrt, was Unsinn war, denn so viel Gold ließ sich schlecht durch eine Sicherheitskontrolle schleusen. De Trappier, der vorher so eitle Sicherheitschef, saß jetzt zusammengesunken auf einem Poller direkt an der Mauer und sah aus, als überlege er, sich ins Hafenbecken zu stürzen. Navarro hingegen lief auf und ab und telefonierte, der Schwede sah, wie er noch einen Wortschwall in den Hörer brüllte und dann wütend auflegte.

»Was ist passiert?«, fragte er. Der Franzose hatte für den Schweden doch etwas zu schnell gesprochen, und er hatte die Worte nicht verstanden.

»Ich wollte, dass sie das Boot des Scheichs aufhalten. Hier stimmt irgendetwas nicht. Doch die Regierung hat es abgelehnt.«

»Gab es dafür eine Begründung?«
»Sie wollen keine diplomatischen Verwicklungen. Wenn ich das schon höre! Denen geht der Arsch auf Grundeis!«
»Ich kann versuchen, Unterstützung aus Den Haag anzufordern.«
»Na, mit Ihnen ist ja doch was anzufangen. Ja, tun Sie das. Ich brauche hier alle Kräfte, die ich kriegen kann. Verdammt, es geht um eine halbe Milliarde.«

Isaakson wählte die Nummer seines Chefs. Es klingelte mit französischem Sound. Merkwürdig.

»*Ja? Isaakson? Ich wollte Sie auch gerade anrufen.*«
»*Wo sind Sie?*«
»*In Marseille.*«
»*Bei Zara? Wie geht es ihr?*«
»*Er operiert sie gleich.*«
»*Wer?*«
»*Ihr Mann.*«
»*Er ist dort?*«
»*Ich erkläre es Ihnen gleich.*«
»*Was meinen Sie damit? Ich mache mich jetzt auf den Weg, um den Franzosen bei der Fahndung zu helfen – aber ich wollte fragen, ob ich Verstärkung aus der Zentrale bekommen kann.*«
»*Vergessen Sie das Gold, Isaakson. Aber sagen Sie niemandem, dass ich das gesagt habe.*«
»*Ich fürchte, ich verstehe nicht.*«
»*Es wird keine Verstärkung geben. Alle Europol-Leute sind schon in der Provence. Sie hole ich auch gleich ab. Halten Sie sich bereit. In zehn Minuten bin ich am Hafen. Dann fahren wir.*«
»*Wohin?*«
»*Bis gleich.*«

DOCTEUR GIRAUD

HÔPITAL DE LA TIMONE, MARSEILLE, PROVENCE, FRANKREICH

»Skalpell«, sagte ihr Chef, und die junge Ärztin, die wie üblich rechts von ihm stand, reichte es hinüber. Immer wieder blickte sie zu der Tür, die in den Operationssaal führte. Der Nebenraum, der nur durch eine Glasscheibe getrennt war. Noch war er nicht gekommen. Der Arzt aus einem anderen Land, der ihnen angekündigt worden war. Sie war aufgeregt.

Es war eine absolut ruhige Nacht gewesen. Vor dreieinhalb Stunden hatte sie sich im Bereitschaftsbett in der zweiten Etage zusammengerollt, noch zwei Seiten in dem Thriller von Gytha Lodge gelesen und war dann eingeschlafen, ohne dass der Pieper sie noch einmal gestört hatte. Sie hätte es wissen müssen. Solche Nächte endeten nie gut.

Opfer mit Schussverletzung. Die schlimmste Nachricht, die sie bekommen konnten. Eine einzige Kugel vermochte es, alles im Körper durcheinanderzubringen und derart schwere Verletzungen zu verursachen, dass ein Überleben zur reinen Lotterie wurde.

In ihrer Zeit als Assistenzärztin hatte sie viele von diesen Wunden gesehen, in der Banlieue schienen sie sich am Wochenende wie zum Zeitvertreib öfter mal ins Bein zu schießen. Ihre Ausbilder hatten nur gelacht – die modernen Zeiten seien wie im Taka-Tuka-Land. Früher, zwanzig Jahre zuvor, sei in Marseille alles noch viel schlimmer gewesen.

Sie betrachtete den chirurgischen Chefarzt, sah den Schweiß auf dem Teil seiner Stirn, der unter der Maske zu erkennen war.

»Wir fangen an«, sagte er zum Anästhesisten, der hinter dem Tisch nickte.

»Austrittswunde?«

»Nein, die Kugel ist drinnen«, erklärte Giraud, die schon einige Minuten länger bei der Patientin war.

Der Chefarzt schüttelte den Kopf. Sie wusste, was das hieß: nicht gut. Die Munition hatte ihre komplette verheerende Kraft im Bauchraum ausspielen können, dort, wo alle lebenswichtigen Organe saßen.

Sie blickte auf den Monitor mit den Parametern. Der Puls war in Ordnung, der Blutdruck aber war sehr niedrig.

»Haben wir genug Konserven?«, fragte der Chefarzt

»Lassen wir gerade holen. Habe eben erst die Kreuzprobe gemacht.«

»In Ordnung. Wir holen die Kugel raus, dann reparieren wir den Rest.«

»Wann kommt der Arzt?«

»Wir machen das jetzt. Wir haben keine Zeit.« Seine Stimme klang, als habe er sein eigenes Echo.

Er führte das Skalpell zu ihrem Bauch und setzte zum Schnitt an, relativ nahe an der Einschussstelle.

»Die Klemme«, sagte er leise, »nehmen Sie die Klemme weg.«

»Die Blutung geht dann wieder weiter.« Sie hatte es bei ihm gelernt. Er konnte doch nicht …

»Los jetzt …«

Er wartete nicht, tat es selbst, sie konnte nur die Hautränder weghalten. Er griff nach der Klemme, die Notärzte im Helikopter hatten sie angelegt, um das Gewebe zusammenzudrücken und die Blutung zu stoppen. Das war die größte Gefahr bei diesen Wunden. Eine Arterie, die sich schon verschlossen hatte, riss bei der kleinsten Bewegung wieder auf. Sie wusste es, bevor es tatsächlich passierte. Auf einmal war der Bauchraum gefüllt mit Blut, es drückte nach oben, flutete den ganzen Operationstisch.

»Puls bricht weg. Blutdruck 62 zu 43, fallend«, rief der Anästhesist.

»Arterie hat sich wieder geöffnet. Wir brauchen Blut.«

Sie sah den Mann, er war auf einmal da, hinter der Scheibe, er sah herein, er musste sehen, was hier geschah, dennoch blieb er zunächst am Waschbecken stehen, wusch sich offenbar, hatte den Kopf gesenkt.

Sie konzentrierte sich wieder, tupfte das Blut ab, sah den Arzt neben ihr, der versuchte, die Arterie zu finden.

»Puls weiter fallend, Blutdruck ...« Wieder der Narkosearzt, dann hörte sie das Piepen nicht mehr, stattdessen setzte der durchgezogene Ton ein, die Linie auf dem Monitor, und der Anästhesist rief: »Wir verlieren sie!«

Der Arzt griff nach den Klemmen, sie saugte und saugte, doch sie konnte die Arterie nicht klar sehen, aus der all das Blut strömte, vielleicht waren es auch mehrere Quellen, sie trat zurück, in diesem Moment ging die Tür auf, und der Mann trat ein, er wirkte ganz ruhig, warf nur einen Blick auf den Monitor und rief auf Englisch: »Hängen Sie die Konserven dran, wir reanimieren.«

Ihr Chef senkte den Blick, genau wie der Narkosearzt hinten am Tisch, sie wusste auch, wie schlecht es stand, doch sie konnten schließlich nicht einfach aufgeben, nicht, wenn er hier war, hier in diesem Raum. Sie nahm den Beutel mit dem Blut, der gerade hereingebracht worden war, und schloss ihn an, dann kam der neue Arzt, trat ganz still neben den französischen Chefarzt und sagte: »Danke, ich übernehme jetzt, ja?«

Er machte ihr ein Zeichen, und sie setzte die Elektroden auf den Oberkörper der Frau, dann lud sie die Maschine zur Reanimation, und das Fiepen ertönte.

SERGE CLIGNANCOURT

RASTPLATZ DE CABANNES, PROVENCE, FRANKREICH
ZWEI STUNDEN ZUVOR

Es herrschte Stille. Kein Auto fuhr vorbei, kein Vogel sang. Sogar das Stöhnen der Frau hatte aufgehört. Er kniete sich hin und fühlte ihren Puls. Da war etwas. Ein schnelles Pochen, das sich kräftig anfühlte, ganz anders, als er es erwartet hatte.

Er betrachtete die Wunde unterhalb der Brust, mitten im Oberkörper. Das Blut rann daraus, hellrot und ohne zu gerinnen. Ihm wurde schlecht. Er wusste, dass er es nicht würde stoppen können.

Er sprach sie leise an. »Zara, Zara«, sagte er.

Sie hatte sein Leben gerettet. Nicht nur einmal.

Und nun würde sie deshalb sterben?

Das durfte nicht sein.

Er betrachtete das Gold in dem Transporter. Den toten Polizisten. Den toten Killer. Und die bewusstlose, blutende Frau.

Das Telefon ragte ein Stück aus ihrer Hosentasche heraus.

Es gab einen Code. Verdammt. Aber da war ja diese Notfalltaste, die seine Frau ihm einst gezeigt hatte. Er drückte darauf. Seine Frau hatte den Eintrag bei ihm eingerichtet, so standen dort sein Name, seine Blutgruppe, die Angaben, dass er unter Bluthochdruck litt und täglich Betablocker nahm. Dazu die Nummer seiner Frau. Hier aber standen keine Angaben. Nur zwei Nummern. Er wählte die obere. Er wusste nicht, wer nun abheben sollte, mitten in der Nacht. Doch nach nur einem Klingeln nahm jemand ab.

Die Stimme eines Mannes, eine eindrucksvolle, tiefe Stimme.

»*Da bist du.*«
»*Nein, Zara ist angeschossen. Ihr geht es gar nicht gut.*«
»*Wem? Zara? Wer ist da?*«
»*Hier ist der Fahrer des Transporters, den Zara begleitet hat.*«
»*Was erzählen Sie da, und was machen Sie mit ihrem Handy?*«
»*Ich stehe neben ihr. Sie liegt am Boden und blutet stark. Sie lebt, aber ich weiß nicht, wie lange noch.*«
»*Wo sind Sie?*«
»*Auf der Aire de Cabannes an der A7.*«
»*Ich schicke Ihnen sofort Hilfe. Warten Sie, bleiben Sie dran.*«

Musik in der Leitung, nur eine Minute, dann wieder die Stimme, nun ruhiger, lockender.

»*Ich habe einen Kontakt in Avignon angerufen. Es kommt gleich ein Hubschrauber. Hören Sie, sagten Sie, Sie sind der Fahrer des Transporters? Des Goldtransporters?*«
»*Woher wissen Sie davon?*«
»*Sie hat mir davon erzählt.*«
»*Sind Sie ihr Ehemann?*«
»*Sagen wir, ich bin ihr bester Freund.*«
»*Sie hat mein Leben gerettet, Ihre Freundin, mein Leben. Ich bin ihr zutiefst dankbar. Sie hat gesagt, ich müsse ihr helfen. Helfen, indem ich das Gold wegschaffe.*«

»*Das hat sie gesagt?*«
»*Ja, sie hat mich gebeten, das zu tun. Um ihre kleine Schwester zu retten.*«

Kurze Pause am anderen Ende der Leitung, dann sprach der alte Mann weiter.

»*Ist der Transporter fahrbereit?*«
»*Natürlich.*«
»*Gut. Dann fahren Sie. Fahren Sie an der nächsten Ausfahrt von der Autobahn. Nehmen Sie die Départementale 973 gen Osten. Fahren Sie nicht wieder auf die Autobahn. Sondern erst, wenn Sie bei Fréjus sind, dann immer Richtung Italien. Fahren Sie kurz vor Nizza ab, Ausfahrt 48. Dort rufe ich Sie wieder an. Und noch etwas: Machen Sie mir ein Foto vom Gold und schicken es mir auf diese Nummer. Verstanden?*«
»*Die werden mich ins Gefängnis stecken. Ich werde meine Frau nie wiedersehen. Meinen Enkel.*«
»*Doch, werden Sie. Rufen Sie Ihre Frau an. Sie soll jetzt aus Ihrer Wohnung verschwinden. Genau wie Ihr Enkel. Wir werden Sie alle zusammenführen. Sie bekommen fünf Prozent von allem. Fünf Prozent. Haben Sie verstanden?*«
»*Das wären … fünfundzwanzig Millionen Euro.*«
»*Es muss ja auch für Ihre ganze Familie reichen. Also los, fahren Sie. Die werden gleich bei Ihnen sein.*«
»*Monsieur. Damit ich Ihnen vertrauen kann, muss ich wissen, wer Sie sind.*«

Kurzes Räuspern am anderen Ende der Leitung.

»*Mein Name ist Benito Bolatelli. Man nennt mich auch den Paten Frankreichs.*«

Serge Clignancourt schaute in die Dunkelheit und schüttelte den Kopf. Wo war er nur hineingeraten? Aber sein Entschluss stand fest. Er kletterte durch das Loch in den Laderaum, dann machte er ein Foto von den glänzenden Barren und sandte es an die Telefonnummer. Mit einem letzten Blick auf Zara verschloss Serge Clignancourt die Reste der Ladeluke, stieg in den Lkw und ließ den Motor an. Als er fünf Minuten später von der Autobahn auf die menschenleere Landstraße abbog, wählte er die zweite Nummer, die in den Notfallkontakten der jungen Frau hinterlegt war. Kurz darauf antwortete eine Stimme, und Serge zuckte zusammen. Das war doch exakt die Stimme der Frau, die eben noch stark blutend neben ihm gelegen hatte.

AHMED SHALID AL-HAROUN

HAFEN VON MARSEILLE, FRANKREICH
ZWEI MINUTEN SPÄTER

Er schlürfte die letzte Auster und schmeckte genüsslich dem Salzwasser und dem Jod nach, die innere Aufregung steigerte sich immer mehr. Gleich würde der Lkw um die Ecke kommen, und dann würden sie das Gold verladen. Er fühlte sich wie ein kleiner Junge. Er spürte die Gänsehaut auf seinen Armen, die Kühle des Windes – und obwohl es tiefe Nacht war, hatte er dieses ungewöhnliche Mahl so sehr genossen und fühlte sich wach wie niemals zuvor.

Das war besser als Kokain, besser als Champagner, besser als jede seiner Ehefrauen.

»Entschuldigung, Scheich«, sagte die Stimme hinter ihm, »darf ich Sie stören? Es ist wirklich dringend.«

Er wandte sich schnell um.

»Jetzt machen Sie mir aber Angst, Kapitän. Sie haben mir noch nie gesagt, dass etwas dringend ist.«

»Hier«, er hielt ihm ein Telefon entgegen, »es ist ein Mann, für den ich lange gearbeitet habe. Er hat ein Angebot für Sie. Und, Scheich, wenn ich das hinzufügen darf: Ich bürge für ihn. Sein Name ist …«

Als er dem Scheich den Namen ins Ohr flüsterte, wurden dessen Augen immer größer. Sofort nahm er den Hörer entgegen.

»Monsieur? Ich habe nicht erwartet, in meinem Leben je mit Ihnen zu telefonieren.«
»Ja, die Dinge kommen manchmal anders als erwartet, verehrter Scheich. So auch heute. Ich muss Ihnen sagen, dass das Gold nicht auf herkömmlichem Wege zu Ihnen kommen wird.«
»Was soll das heißen?«
»Wir waren es nicht. Es waren ... nun ja, unsere ärgsten Feinde. Sie haben den Transporter überfallen. Er ist aber nunmehr in meinem Besitz.«
»Wie haben Sie das gemacht?«
»Das sollte Ihnen egal sein, Scheich. Darf ich fragen: Der Kaufpreis ist doch noch nicht bezahlt, nicht wahr?«
»Nein. Wir weisen das Geld per Blitzüberweisung an, sobald der erste Barren auf dem Schiff verladen ist.«
»Gut. Sagen Sie, wie wäre es, einen großen Teil des Goldes zu bekommen, ohne einen Cent dafür zu bezahlen?«

Ahmed Shalid Al-Haroun spürte das Rumoren in seinem Bauch und wusste nicht, ob es von den Austern kam oder von seiner Aufregung.

»Ich bin ganz Ohr.«
»Gehen Sie von Bord, Scheich. Tun Sie so, als wüssten Sie von nichts. Die müssen Ihnen gleich sagen, dass der Lkw nicht kommt und wieso. Dann müssen Sie gut schauspielern, Scheich. Machen Sie ein riesiges Fass auf, und dann sehen Sie zu, dass Sie aus dem Hafen wegkommen. Die werden es nicht wagen, Ihnen Fragen zu stellen oder gar Ihnen zu folgen, nicht nach der größten Peinlichkeit, die Frankreichs Sicherheitsbehörden in den letzten fünfzig Jahren passiert ist.«
»Und dann? Wie komme ich an mein Gold?«

»*Sie fahren in Richtung Nizza. In den Hafen von Saint-Laurent-du-Var. Der Kapitän kennt den Ort. Dort wird der Transporter sein. Sie nehmen alles an Bord. Das ganze Gold. Und Sie nehmen auch den Mann an Bord, der dort auf Sie wartet. Den Fahrer des Lkw. Er steht unter meinem Schutz. Und dann fahren Sie von dannen. In Sicherheit. Dorthin, wo Sie niemand belangen kann.*«
»*Und dann, Monsieur?*«
»*Sie bekommen fünfzig Prozent von allem. Ich bekomme die anderen fünfzig Prozent. Wenn sich die Lage beruhigt hat.*«
»*Und Sie vertrauen mir, dass ich Ihnen die zweihundertfünfzig Millionen Euro zukommen lasse?*«
»*Wissen Sie, Scheich, wenn mein alter Freund, der jetzt Ihr Kapitän ist, für jemanden arbeitet, dann schenke ich diesem Mann mein Vertrauen. Also, haben wir einen Deal?*«
»*Es ist mir eine Freude, mit Ihnen Geschäfte zu machen, Monsieur Bolatelli.*«

Gerade wollte er dem Kapitän das Handy wiedergeben, als es erneut klingelte. Eine deutsche Handynummer. Der Scheich hob ab und sagte leise: »Ja?«

SHOKRAN AL-HAMSI

CAGNES-SUR-MER, CÔTE D'AZUR, FRANKREICH
FÜNF MINUTEN SPÄTER

Ich brauche Zeit, ich muss mir das überlegen.«
»Ich fürchte, du hast nicht mehr viel Zeit. Ich werde dich freilassen, wie ich es versprochen habe. Aber ich bitte dich, tu es.«
»Ich ...«
»Okay, ich gebe dir die Zeit, die du brauchst.«
»Ich werde hinaufgehen.«
Er nickte stumm, und sie verschwand aus der Tür, er hörte ihre leichten Schritte auf der Treppe. Chiara Bolatelli, wer hätte das gedacht?
Das Klingeln des Telefons riss ihn aus seinen Gedanken.

»Ja?«
»Ich bin es.«
»Monsieur Bolatelli. Ich erwarte eigentlich einen anderen Anruf, damit ich Ihre Tochter freilassen kann.«
»Der wird nicht kommen, Al-Hamsi. Deine Ratte ist tot.«

Shokran Al-Hamsi biss sich in seine Hand, um nicht laut aufzuschreien. Dann betrachtete er die weißen Spuren seiner Zähne und sagte leise:

»Dann wird Chiara jetzt sterben.«
»Das wird sie nicht. Hör zu. Ich habe das Gold. Alles. Es ist

in meinem Besitz. Du bekommst es. Aber vorher lässt du meine Tochter frei.«
»Wo ist es?«
»Wo ist Chiara?«
»Sie sind es nicht, Bolatelli, der hier Forderungen stellen darf. Sie sind es nicht mehr, merken Sie das nicht?«
»Deine Stimme zittert, Shokran. Du willst das Gold. Wo ist Chiara?«
»Ein letztes Mal: Ich will das Gold.«
»Ich habe es. Sieh mal auf dein Telefon.«

Al-Hamsi betrachtete das Foto, das eben per SMS gekommen war. Ein Laderaum voller Goldbarren in Folie verpackt. Er atmete heftiger.

»Wo treffen wir uns?«
»Im Hafen von Saint-Laurent-du-Var. Aber ich erwarte Chiaras Freilassung. In einer Stunde will ich die Nachricht haben, dass sie gesund und munter durch die Morgensonne läuft.«

STEFAN VON HARDENBERG

HÔPITAL DE LA TIMONE, MARSEILLE, PROVENCE, FRANKREICH

Der zweite Elektroschock war es. Der zweite.
»Sie ist wieder da«, rief die junge Ärztin, die als Einzige nicht in Trance verfallen war, vorhin, als seine Frau bereits ohne Puls und Herzfrequenz war.

»Wir müssen die Blutung stoppen, jetzt, Skalpell, bitte«, sagte er.

Der Chefarzt persönlich reichte es ihm.

Er hatte vorhin darauf geachtet, alles so zu machen wie üblich: den Kittel anlegen, die Haube, die Hände minutenlang desinfizieren, dann den Knopf an der Tür drücken. Als wäre es eine Operation wie jede andere.

Nun aber, als er das Skalpell in der Hand hielt, musste er kurz innehalten. Er fasste den Operationstisch an, schloss die Augen und sog die Luft ein, die steril roch, nach Desinfektion, aber auch nach Blut. Ihrem Blut.

»Ist alles okay?«, fragte die Ärztin leise. Dann schwieg sie wieder.

Er atmete weiter, bis er die Frequenz wieder heruntergefahren hatte. Dann öffnete er die Augen, trat von dem Tisch weg und ging um ihn herum, hinter den grünen Stoff, der den Kopf der Patientin am Hals abschirmte.

Er nickte dem Anästhesisten zu, dann erst senkte er seinen Blick, sah die Maske, durch die der Sauerstoff in ihre

Nase geleitet wurde, und dann: ihr Gesicht. Die blonden Haare, von denen zwei Strähnen unter der Haube hervorschauten, die geschlossenen Augen, so friedlich, so, wie er sie immer beim Schlafen beobachtete. Er wollte diese Augen wieder geöffnet sehen, lächelnd. Ihre Grübchen neben den Lippen, diesen roten Lippen, die nun ganz blass waren, weil sie so viel Blut verloren hatte. Er spürte, wie Wut ihn durchflutete, auch Anspannung. Er wusste nicht, ob er es schaffen würde, aber es war richtig, sie anzusehen, nur so würde es gehen. Er ging zurück auf seine Position, die junge Ärztin deckte den Bauch auf, und er sah zum ersten Mal die Wunde genauer.

In diesem Augenblick setzten die Gedanken aus, und seine Intuition setzte ein. Dieses Gefühl, wenn das Metall durch die Haut glitt, durch die Adern, wenn das Blut aus dem Körper quoll, wenn sich alles seinen Blicken öffnete, was er wissen musste, um ein Leben zu retten.

»Hier verschließen«, sagte er, als er sah, wo die Kugel am stärksten gewütet hatte, sie mussten die Adern veröden, es war nicht leicht, weil sofort wieder alles voller Blut war, aber nach einigen Minuten war es geschafft. Sie hatten erst einmal Ruhe.

»Spreizer«, sagte er. Er hoffte, die Kugel war nicht zu weit gewandert.

Er führte den Spreizer ein, die Schwester gegenüber verstärkte das Licht, das die Wunde ausleuchtete.

»Darm nicht betroffen. Die Zerstörung ist oberhalb. Wir werden den Bauch instandsetzen müssen. Mehr Licht.«

Er versuchte, die Leber zu sehen, die Milz, doch der Bauchraum füllte sich zu schnell mit Blut, es war nicht zu machen.

»Trocknen«, rief er, und dann sah er die Kugel. »Zange.«

Er entnahm sie, wieder begann die Blutung.

»Wir müssen die andere Quelle finden«, sagte er, und die junge Ärztin beugte sich über Zara. »Wenn wir sie noch mal verlieren, dann war es das.«

Und dann sah er sie. Er war bisher zu abgelenkt gewesen, um auf den ganzen Körper zu achten, doch da war sie, unverkennbar, unterhalb des Bauches, eine kleine Narbe. Wann hatte er zuletzt einen Blinddarm operiert? Vor zehn Jahren, sicher noch länger war das her. Seit er Chefarzt war, machte er das nicht mehr. Aber er erkannte den Schnitt natürlich sofort. Er war nicht gekonnt gesetzt und nicht besonders gut genäht worden. Doch das größte Problem war: Er kannte den Bauch seiner Frau gut. Und Zara hatte nie eine Blinddarmoperation gehabt.

SERGE CLIGNANCOURT

PLAGE DE L'ESTAGNOL, BORMES-LES-MIMOSAS,
PROVENCE, FRANKREICH

Die Kegel der riesigen Scheinwerfer geisterten durch den Wald und erhellten die hohen Kiefernbäume, einen nach dem anderen, ein Waschbär rannte vor ihm über den Feldweg. Er hielt das Lenkrad ganz fest, damit das Zittern seiner Hände aufhörte, sein Bauch fühlte sich an wie ein einziger nervöser Klumpen.

Er war nach der Abfahrt von der Départementale die kleine Landstraße entlanggefahren, die in engen Kurven parallel zum Strand verlief. Seit einer halben Stunde war ihm kein Auto mehr entgegengekommen, die Taktik des Mannes am Telefon ging also auf. Das Schild hatte irgendwann am Straßenrand gestanden, genau wie die Stimme es beschrieben hatte. Er war abgebogen und durch die offene Schranke gefahren. Serge rechnete jeden Moment damit, von unzähligen Polizeiwagen gestoppt und unter Androhung von Waffengewalt aus dem Transporter gezerrt zu werden. Doch es geschah nichts, er rollte auf einen gänzlich leeren Parkplatz und dann auf eine Reihe hölzerner Bohlen, die hinüber an den Strand führten.

Er trat das Bremspedal mit aller Kraft durch, als die Frau plötzlich wie aus dem Nichts in der Dunkelheit auftauchte und neben dem Weg stehen blieb. Sah er richtig? Lächelte sie?

Serge Clignancourt fuhr das Fenster nur ein klein wenig herunter.

»Kann ich Ihnen helfen?«, fragte er vorsichtig.

»Ich glaube, ich kann Ihnen helfen. Sie fahren nach dort vorne, parken und lassen den Schlüssel bitte stecken. Dann kommen Sie zu mir, ich mache uns einen wunderbaren Kaffee. Mein Name ist Madame Coste, mir gehört dieses Restaurant.«

Über der Düne konnte er das weiße Glitzern eines Bootes sehen, so riesig, dass es aussah, als würde es gleich an Land fahren.

STEFAN VON HARDENBERG

HÔPITAL DE LA TIMONE, MARSEILLE, PROVENCE, FRANKREICH

Das leise Piepen kam in den ruhigen, gleichmäßigen Abständen, die jeden Arzt in eine Feierabendstimmung versetzen konnten. Es war geschafft.

»Können Sie die Naht machen?« Die junge Ärztin sah ihn an, als habe sie ihn nicht richtig verstanden. »Meinen Sie das ernst?«, fragte sie.

»Ja, das meine ich. Sie kriegen das hin, besser als ich. Ich bin sehr erschöpft.«

»Natürlich«, sagte sie und lächelte ihn von unten herauf an. »Haben Sie vielen Dank.«

»Ich danke Ihnen. Sie verdankt Ihnen ihr Leben.«

Er ging noch einmal um den Tisch herum und blickte in das Gesicht der jungen Frau. Es war unglaublich. Das alles hier war unglaublich.

Er spürte die Blicke der Ärzte im Rücken, als er den Operationssaal verließ. Streifte den grünen Anzug ab, die Haube, wusch sich wieder die Hände. Lange und ausdauernd, mit geschlossenen Augen.

Dann drückte er den Knopf, um nach draußen zu kommen, die Tür öffnete sich, und er betrat den Flur, an dessen Kopfseite schon etwas Licht des frühen Morgens hereinfiel.

»Ich wusste, dass du es schaffst.«

Ihre Stimme, in seinem Rücken. Er drehte sich um, und da stand sie, als hätte sie die Wunden innerhalb von Minuten ausheilen lassen, sich von der Operationsliege aufgerappelt, sich angekleidet und sei hinausgeflogen – oder als sei er in eine Zeitmaschine geraten. Doch so war es nicht.

Sie gingen aufeinander zu, er lief schneller als sie, dann fiel er ihr in die Arme und legte seinen Kopf an ihren, sodass er ihr Flüstern hörte.

»Ich danke dir, dass du mich trotzdem umarmst und mich trotzdem liebst. Ich danke dir. Ich wusste, dass nur du es schaffen kannst«, sagte sie in langsam gesprochenen Worten. »Verzeih mir, Liebster, ich musste es tun, damit du kommst, damit du alles gibst. Verzeih mir.«

Er hielt sie fest, ganz fest, weil sie recht hatte: Er hatte so viele Fragen, aber dennoch wollte er in diesem Augenblick nur das: sie halten und sie spüren – so froh darüber, dass sie es nicht war, die in Lebensgefahr geschwebt hatte, obwohl sie es vielleicht ja doch getan hatte. Was wusste er schon? Heute merkte er so deutlich wie niemals vorher: Er wusste immer noch nichts über sie. Er wusste nur, dass er sie liebte.

»Ich habe alles gegeben, obwohl ich bereits wusste, dass du es nicht warst«, sagte er, als sie sich von ihm löste.

»Woher wusstest du es?«

»Sie hat eine Blinddarmnarbe. Am unteren Bauch. Und du weißt, wie gerne ich dich auf deinen Bauch küsse.«

»Oh ja, Liebster, das weiß ich.«

»Also, Zara, sag es mir, wer ist die Frau?«

Sie nahm seine Hände in ihre, hielt sie fest.

»Ich weiß, es ist der schlimmstmögliche Zeitpunkt. Aber ich wollte warten, bis du da rauskommst. Ich kann es dir jetzt trotzdem nicht erklären. Ich habe den wichtigsten

Einsatz meines Lebens. Und er beginnt genau jetzt. Ich muss los.«

Sie wollte ihre Hände wegziehen, doch er ließ sie nicht.

»Du musst mir versprechen, dass du dich nicht in Gefahr begibst, verstanden? Noch einmal schaffe ich so etwas wie heute nicht.«

Sie nickte. »Ich verspreche es dir.«

SHOKRAN AL-HAMSI

CAGNES-SUR-MER, CÔTE D'AZUR, FRANKREICH

Würde sie es tun? Er wusste es nicht. Er konnte es nicht einschätzen.

Was in den letzten Stunden geschehen war, hatte seine Welt auf den Kopf gestellt. Seine Ansichten darüber, was er von Menschen erwarten konnte. Er hatte angenommen, sie sei wie ihr Vater. Oder er müsste sie hassen, wie er ihren Vater hasste. Und auf einmal legte er all seine Hoffnungen in sie.

Er musste Zeit schinden. Darauf kam es jetzt an.

Natürlich wollte er das Gold. Aber er wollte auch, dass sie es tat. Er hoffte, er hätte genug Überzeugungsarbeit geleistet.

Er trat hinaus auf den kleinen Platz, der von der Sonne beschienen war, während die Täler ringsum noch vom Morgennebel verhangen waren. Von den neuen Ortsteilen hinunter zum Meer war noch gar nichts zu sehen. Er schloss die Tür des Châteaus hinter sich, den Butler hatte er schon in der Nacht nach Hause geschickt. Niemand war mehr da, außer Chiara. Und Silas. Er schritt aus, ging an dem Boulefeld vorbei, das, von Holzleisten eingefasst, das Zentrum des Platzes bildete. Am Abend warfen die sechs Platanen herrliche Schatten auf die Spieler. Gegenüber lagen die Restaurants auf dem Dorfplatz, doch es war noch zu früh, als dass einer der Wirte die Rollläden hinaufziehen würde.

Er hatte an der Rue sous Barri geparkt und ging in

Richtung der steinernen Treppe. Er sah den Schatten erst, als sich die Waffe schon gegen seine Stirn drückte.

»Du dachtest, ich wüsste nicht, wo du bist. Aber ich wusste es schon immer. Los, wir gehen wieder hinein.«

Die Kälte des Metalls an seiner Schläfe. Er war starr vor Angst.

Der Pate. Er war selbst gekommen. Offenbar allein.

Er wusste nicht, ob seine Beine ihn tragen würden, aber er versuchte es, ging langsam wieder auf das Schloss zu.

»Ich wusste, dass sie bei dir ist. Ich habe es an deiner Stimme gehört.«

»Sie sollten mich erschießen, Bolatelli. Sie sollten es zu Ende bringen.«

»Das werde ich. Aber erst will ich sie sehen«, erklärte der Pate leise.

Langsam, Schritt für Schritt, gingen sie vorwärts. Al-Hamsi dachte, dass alle Blicke aus den angrenzenden Häusern auf sie gerichtet sein mussten – aber da war niemand. Die Restaurants waren leer, die Bewohner lebten in den angrenzenden Straßen. Hier war nur sein Château. Er wollte die Tür wieder öffnen, versuchte es zumindest, doch der Schlüssel rutschte aus seiner Hand, er musste sich bücken, griff danach, die Waffe folgte ihm an seinem Kopf.

»Es geht ihr gut, Monsieur Bolatelli, wirklich, ich schwöre.«

»Du hast Angst. Ich weiß es. Los. Schließ auf.«

Diesmal gelang es ihm, und das Portal öffnete sich. Er hörte nichts, im Haus war Stille.

»Sie ist …« Er wies nach oben.

»Geh vor.«

Sie stiegen die Treppe empor, und dann zeigte Shokran auf die Tür, die nur angelehnt war. Bolatelli hatte es verworfen, eine Falle zu vermuten, so schien es, er nahm die Waffe von seinem Kopf und ging schnell voran, riss die Tür auf, Al-Hamsi hörte ihren Aufschrei, dann den von Bolatelli.

»Papa ...«

»Chiara ...«

Und dann rannten sie aufeinander zu. Shokran Al-Hamsi trat in die Tür, sah, dass sie immer noch neben dem Gerät stand, das sie offenbar soeben ausgeschaltet hatte. Als sie in den Armen ihres Vaters lag, sah sie über dessen Schulter zu ihm herüber. Sie nickte ein Mal, dann sah er die zwei Tränen, die über ihre Wangen liefen, und wandte schnell den Blick ab.

Die Rufe hörten sie alle drei gleichzeitig.

»Polizei, alle auf den Boden, Polizei, legen Sie sich auf den Boden!«

AHMED SHALID AL-HAROUN

PLAGE DE L'ESTAGNOL, BORMES-LES-MIMOSAS, PROVENCE, FRANKREICH

Sie waren so schnell. Er stand mit den Füßen im Wasser und sah zu, wie sie Barren für Barren zu dem Beiboot trugen, jeder von den Männern in den Uniformen hatte zwei Stück auf dem Arm, keiner durfte ins Wasser fallen. Dann legte das Beiboot ab, brachte die Barren an Bord und kam wieder zurück. Es hatte bisher keine halbe Stunde gedauert.

»Noch fünfzig«, rief der Kapitän ihm zu. »Weiterladen.«

»Nein, lassen sie zwanzig hier bei Madame Coste, die uns so freundlich geholfen hat.«

Doch die Frau, die an der Wasserkante stand, neben dem alten Fahrer, dem sie vorher eine Tasse Kaffee serviert hatte, kam auf ihn zu und sagte mit fester Stimme: »Nein, das verbiete ich Ihnen. Auf keinen Fall. Wenn Sie daran festhalten, dann muss ich das Ganze hier sofort abbrechen. Mit allen Konsequenzen.«

Der Scheich nickte ihr zu. »Ich habe verstanden, und ich bin ehrfürchtig vor Ihrer Bescheidenheit.« Und zum Kapitän gewandt, sagte er: »Ladet weiter.«

»Gehen Sie an Bord. Wir legen sofort ab.«

Er ging mit der Frau die paar Schritte an den Strand und lächelte, dann sagte er leise: »Ich danke Ihnen. Für Ihren Mut.«

»Ich hoffe, Sie halten sich an die Vereinbarung.«

»Das werde ich. Sie haben mein Wort. In wenigen Wochen werden wir nach Ihrer Anweisung handeln.«

»Danke. Und nun wünsche ich Ihnen eine ruhige See.«

»Kommen Sie?«, fragte der Scheich, und Serge nickte. Gemeinsam stiegen sie in das zweite Beiboot, und der Fahrer ließ sofort den Motor an. Sie sahen der Heckwelle nach – und der Frau, die am Ufer zurückblieb.

»Eine bemerkenswerte Person«, sagte Serge.

Fünf Minuten später waren sie an Bord, weitere fünf Minuten später waren auch die restlichen Barren verstaut, und der Kapitän rief: »Anker lichten.«

Als die Sonne eine Stunde später schon an den Himmel geklettert war, schwamm der Scheich gerade seine dritte Bahn im Pool, genau in dem Moment, in dem sie die französischen Hoheitsgewässer verließen.

FERNSEHSCHALTUNG BFM TV

FRÜHNACHRICHTEN

»Die Rede des Finanzministers zur Steuererhöhung sollte eigentlich unser wichtigstes Thema des Morgens sein. Doch nun erreicht uns aktuell eine Nachricht mit ganz anderen Dimensionen. Deshalb schalten wir gleich nach Cagnes-sur-Mer bei Nizza zu unserem Reporter Olivier Benitou. Olivier, es gab vor drei Stunden eine aufsehenerregende Polizeiaktion in dem Strandort. Was wissen Sie darüber?«

»Suzanne, es ist nicht nur aufsehenerregend, es ist – sollten sich die Gerüchte bewahrheiten – die vollständige Zerschlagung der französischen Mafiastruktur. Vor drei Stunden kam es hier in Cagnes-sur-Mer zum Zugriff, bei dem die französische Polizei offenbar gar nicht eingeweiht war. Es waren Beamte von Europol, die ins Château des Ortes eingedrungen sind. Den europäischen Polizisten ist es gelungen, die zwei entscheidenden Player der französischen Unterwelt festzunehmen: Benito Bolatelli, genannt *der Pate*, und seinen Widersacher, Shokran Al-Hamsi.«

»Wissen Sie schon, wie das gelingen konnte?«

»Allgemein bekannt ist den Behörden, dass es im Süden seit einigen Jahren einen Kampf zwischen den beiden Lagern gibt: Bolatelli steht für die alte französische Mafia, die von Korsika aus operiert. Al-Hamsi hingegen stammt aus Katar und hat versucht, das organisierte Verbrechen im Süden zu übernehmen. Der Clou an der heutigen Verhaftung: Man hat beide Männer gleichzeitig erwischt, obwohl sie verfeindet sind. Wie das gelingen konnte, ist im Detail nicht bekannt. Vorausgegangen sind nach ersten Erkenntnissen eine monatelange Ausspähung und ein ausgeklügelter Plan, der aus der Europol-Zentrale von Den Haag stammt.«

»Was bedeutet die Festnahme für das organisierte Verbrechen in Frankreich?«

»Nun, Suzanne, wenn sich das alles so bewahrheitet, dann ist es die totale Zerschlagung der Mafiastrukturen. Bolatelli war der uneingeschränkte Kopf des Verbrechens, er hat von Korsika aus nicht nur den Drogenhandel des Landes regiert. Er war unantastbar, auch und vor allem wegen der Korruptheit der Polizei. Es war ihm allerdings nicht gelungen, einen Nachfolger zu etablieren. Diese Lücke hat Europol jetzt ausgenutzt, unter Umgehung der französischen Beamten. Genau wie bei Shokran Al-Hamsi. Auch dessen Truppe steht jetzt ohne Kopf da – schlechte Zeiten für Verbrecher, so scheint es.«

»Letzte Frage, Olivier: Waren nur die beiden Männer im Haus? Wie lief die Festnahme ab? Im Hintergrund sehe ich einen Leichenwagen.«

»Sowohl Bolatelli als auch Al-Hamsi blieben bei der Festnahme durch mehr als zwanzig Europol-Beamte unverletzt. Der Leiter der Truppe, Rui Vicentes, gab vor wenigen

Minuten eine Pressemitteilung heraus, in der es heißt, es sei einer der bisher größten Erfolge der taktischen Einheit von Europol. Im Haus soll sich angeblich auch die Tochter von Benito Bolatelli aufgehalten haben, eine Medizinstudentin, die zuletzt in Berlin lebte. Und, Sie haben recht, Suzanne, aus dem Haus wurde vor zehn Minuten ein Toter gebracht, es gibt zu dem Opfer aber bisher keine Details. Gerüchten zufolge könnte es sich um Silas Al-Hamsi handeln, den Bruder des festgenommenen Shokran. Und damit zurück ins Studio nach Paris.«

ZARA

CAGNES-SUR-MER, CÔTE D'AZUR, FRANKREICH

Sie standen einander gegenüber in dem großen Flur, im ganzen Haus herrschte endlich Stille, sie waren allein, nur sie drei, es war ein Augenblick, in dem sie alle den Blick gesenkt hielten, doch es war Rui, der ihn zuerst hob, und sie sah das Lächeln in seinem Gesicht. Da musste auch sie lächeln, weil die ganze Anspannung endlich von ihr abfiel.

»Wir haben es wirklich geschafft«, sagte er. »Es ist alles aufgegangen. Alles.«

»Nun, fast alles«, antwortete Zara.

»Tut mir leid«, entgegnete Rui schnell, »aber sie ist über den Berg, oder?«

»So war der letzte Stand. Ja.«

»All das war also wirklich euer Plan«, stellte Isaakson fest und betrachtete beide kopfschüttelnd. Sie hatte kein schlechtes Gewissen, ihn nicht eingeweiht zu haben. Sie hatte sogar darauf bestanden.

»Es tut mir leid, Isaakson«, sagte Rui. »Nur wir beide wussten davon, von all dem. Zara und ich sitzen seit einem halben Jahr daran. Dass die Dinge nun aber so zusammenlaufen, damit haben wir nicht gerechnet.«

»Wie konntet ihr von der Entführung des Mädchens wissen? Immerhin hat das ja alles ausgelöst. Die beiden Männer wären sich sonst nie alleine begegnet.«

Zara hätte die Details gerne für sich behalten, aber sie wusste, dass das nicht möglich war. Nicht, wenn sie weiter mit ihm zusammenarbeiten wollte.

»Zuffa wusste von uns, wo sie sich aufhielt. Sie war in Berlin eigentlich sehr gut versteckt. Aber ich habe sie gefunden – und daraufhin konnte auch er sie finden.«

»Ihr habt Bolatellis Tochter entführen lassen?«

»Wir kamen nur über sie an ihn ran. Wir mussten ihn aus seiner Höhle locken. Niemals hätten wir ihn in Korsika gekriegt. Niemals.«

»Aber wie wusstet ihr, dass sich Bolatelli hierher aufmachte?«

»Serge Clignancourt.«

»Der Fahrer?«

»Ich habe ihn schon im Lkw mit einem Sender ausgestattet. Als Bolatelli ihn anrief, hatten wir auch Bolatellis Handy. Trotz aller Vorsichtsmaßnahmen.«

»Weißt du, Isaakson«, fügte Rui hinzu, »diese Clanbosse haben immer eine riesige Hülle um sich aufgebaut, die sie schützt. Acht Verteidigungsringe, sozusagen. Ist man aber erst einmal ganz dicht an ihnen dran, sind sie so gut wie ungeschützt. Weil sie glauben, dass ohnehin niemand derart nah an sie herankommt.«

»So wussten wir, wo Bolatelli seinen Widersacher vermutete – und konnten ihm folgen. Der Zugriff war dann ein Kinderspiel.«

»Und damit habt ihr die französische Mafia quasi im Alleingang besiegt.«

Ruis Lächeln wurde breiter.

»Ich habe immer davon geträumt, einmal den Kopf des Drachen abzuschlagen, nicht nur den kleinen Zeh. Wer hätte gedacht, dass das gelingen kann?«

»Was ist mit Silas? Wie ist er gestorben?«, fragte Isaakson, und sie betraten zusammen das Schlafzimmer mit dem leeren Intensivbett, den abgeschalteten Maschinen und dem stechenden Geruch nach Desinfektionsmitteln.

»Er war ohnehin ein lebender Toter. Er wäre nie mehr aufgewacht, sagen die Ärzte. Sie wird es nicht gestehen. Und ich werde sie dafür nicht anzeigen.«

»Wen?«

»Chiara Balotelli. Hier, sieh dir das an.«

Sie reichte ihm die aufgezogene Spritze, in der noch ein kleiner Rest Flüssigkeit war.

»Was ist das?«, fragte der Schwede.

»Natrium-Pentobarbital.«

»Das Mittel, das sie in der Schweiz zur Sterbehilfe einsetzen?«

»Ja, und in vielen anderen Ländern. Hier in Frankreich ist es verboten. Man muss es richtig dosieren, damit es wirkt und die Patienten nicht quält. Sie hat es ihm verabreicht, immerhin hat sie neben ihrem Studium schon im Krankenhaus gearbeitet. Offenbar hat Shokran so lange auf sie eingeredet, bis sie es getan hat.«

»Das Mädchen, das er als Geisel nimmt, erlöst seinen Bruder«, sagte Isaakson, »es ist unglaublich.«

»Bolatellis Tochter lebt, das ist die Hauptsache, sie kann nichts für das alles«, sagte Rui und trat langsam aus dem Schloss hinaus in den strahlenden Tag.

LE MONDE

GOLDENE ZEITEN IM SÜDEN

Das Wunder von Marseille: Teil der Beute gespendet / Größter Goldraub in Frankreichs Geschichte bleibt unaufgeklärt

von unserem Korrespondenten Adrien Arnold

Marseille/Nizza.
Es ist eine Geschichte, die an Robin Hood und seine Taten für die Armen im Wald von Nottingham erinnert. Dabei schien der Goldraub vor vier Wochen in Südfrankreich in seiner Brutalität und finsteren Genialität auf eine skrupellose Bande hinzudeuten. Doch nun kommt der Wendepunkt: Beinahe die Hälfte der Beute ist wieder aufgetaucht, nämlich 540 Goldbarren. Entsprechende Informationen wurden unserer Zeitung am gestrigen Tag zugespielt. Frankreichs Finanzministerium bestätigte uns die Echtheit dieser Hinweise.
Demnach wurde dem Ministerium eine Rückgabe der Barren in Aussicht gestellt, allerdings nur, wenn die Regierung zusichert, den Gegenwert des Goldes komplett in die Sanierung der schlimmsten Vorstädte des Südens in Marseille und Nizza zu stecken.
Der Präsident persönlich hat das per Dekret zugesichert, gestern dann wurden die Goldbarren in einem Container im Hafen von Marseille gefunden. Die Herkunft des Containers, der mit einem Schiff aus der Golfregion kam, ist noch unklar.

Der Wert des Goldes beträgt zum aktuellen Tagespreis 237 Millionen Euro. Nun ist das Bauministerium in Paris damit beauftragt, die Arbeiten in den Banlieues schnellstmöglich auszuführen. Die Behörde bestätigte unserer Zeitung, dass mit der bedeutenden Summe eine umfassende Sanierung der Häuser, Kindergärten, Schulen und der Infrastruktur in den Vorstädten möglich ist, mit dem Überschuss wird zudem ein Fonds aufgelegt, der Kinder aus den Cités eine umfassende Ausbildung ermöglichen soll. Baubeginn soll bereits im nächsten Monat sein.

Trotz der großzügigen Aktion sucht die Polizei weiter nach den Urhebern des größten Goldraubes in der französischen Geschichte. Bei dem Verkauf eines Teils der Goldreserve aus der Banque de France an einen nicht genannten Käufer waren 1200 Barren im Wert von einer halben Milliarde Euro geraubt worden. Da die Barren noch nicht den Besitzer gewechselt hatten und das Gold nicht zu versichern gewesen war, trägt den Schaden der französische Steuerzahler.

Im Zuge der Affäre mussten der Chef und der Sicherheitschef der Banque de France zurücktreten, ebenso der Präfekt des Départements Bouches-du-Rhône. Sein Nachfolger wurde der frühere Commissaire Navarro, Leiter der Polizei in Marseille.

Von 55 Prozent der Beute, den anderen 660 Goldbarren, fehlt weiterhin jede Spur.

RESTAURANT *CHEZ FRED,* PLAGE DE L'ESTAGNOL, PROVENCE, FRANKREICH

ZWEI MONATE SPÄTER

Nimmst du nicht noch Medikamente?«, fragte die Stimme schräg hinter ihr.

Zoë drehte sich nicht um, doch ihr Grinsen war auch von der Seite nicht zu übersehen.

»Musst du mich bemuttern, kaum dass du angekommen bist?«

»Sonst macht es ja keiner.«

Zara trat aus dem grellen Sonnenlicht in den Schatten, den der Sonnenschirm auf ihre jüngere Schwester warf. Obwohl sie noch schwach war, stand Zoë auf und umarmte sie. Eine lange Zeit standen sie so da, sogar ihr Atem ging irgendwann gleichmäßig.

»Komm, setz dich zu mir. Ich nehme an, dass du nichts davon abhaben willst?«

Der Weinkühler stand neben Zoë auf einem kleinen Tischchen, die Flasche mit dem Rosé vom Weingut Figuière sah daraus hervor, beschlagen vor Kälte, halb voll.

»Ach«, entgegnete Zara schulterzuckend, »vielleicht mache ich mal eine Ausnahme.« Zoë reichte ihrer Schwester ihr eigenes Glas, und Zara nahm einen tiefen Schluck. »Hmm, herrlich.«

Dieser Ort war magisch, er war wie ein Kokon: Sie saßen zusammen in einem Hain von Pinien und Seekiefern, ein Stück entfernt hinter ihnen war das Treiben des Restaurants zu hören, das Klappern der Teller und Gläser, die Stimmen der Gäste und die hektischeren Stimmen der Kellner, das Brutzeln der Fische und der Langusten und der Steaks auf dem Grill. Und dann, genau vor ihnen, die Düne, die hinüber zum Strand führte, die kleinen Wellen des Mittelmeeres, über die hinweg immer wieder eine kühle Brise über den Sand wehte.

»Wie geht es dir?«, fragte Zara.

»Ich dachte nicht, dass du einen so tollen Mann hast. Herrgott, er war ein … ein Künstler. Wäre er nicht gewesen, dann wäre ich …«

»Er lässt dich schön grüßen.«

»Was sagt er dazu, dass du mich ihm verschwiegen hast?«

»Er ist kein Mann der großen Worte. Deshalb verstehen wir uns so gut, denke ich.« Zaras Gesichtsausdruck war unergründlich. »Ich habe ihm gesagt, dass ich es ihm nicht früher gesagt habe, weil du einfach keine Rolle in meinem Leben gespielt hast. Und dass ich ihn in dem Glauben lassen musste, dass du ich bist, damit er alles tut, um dich zu retten.«

»Du hast entschieden, dass er mich operieren soll?«

»Ich wusste, dass er deine einzige Chance ist. Eine Kugel an dieser Stelle – ich wüsste keinen, der sie besser hätte behandeln können.«

»Ich war tot, als ich da lag, auf dem Tisch, hat mir eine junge Ärztin erzählt.«

»Und? Hattest du eine Nahtoderfahrung?«

Zoë nahm noch einen Schluck aus dem Glas, das Zara wieder zwischen sie gestellt hatte. »Es war nur dunkel. Als ich aufwachte, wusste ich nicht, wo ich war. Meine Erinnerung hatte aufgehört am Tag, als Bolatelli mich aus dem Hubschrauber hatte springen lassen. Erst langsam kam alles zurück. Die Ärztin hat mir gesagt, wie es um mich stand. Sie war ... eine ganz besondere Frau.«

»Wie geht es deinem Freund? Xavi?«

»Besser. Er ist noch in der Reha. Ich besuche ihn bald, wenn es mir besser geht.« Sie sah Zara mit festem Blick an. »Warum hast du das alles zugelassen – das mit dem Gold –, ausgerechnet du, die nie gegen die Regeln verstößt? Du hast immer gewusst, wo das Gold ist – und du hast zugelassen, dass der Scheich es mitnimmt.«

»Es war die einzige Chance, Bolatelli und Al-Hamsi zusammen dranzukriegen.«

»Aber dass du sogar Maman da mit reingezogen hast ...«

»Hier war der beste Ort für die Übergabe, das wusste ich. Und Maman ist eben nicht nur die Mutter einer Polizistin, sondern auch die einer Verbrecherin. Es muss also ein bisschen davon in ihren Genen stecken.«

»Wo ist Bolatelli?«

»In einem Knast im Norden. Wir wollten nicht, dass er in Marseille sitzt, wo ihn jeder kennt und er wie ein König behandelt wird. Al-Hamsi dagegen sitzt in Den Haag, er bietet uns an, als Kronzeuge gegen alle auszusagen, die wir sonst so drankriegen wollen.«

»Dachte ich mir, dass er keine Ehre am Leib hat«, entgegnete Zoë knapp. »Ach, und sieh, was hier gekommen ist.«

Sie reichte die Postkarte an ihre Schwester. Sie zeigte einen weißen Strand vor hellblauem Meer, der Stempel stammte aus St. Kitts und Nevis, einer Karibikinselgruppe. Die Schrift war ungelenk, wie die eines Mannes, der selten schreibt:

»*Ich hoffe, es geht Ihnen wieder gut. Ich bete für Sie, jeden Tag. Es ist sehr schön hier in der Karibik. Mein Enkel fühlt sich sehr wohl mit dem warmen Wasser. Genau wie meine Frau, ihre Rückenschmerzen sind wie weggeblasen. Ich weiß nicht, wie wir Ihnen danken sollen. Sie haben alles verändert. Ich hoffe, dass sich auch Ihr Leben ändert. Dass Sie in Sicherheit sind. Von Herzen, in tiefer Verbundenheit, Ihr Serge.«*

Zoë sah Zaras Lächeln. »Es gibt Menschen, die sich verändern. Zum Besseren.«
»Was meinst du?«
»Früher hättest du das Gold zurückgegeben. An den Staat. Und heute? Lässt du den Fahrer entkommen. Genau wie den Scheich. Und spendest die Hälfte des Goldes für die Kids in der Banlieue.«
»Tja, sie sind wie wir. Und der Staat tut nichts für sie. Irgendwann muss es doch mal gut sein.«
»Sieh, wer hergekommen ist. Jemand, der sich bei dir bedanken will.«
Zoë drehte sich um und sah Chiara, die langsam den Weg vom Restaurant herunterging.
Zara drehte sich noch einmal zu ihrer Schwester und sagte leise: »Es liegt nun an dir. Bolatelli und Al-Hamsi sind raus. Du könntest also ganz in Ruhe dein Leben leben, in Sicherheit. Oder du übernimmst das Geschäft und wirst die neue Patin des Südens. Schon überlegt, was du machen willst?«
Zoë legte ihre Hand auf Zaras Arm und sagte: »Mal sehen, Schwesterherz.«

Weiblich, gefährlich, actiongeladen: Die Frankreich-Thriller um die ungleichen Zwillinge Zara und Zoë

ALEXANDER OETKER

ZARA & ZOË – RACHE IN MARSEILLE

Kommissarin Zara von Hardenberg ist die beste Profilerin bei Europol. Das Dumme ist nur: Sie kann keine Regeln brechen. Als ein junges Mädchen bestialisch ermordet in der Felsenlandschaft Marseilles gefunden wird, spürt Zara, dass mehr hinter diesem Verbrechen steckt. Sie kennt nur eine, die ihr helfen kann: ihre Zwillingsschwester Zoë – eine Killerin der korsischen Mafia, deren einzige Grenze sie selbst ist.

ZARA & ZOË – TÖDLICHE ZWILLINGE

Terror-Profilerin Zara von Hardenberg fährt von einem Albtraum hoch: Ein Anschlag erschüttert San Sebastián. Um dieses Schreckensszenario zu verhindern, werden legale Mittel nicht ausreichen. Zara sieht sich gezwungen, erneut mit ihrer Zwillingsschwester Zoë die Rollen zu tauschen, um einen Fall zu lösen, der sie tief in ihre eigene Familiengeschichte führen wird.